人物紹介
カリナ
アルドレッド
フローラ

エルギス
フィオナ
トアック
アイシャ

「きゃっ！　えいっ！　えいっ！」
冷たい水がかかることで短い悲鳴を上げるフローラ。
それから仕返しとばかりに細い腕を振るって
パシャリパシャリと水を飛ばしてくる。

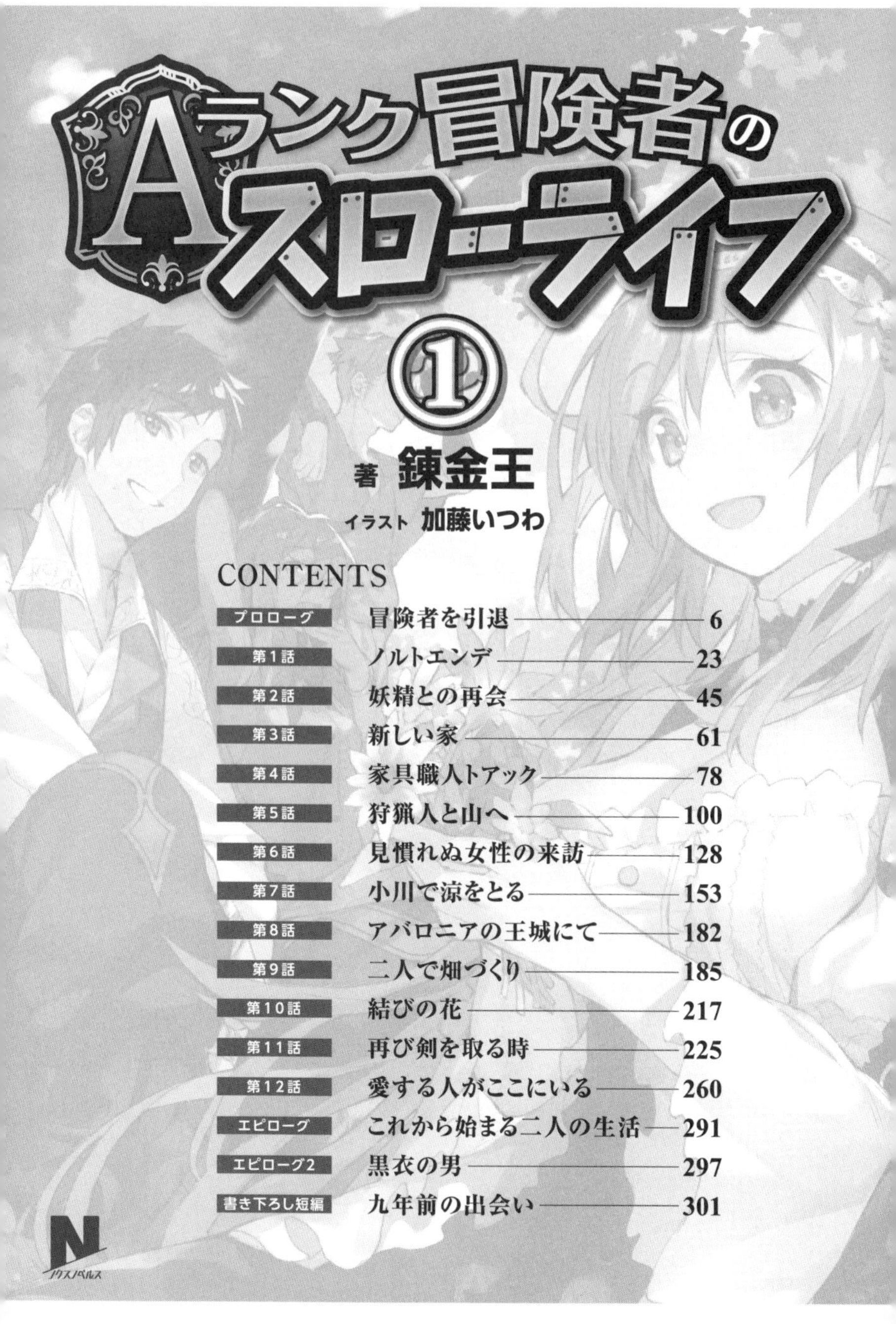

Aランク冒険者のスローライフ ①

著 錬金王
イラスト 加藤いつわ

CONTENTS

N
ノクスノベルス

プロローグ　冒険者を引退

「竜殺しのアルドレッド万歳！」

「アバロニア王国万歳！」

周囲は割れんばかりの歓声に包まれていた。

いつもよりも派手で見た目を重視する全身鎧に剣を携えた俺は、屋根のない豪奢《ごうしゃ》な馬車に乗り、王都の大通りを埋め尽くす人々に手を振っていた。

世界で最強種とうたわれる竜の討伐。それを果たした俺達は、アバロニア王国の王都にて盛大なパレードを行っていた。

馬車の周りには煌《きら》びやかな格好をした騎士が馬に乗って歩み、楽士達が元気な音を奏でながら行進する。

そして、俺の前の馬車には、竜を討伐したことを示すように骸《むくろ》となった竜の頭が乗せられていた。

「……あれが、最強種の竜か……」

「……動いたりしないよな？」

「あんな生き物を倒すことができたのかよ」

脇にいる人々は、迫力ある竜の頭を見て驚き、それから倒した俺達に称賛の眼差しを送る。

実際に竜の恐ろしさを見せることで、それを討伐した俺達の凄さを改めて実感させる寸法だろう。

「竜殺しの冒険者達だぞ！」

「凄いな。たった四人で竜を倒したのか」

「あの黒髪の男が、竜の首を斬り落としたって聞いたぜ」

大通りの脇では、王都の民達が口々に賞賛の声を上げている。中でも俺が竜の首を斬り落としたことを知っているのか、尊敬の視線が強く集まってくるのを感じる。

本来ならばいい笑みを浮かべて手を振ってやればいいのだが、そんな気持ちにはなれず曖昧な笑みを浮かべた。

◆　◆　◆

俺は孤児だった。両親の顔や名も知らない教会に預けられた子供の一人。

どこにでもいるような貧しい孤児であった。

教会というものは人々の寄付といった僅かなお金で運営されているために、預けられた孤児全員を食べさせていくことは困難であった。

働いても働いてもロクな食料が得られない毎日。硬いパンと具のないスープが豪華な食事であり、酷い時には何日も食事ができないこともあった。

そんな毎日が嫌で、俺は命を懸けてお金を稼ぐことにした。

最初は木の棒や石を削った剣とも呼べない得物を使い、街の外にいる魔物を相手にしていた。

子供でも倒せる魔物などたかがしれているが、貧しい教会で働くよりはずっとマシだと思った。

魔物を倒せば素材や肉が手に入るので、売ればお金にもなるし、肉を焼けば食料にもなる。俺が生きていくのにはこれだと思った。

冒険者ギルドに登録すれば様々な魔物を倒すクエストが斡旋《あっせん》され、さらにお金が得られると知った俺はその日のうちに冒険者ギルドに登録。

技量のある冒険者の技を盗み、時に教えを請い、ゴブリンを始めとする魔物を次々と討伐して腕を上げていった。

そんな俺の行動を知った孤児の仲間も同じような行動をし、共に命を懸けて魔物を狩るようになった。強大な力を持つ魔物も仲間がいればより効率よく倒すことができる。

時に死者が出ることもあるが、仕方がなかった。この厳しい世の中では強さや運がないやつは生きていくことができないのが当たり前なのだから。

そんなことを繰り返して大人になっていき、俺はついに王国一と呼ばれるAランク冒険者となっていた。

生きていくには強さが全て。

強さがあればお金を稼ぐことができ、美味《おい》しい飯が食べられ、ふかふかの布団で寝ることができるのだ。

おのれの強さを求めて腕を磨き、仲間とクエストをこなしていった俺は二十七歳にて最強種と呼ばれるドラゴンを倒し、莫大な富と名誉を手にした。

そして俺はふと気付いた。

もうお腹が空いていないことに。自分はもう十分な強さと富を手に入れ、生きていくのにはもう困らないのだと。

もう魔物を倒す必要はない。

もう命を懸けて戦う必要はない。

そう思うと体から一気に力が抜けていき、目標を見失った。

◆　◆　◆

どこか胸が空虚なまま、王都で行われるパレード、竜殺しの称号の授与、貴族との夜会といったものを淡々とこなしていく。

仲間に心配をされる中、俺は王都の街並みを一人歩く。

王都の街並みは竜殺しのパレードや宴《うたげ》が行われているせいか、いつにも増して賑やかだった。あちらこちらで人々が飲み食いをしており、祭りの雰囲気に完全に酔いしれていた。

賑々《にぎにぎ》しい通りを抜けて足を進めていると、市民の憩いの場である緑地で子供達が木剣を振って遊んでいるのが見えた。

「へへへー！　竜殺しの冒険者だぞー！」

「あー！　ズルい！　俺だって竜殺しの冒険者だ！」

木剣を片手に走り回る少年と少女。

竜殺しの冒険者が俺のことだと思うと恥ずかしくもあるが、子供達の無邪気さには思わず頬が緩んだ。

「……なあ、あの人見たことねえか？」

「あれじゃないか？　パレードで見た竜殺しの冒険者、アル何とかって人じゃないか？」

名前までは憶えていないのか……。

そんなことを思っている間にも、子供達は元気よくこちらにやってくる。

「すげえ！　竜殺しの冒険者だ！」

「本当だ！　パレードで見た人だ！」

「握手してくれよ！」

次々と押し寄せてくる子供達に、俺は慌てて握手をする。

「なあ、兄ちゃんは孤児だったたって本当か？」

「どうやってドラゴンを倒したんだ？」

「ドラゴンってどれくらい大きいの？」

次々と質問をしてくる子供達。

キラキラとした瞳で見上げられて、俺は思わず苦笑する。

最近めっきり多くなった打算的なやり取りとは無縁の言葉。

それに潤いを感じた俺は、子供達の質問に一つ一つ丁寧に答えていく。

孤児であること、二階建ての家よりも大きいドラゴンのこと、仲間と力を合わせながらドラゴンを追い詰め、最後に首を落としたことなどなど。

純粋な瞳を向けてくる子供達に俺は語っていった。

「すげー！　俺、将来は冒険者になろうかな！」

「お前には無理だって」

昔は俺もあんな風だっただろうか？　いや、俺の場合は生きるのに必死だっただけだな。夢なんて追いかける余裕もなかった。気が付いたらこの場所にいて、気が付いたら何もすることがなくなっていた。ただ、それだけだ。

「アルドレッドさんは、これからどうするの？」

一人の少女が発した言葉に、俺は何も答えることができなかった。

◆　◆　◆

子供達と別れた俺は、一人で考える時間が欲しくて広い緑地を歩き続ける。

辺り一帯にはふさふさの芝が生えており、等間隔で青々とした木々が生えていた。

宴の影響があって王都は喧騒に包まれているが、ここだけは周りから隔絶されているかのように静寂に満ちていた。

風が吹く度にサーっという木々の葉音が鳴る。心地よい空間だ。

サクサクと草を踏みしめていると、脳裏に先程の少女の言葉が蘇る。

俺はこれからどうするのか。

自分の中で魔物を倒す意味がなくなったとはいえ、この世界では危険な魔物達が跋扈《ばっこ》している。

その魔物を討伐してくれと幾度も頼まれたが、こんな状態では戦えると思えず、クエストは受けなくなった。

もう俺の年齢も二十七。体力の全盛期を大きく過ぎており、腕や反応は落ちていくばかり。そこに心の支えである目標まで見失っては、過酷な冒険者生活を続けられるとは思えなかった。

冒険者を引退するのに丁度いい。

なら、俺は一体これからどうやって生きていくのか。

このまま王都にとどまって豪華な家でも建てて気ままに生きる？　違う。

冒険者ギルドの教官にでもなって後進を育成する？　それなりの腕や技を持っているとはいえ、魔物と戦う気がないやつが命のやり取りを教えるのも変だ。それでは教えてもらう者が可哀想だ。

魔物の多い辺境領地と爵位、騎士団、貴族の護衛。他にも選択肢は数多《あまた》あったが、どれも戦うものばかり。

お金には困っていないし、最近は妙な連中が付きまとってくるようになったので王都での暮らしも嫌になってきた。

もう、俺は命懸けの戦闘から離れてゆっくりと普通に暮らしたいのだ。

そう、今いるような緑豊かな場所で。

そんなことを考えながら歩いていると、ふと視界が花畑に変わっているのに気付いた。

どうやらこの緑地の奥には、花畑があるらしい。

広大なとは言い難《がた》いが、十分に広い範囲に咲いている綺麗な花々だ。中々の種類の花が植えられているらしく色鮮やかで綺麗だ。

花畑に見惚《みほ》れていると、不意に強い風が吹く。

それにより花々が一斉に揺れ始め、色鮮やかな花弁が舞い上がった。

その瞬間、俺の脳裏にとある場所の光景が思い浮かんだ。

季節によって色を変える鮮やかな花畑が広がる小さな村。田や畑、綺麗な川があり、大きな山に囲まれている。自然の恵みも多く、食べ物はすごく美味《おい》しい。人口は少なく、皆が自給自足の穏やかな暮らしをしている静かな場所だ。

確か名前はノルトエンデ。そう、俺が今の仲間と出会う前に、クエストを受けて向かった他国の村だ。

一度だけ訪れた村だが、色とりどりの花畑が美しかったせいか酷く記憶に残っている。

その時はクエストをさっさとこなし、一日中花畑を眺めていたものだ。

……ノルトエンデでゆっくりと暮らすのがいいかもしれない。

小さな家に住んで、狩りをしながら畑を耕し、穏やかな生活をするのも悪くない。それに、あの綺麗な花畑を毎日見ることができるのだ。

前回訪れた時は今と同じ春であった。色鮮やかなピンク、赤、オレンジ、黄色、白と様々な花が咲き乱れていることだろう。

あの光景をもう一度見られると思うと胸が高鳴った。竜を討伐してから何をするにもやる気が出なかった俺だが、体に活力の火が灯《とも》るのを感じた。

今すぐ行きたい。

そう思った俺は、即座に花畑を後にして冒険者仲間である『黒銀』のメンバーを宿屋に招集した。

◆　◆　◆

パーティーメンバーを宿屋に集めた俺は宣言する。

「今日で俺達のパーティーは解散する」

「……そうですか」

「まあ、そうなるんじゃないかって思っていたぜ」

すると、エリオットが神妙な顔つきで応《こた》え、キールが頭の後ろで腕を組んで呟《つぶや》いた。

憑《つ》き物が落ちたかのような俺を見ていた二人はこれも予測していたのだろう。

まあ、これは俺が原因でなくともいつかは起こることだ。人間はずっと戦えるわけではない。

もう、俺以外のメンバーもそろそろいい歳だ。俺と同じくクエストばかりやっていたせいで、全員が二十歳を超えている。お金も手に入った今では、危険な冒険者稼業を続ける必要もない。俺達のレベルなら他にも道はいくらでもある。

「本当に解散しちゃうの⁉」

クルネが勢いよく立ち上がって叫ぶ。

「まあ、リーダーが辞めたいって言ってるしな。お前はまだ二十二だけど俺達男は三十手前だ。そろそろ過酷な冒険者稼業を引退してもいいだろう？　エリオットには恋人だっているしな。リーダーが解散って言わなくても抜けるつもりだっただろ？」

「そうですね。あまり彼女を心配させたくありませんから」

キールの言葉を受けて、エリオットが瞠目《どうもく》しながら答える。

俺もそれは予想していたことだった。

「で、でも……」

未練が大きいクルネが長いまつ毛を伏せる。

長年一緒に行動した仲間が離れ離れになるのは悲しいのだろう。俺だってその気持ちはなくもない。

「なーに、死んだわけじゃねえんだからいつでも会えるさ！」

湿った空気を吹き飛ばすようにキールが明るく言う。

「ええ、私は王都の騎士団に誘われていますので、王都に来たらいつでも歓迎しますよ」

それによってエリオットも表情を柔らかいものに変えた。

キールはいつもそう。パーティー内でのムードメーカーであり、俺達の気持ちを和らげて時には後押しもしてくれた。

「おや？　エリオットはまだ働くのかよ？　金なら腐るほどあるだろ？」

「どうも働かないのは落ち着かないのですよ。彼女の父親が騎士団長ですし断るわけにも……」

苦笑いしながら呟くエリオットを見て、俺達は驚く。

「恋人がいるのは知っていたけど、貴族とは思わなかったぞ……」

騎士団長と言えば武闘派貴族の方だ。というとエリオットは婿《むこ》入りだ。そうなると断るわけにもいかないだろうな。

「皆にもそれぞれ道があるものね……」

クルネが目端からこぼれる雫《しずく》をそっと拭《ぬぐ》い、呟く。

クルネも納得したようだ。

「いいなー。エリオットは貴族様かー」

キールが背もたれに体重をかけながら、椅子をキシキシと鳴らす。

「キールはどうするんです？」

エリオットに尋ねられて嬉しかったのか、キールが人懐っこい笑みを浮かべて答える。

「おー、俺か？　俺はドラゴンの討伐で貰《もら》った大金で国をあちこち旅するね。自由気ままにあっちこっちで美味い飯を食って、女を抱いて豪遊するさ」

実に人間らしい行動だ。それも一つの道で考えないでもなかったが、どうも俺には合わないことだった。

「もう、あんたは相変わらずね」

「キールらしいですね」

「そうだな」

キールの相変わらずの発言に皆が笑う。

「私は――」

「クルネはどうでもいいよ」

クルネが何かを語ろうとしたところで、キールが遮《さえぎ》る。

「何でよ！　言わせなさいよ！」

キールがからかいクルネが怒る。いつも通りの会話に頬が緩むのを感じる。

「私は魔法学園から招待状を貰っているから先生になるわ」

「へー、先生か」

俺達の心を表すかのようにキールが言う。

「あれ？　有名な魔法学園の先生よ？　エリオットの時のように驚いてもいいんじゃない⁉」

「いや、そんなこと言ってもお貴族様が通う魔法学園のことなんて知らねえし」

キールがどうでも良さそうに答えると、クルネが信じられないとばかりの表情をして、俺とエリオットに視線をやる。

「すいません、僕も勉強中で」

「俺も剣だけしか知らないしな」

「はあー……」

俺に関しては聞くまでもないと思う。剣だけが取り柄の孤児上がりの冒険者に貴族が通う学園のことを知れというのが無理な話だ。

「それでリーダーはどうするの？」

ため息を吐《っ》いたクルネが、改めて俺へと視線を向ける。

キールとエリオットも気になるのか視線が集まる。

「俺か？　俺はノルトエンデで暮らすよ」

「「どこそれ？」」

人が暮らそうと思っている村のことをどこそれとは失礼な奴等だ。

だが、それでいいのだ。普通の人が知らない遠い村だからこそ、俺の容姿や名声も広がってはいないだろう。

「隣国ヴェスパニア皇国をまたいで、奥にあるシルフィード王国の遥か西だよ」

「……そりゃ随分遠い所だな。馬車を乗り継いでも最低一か月半はかかるんじゃねえか？」

俺がノルトエンデの大体の場所を述べると、キールが呆《あき》れたように呟く。

大国であるヴェスパニア皇国を横断して向かうからな。様々な街や村を経由し、時には野宿すらあり得るが、そんなものは長い冒険者生活の中で慣れっこだ。前回の時は一人で向かったわけだし。

「ですが、リーダーが穏やかに暮らすにはそれくらい遠い場所でないと無理だと思いますよ」

「エリオット、俺はもうリーダーじゃないぞ」

「すいません。つい、長年の癖で呼んでしまいした。では、アルドと」

俺が軽く窘《たしな》めると、エリオットが爽やかな笑みを浮かべながら名前を呼ぶ。アルドレッドと呼ぶには長いので、親しい奴等は俺のことをアルドと呼ぶ。

「俺はリーダーの方がしっくりくるから、これからもリーダーって呼ぶけどな」

「あっ、それわかる！」

何がわかるのかはわからないが、キール達は俺のことをリーダーと呼ぶ方が圧倒的に多い。俺としては一人だけ名前で呼ばれることが少なくて少し寂しく思っていたのだが、屈託のない笑顔でそう言われてはリーダーと呼ばれるのも悪くない気がする。

「遠い田舎の村なら他にも候補はたくさんあるわけだが、どうしてリーダーはシルフィード王国のノルトエンデにしたんだ？」

キールが椅子の上で胡坐《あぐら》をかきながら尋ねてくる。

相変わらず体の動きが軽くて猿みたいなやつだ。猿顔も相まって余計にそう思える。

「それもそうね。どうしてそこなの？」

クルネが小首を傾《かし》げ、エリオットも視線を投げて問いかけてくる。

「……九年ほど前に一度一人で行ったことがあってな。そこにある美しい花畑と静かな村の景色が今でも忘れられないんだ」

「「…………」」

俺はノルトエンデを選んだ理由を素直に言ったのだが、キールやクルネ、エリオットは目を丸くして黙り込んでいる。

何だ。どうしてそんな風に驚く？

「何で黙るんだ？」

「……いや、リーダーが花畑を忘れられないって……なあ？」

一番近くにいるキールに問いかけると、キールが戸惑った様子で言う。

「そうよねえ。剣ばかりに打ち込んでいたリー……アルドが花畑を気に入ったとか意外だわ……ねえ？　エリオット？」

「えっ、僕にも振るんですか？　……いや、まあ、正直に言えばアルドには似合わないような……」

エリオットがうろたえながらもバッサリと酷いことを言う。

うん、わかっているさ。竜殺しと呼ばれて剣にしか興味のないおっさんが、花畑を気に入ったとか言ったら驚くよな？　似合わないよな。でも、ほっとけ！　あそこにある花畑や自然が気に入ったんだよ。

「まあ、そういうわけだから俺はノルトエンデに住む！」

そうきっぱりと宣言したわけだが、キール達の表情は難しい。まるで怪しい者を見るような目つきだ。

「……うーん、実はノルトエンデに凶悪な魔物が住んでいるとか、山籠もりして修行するとかじゃねえんだよな？」

キールの言葉に同意するようにクルネとエリオットも頷《うなず》く。

俺ってそこまで疑われるほど剣ばかり……だったたな。疑われてもしょうがないな。

「強さを求める気はもうない。それは俺の様子を見ていたお前達が一番わかっているだろ？」

中途半端な気持ちでパーティーを解散させたわけではない。そんな思いを込めて眼光を険《けわ》しくして言う。

「お、おう」

「それもそうですね」

「わかったわ」

ようやく俺の気持ちを理解してくれたのか、キール達が頷く。

「それじゃあ、今日で解散だ。俺は王国に戻るつもりはないが、もし暇があればノルトエンデに来てくれ。歓迎する」

張り詰めた雰囲気のまま解散するのも何なので、雰囲気を変えるかのように明るく言う。

「そうだな。リーダーが村人として働いている姿を見るのもいいもんだな」

「僕には想像できませんが」

キールが白い歯を見せて笑い、エリオットが苦笑いをして言う。

人を見世物みたいに言わないでくれ。

「そうね。それほど長い休暇が取れるかわからないけど、何とかして行くわ」

皆がそれぞれの道を歩もうともパーティーの縁は切れることはない。そう思えた俺の胸の中には温かいものが広がっていた。

◆　◆　◆

その後、俺達は速やかにパーティーを解散した。最後に酒場でクエストでの思い出話を語り合いながら楽しく食事をした。

クエスト中に誰がやらかしたとか、あの時はこうだった。思いもよらぬ魔物が出てきて焦ったとか、死にそうになったとか。

とにかく色々なことを話して笑い合った。

これから先、全員が集まる機会はかなり少なくなるとは思うが、それぞれ皆が自分で望んだ幸せを摑《つか》めるのならばいいことだと思う。もう、命を張って戦う必要がないのだから。

クルネが最後に泣きかけて思わず俺もうるっときたのだが、そこは何とか堪《こら》えた。解散を宣言したリーダーが解散を惜しんで泣くとか締まりが悪いからな。

最後は全員がお互いの健闘を称え合い、また会おうと言って笑顔で別れた。

アバロニア王国一のAランク冒険者パーティー『黒銀』は、本日をもって解散した。

仲間に解散を宣言した翌日。俺はすぐさま宿にある荷物を纏《まと》めて、全身を覆うフード付きのローブをすっぽりと着込み、宿を後にした。

国を出るからには速やかに目立たずに出る方がいい。

冒険者ギルドでの細かい解散手続きはキール達に任せた。俺が出向いて解散を告げれば間違いなく騒ぎになり、ギルドの職員や貴族、王族に引き留められるからな。

行儀のいいことだとは思えないが、俺が穏やかな生活を送るためだと思えばいい。これまでギルドには多大な貢献をしてきたのだ。これくらいの我儘《わがまま》は許してくれてもいいだろう。

王都の門の近くで停まっている、いかにもお登りな村人にお金を渡して荷物と一緒に馬車に乗せてもらう。今は竜殺しで王都が賑わっているせいか、内から出る馬車に対しての検問は緩い。黒髪黒目の男など腐るほどいるので、誰も俺と疑うことなく王都を出発することができた。

冒険者装備をしなければ竜殺しの冒険者ってわからないものなのだな。

バレそうなら、貧民街のいかにもな連中に金を握らせて出ることも考えたが問題ないようだ。

王都を出た俺は、ガタゴトと馬車に揺られて道を進む。

解散手続きはもう少し後に行われる予定なので当分は大丈夫だろう。いずれはどこかから面会を求める奴等が来たり、ギルドから様子見の人員が派遣されるはずだ。

キールが上手くそれを誤魔化してくれるだろうが、それは時間の問題だ。

騒ぎになる前に少しでも遠くに辿り着かなければ。

俺は小さくなる王都の城壁から視線を切る。

そして目を閉じ、ノルトエンデの光景に思いを馳せるのであった。

第1話　ノルトエンデ

なだらかな勾配《こうばい》が続く道を歩き続ける。

両側には穀物畑とブドウ畑が青々と広がっており、緑豊かだ。

遠くにあるのはどこまでも青い空と連なる山々。人の姿は今のところ見つからない。どこか遠くで畑仕事をしているのか、隠れて見えないだけかもしれない。

アバロニア王国から旅立って一か月半。

俺はようやくノルトエンデにたどり着いていた。

九年前と変わらぬ景観に思えたが、微妙に畑の大きさが変わっていることに気がついた。前回に来た時はもう少し畑の範囲が狭かった気がするが、九年もの月日が流れているのだ。畑が広がったりすることもあるだろう。

ふんわりと風が吹くと土の香りや草の匂いが鼻孔をくすぐる。

風の気持ちよさに目を細めて、どこまでも広がる景色を眺める。

この先の道を真っ直ぐに行けば民家が見えるはずだ。そして、その奥には俺がかつて見惚れた花畑もある。

旅の間も散々夢想して求めた場所だ。そう思うだけで胸が高鳴るのを感じる。

美しく広がるブドウ畑から視線を切り、麻袋を背負い直して歩き出す。

すると、ブドウ畑から作業着を着た女性が出てきた。

小麦色の肌をしており、赤い髪はバレッタで後ろに纏められている。身長は百六十センチ手前くらいで、体格は分厚い作業着のせいかよくわからない。

赤い髪をした女性はキリッとした赤い瞳をこちらに向けて歩いてくる。その鋭い眼差しは女性の意思の強さを表すようであった。

とりあえず無言でいるのも気まずいし、敵意がないことをアピールするためにこちらから言葉を投げかけてみる。

「……こんにちは」

「……こんにちは。で、貴方《あなた》だれ？　ここら辺じゃ見かけない顔だし、さっきから人の畑の前でボーっと立っていられると気になって仕方がないんだけれど」

怪しい者を見るかのような目で睨《にら》む女性。

挨拶を律儀に返すところを見ると、そこまで悪い人ではなさそうに思える。少し口調は厳しいが、彼女からすれば俺は自分の畑の前でうろちょろする怪しい者なのだ。仕方がないと思う。田舎の村にきた新参者は、大抵このようなお出迎えをされるものだ。

「えっと、すまない。俺はここに住みたくて来た者で怪しい者じゃない」

少し穏やかな口調で述べると彼女が「ふーん」と呟く。

「……黒髪に黒目ね」

「えっ？」

彼女が小さく呟いた言葉が聞こえず、俺は思わず聞き返す。

「何でもないわ。どこから来たの？」

「アバロニア王国からだ」

彼女の態度に釈然としないが、ここで言いよどむと怪しまれるのできっぱりと答える。

「随分遠いところから来たのね？　まあ、見たところ盗賊でもなさそうだし村長の家に案内するわ。詳しくは村長に聞いて」

「助かる」

九年前に来た時は村長の家には訪れていなかったからな。案内してくれる人がいるのは心強い。

「見かけない人が一人でうろついていたら皆が不安になるから仕方がなくよ。付いてきて」

何でもないという風に片手を振った彼女は、くるりと体の向きを変えて歩き出す。

さばさばとした女性だなと思いつつ、俺は黙って後ろについていく。

女性の後ろについて道なりに進むと、茶色い屋根が寄り添うかのように立ち並ぶ民家が見えてきた。あの民家が固まっているところが恐らく中心部だろうな。

そこから離れていくにつれ民家は少なく、まばらになっていく。

前回から人口が爆発的に増えていなければ人数は数百人といったところだろうな。

土の道をしばらくザクザクと進んでいると、荷車を引いた男性とすれ違う。

「おや、アイシャ。その男は誰だね？」

当然、俺のことを知らない男性は足を止めて尋ねてくる。

この女性、アイシャって言うんだ。

「ここに住みたくて来たんだって」

「そうかい。それは珍しいことだ。これからよろしくな！」

「よろしくお願いします！」

気さくに笑いかけてくる男性に頭を下げる。

「おやおや、礼儀正しい人だね」

男性は少し面食らったような顔になり、明るく笑う。

冒険者時代の先輩後輩関係が染みついていたせいか少し畏《かしこ》まってしまった。いくら新参者とはいえ、職人に弟子入りするわけでもないのに堅かったかもしれない。

「……村長から許可を貰えたらだけどね」

アイシャさん、そこは流してくださいよ。

中々にハッキリと言うタイプのようだ。

「まあ、この人なら大丈夫さ。じゃあ、許可をもらえたら教えてくれよー」

男性はそんなアイシャに慣れっこなのか、朗らかに笑って荷車を引いていった。

◆　◆　◆

アイシャに連れられて同じようなことを数回繰り返して歩くと、民家の集まる中心部へとたどり着いた。内職をしている男性や、洗濯物を干している女性から視線を感じるが、もう慣れた。こういうのは冒険者ギルドでもよくあったな。

新参者が気になるのは冒険者であろうと村人だろうと同じらしいな。

アイシャが付き添ってくれなければ、もっと奇異の視線で見られていただろうな。

今は気にせず周りの景色でも見ておこう。

村の中は、九年前よりも植えられる花の数が増えて少し華やかになっている気がする。

赤や黄色といった暖色で花を揃えた家もあれば、青や紫と寒色で色を揃えた家もある。

ただの家だというのに見ているだけで楽しい。

あちらの家は器用にもグラデーションで色の変化を表しているようだ。どうやって植えていけばああなるのか。

ノルトエンデはやっぱり花が美しくていいな。食材になるわけでもないのに自分の家にある花をここまで丁寧に育てているのはここくらいだろう。

「この村はいつも花が咲いていて綺麗だな」

「いつもって前に来たことがあるの？」

俺が民家にある花を眺めながら呟くと、前を歩くアイシャがちらりと視線を向けてくる。

「九年前に一度だけな」

「九年前⁉」

俺がそう言うと、アイシャが少し大きな声で叫ぶ。

常に落ち着いた雰囲気を醸《かも》す彼女が、ここまで驚くのは意外だ。

「そうだけれど、そんなに驚くことか？」

「いや、何でもない。ごめん」

俺が尋ねると、アイシャは素っ気なく謝って歩を進める。

いや、何でもないって言われても、こっちは凄く気になるんだが……。九年前に訪れた時に俺は何かしたか？　よく思い出せないな。

「着いたわ。ここが村長の家よ」

アイシャに驚いた理由を改めて尋ねたかったところだが、ちょうど村長の家についたらしい。

中心部から少し離れた場所に建てられた大きめの民家。裏には食糧庫でもあるのか倉庫らしきものが見える。

家の周りには青々とした芝が生えており、寝転ぶと気持ちが良さそうだ。

「ここか」

「それじゃあ、早速入るわよ」

俺が心の準備をする間もなく、アイシャが家の扉をコンコンと叩く。

……何だろう。身分の高い人と会うわけでもないのに緊張してきた。村長が許可をくれないと住めないからだろうか。魔物と戦う時の方が緊張していなかった気がする。

程なくして中から「はーい」と女性の声が聞こえてきた。

「あたし、入るよー」

そう言うとアイシャは遠慮なく扉を開けて入っていく。中の人が扉を開けるのを待たないのか？

「早く来なよ」

アイシャがそう言うので戸惑いながらも一緒に入る。

「あら、やっぱりアイシャちゃんね」

俺達を出迎えてくれたのはウェーブがかった金髪に翡翠《ひすい》色の瞳をした綺麗な女性だった。

それなりに歳をとった人だとは思うが、衰えを感じさせない美貌を保つ奥様と言った感じだ。

……どこかで見たことがあるような。気のせいか？

「フィオナさん、あたしもうちゃん付けされる年齢じゃないんだけれど？」

「小さい頃から娘と遊ぶ姿を見ていた私からしたら、アイシャちゃんはいつまでも子供よ？」

アイシャの抗議を笑って受け流す奥様。

アイシャは言い返すことができないのか、少し恥ずかしそうに身動《みじろ》ぎしていた。どうやら、物事をハッキリと言う彼女にも頭が上がらない相手がいるらしい。

「それで、今日は見かけないお客様を連れているようね？　彼氏の紹介かしら？」

落ち着いたところで奥様の翡翠色の瞳がこちらに向く。

俺の彼女さんだといいなとは思わないでもないけど、尻に敷かれそうだ。

「違うわよ。この村に住みたくてアバロニア王国から来たんだって」

「まあ、随分遠くから来たわね。詳しい話は村長である夫が聞きますから奥に入って下さい」

「はい」

彼女よりも今は住処《すみか》だ。俺は村長と話をするべく、奥様に案内されて奥の部屋へと向かった。

◆　◆　◆

村長の家の廊下を進みながら、アイシャがフィオナさんに尋ねる。

「ねえ、フィオナさん。フローラは今いないの？」

「ええ、あの子なら木の実をとりに行ったからいないわ。夕方までには帰ってくると思うけど？」

「……そう、なら後でブドウ畑に来るように言っておいて」

「わかったわ」

フィオナさんがそう返事をすると、アイシャが急に立ち止まる。

「じゃあ、あたしは仕事の途中だから戻るわ」

「あ、ああ。ここまで案内してくれてありがとう」

てっきり村長のところまで付いてきてくれるものだと思ったが、さっきの会話からしてアイシャはフローラという人に会うのが目的だったのだろう。

その人がいないとなれば、後は村長の仕事だから帰るということだな。相変わらず理由がさっぱりしていてわかりやすいな。

アイシャはくるりと踵《きびす》を返して外に出た。

「お茶でも飲んでいってほしかったけど、畑仕事があってはしょうがないわね」

フィオナさんが自分の子供でも見送るような面持《おもも》ちで呟く。久しぶりに帰ってきた子供がとんぼ返りする様を寂しがるようだ。

フィオナさんは扉から視線を切って「行きましょ」と俺に声をかけると再び歩き出した。

「ここが村長の部屋よ」

「はい」

俺が返事をするとフィオナさんが、扉をコンコンとノックする。

「村長。お客人がお見えよ。アイシャが連れてきてくれたわ」

「……わかりました。入れてください」

すると、中から男性の声が聞こえてきてフィオナさんが扉を開けてくれる。

フィオナさんに視線で促《うなが》されて俺が部屋へ入ると、ほりの深い顔立ちをしたダンディなおじさんが人の良い笑みを浮かべて立っていた。年齢は恐らく三十代後半くらいだろう。

白の長袖に赤いジャケット、茶色の長ズボンという服装だが、今まで見た村人よりも少し上質そうな生地であった。

村の長《おさ》である以上はこれくらいの服装をしなければならないのだろうな。

部屋には質素ながらも木製のタンスや本棚、ソファーが設置されており、奥には書類仕事をするための執務机までもあった。

「この方がこの村に住むのを希望しているそうよ」

「ほう、それは珍しい。外からうちに来る人は久し振りですね。どうぞかけてください」

フィオナさんがそう告げると、村長が穏やかな笑みをたたえながら着席を促す。

「はい、失礼します」

「お茶を淹《い》れてきますね」

俺が着席すると同時にフィオナさんが部屋から出ていく。

そういえば、喉が渇いていたので嬉しいな。

「私はノルトエンデの長をしておりますエルギスです」

「アルドです。この村に住みたくてアバロニア王国から来ました」

偽名を名乗ることも考えたが、止《や》めておいた。アルドと略すくらいで十分だろう。

元々アルドレッドやアルドという名前だってありふれたものだ。

「それはまた随分と遠い所から。何故ここに住みたいかお聞きしても？」

馬車を乗り継いで一か月半はかかるのだ。魔物をものともしない自分だからこそこの早さであって、並みの人ならば二か月はかかると思う。

そんな遠い所から来たら誰だって理由が気になるだろう。

「九年前に一度この村に立ち寄ったんです。その時にここで見た、花畑の美しい光景が忘れられなくて……」

「ああ、それで。あの花畑はうちの村の自慢ですよ。季節によって変わる花の色が美しくて見ていて飽きることがありませんなぁ」

どこか納得したように頷くエルギスさん。

「近隣の村の方や旅人も同じような理由で移住を希望しますが、アバロニア王国からは初めてですな。よっぽどあそこが気に入ったんですね」

その微笑みは先程の笑みよりも、ずっと穏やかなものであった。

先程の語りようから、エルギスさんもあの光景が大好きなのだということがわかる。落ち着いたらゆっくりと語り合いながら眺めるのもいいかもしれない。

そんなことを思っていると、扉がノックされてフィオナさんが入って来た。

トレーの上に載ったティーカップからは白い湯気が上がっており、そこからはさっぱりとした甘い香りが漂っていた。

「いい香りですね」

その香りをより嗅《か》ごうと思わず深呼吸をする。

「アップルミントティーよ。摘み立てだから香りがいいでしょ？　蜂蜜が必要ならお好みで」

「飲むと落ち着きますよ」

二人に促されて俺はテーブルに並べられたティーカップを手に取った。

匂いを嗅ぐとアップルミントの青リンゴのような甘い香りがした。香りを楽しみつつゆっくりとカップを傾ける。

アップルミントの爽やかな甘みが口内に広がり、鼻の奥をスッキリと駆け抜けていく。

じんわりと体の中から温まり、疲れがとれるかのようだった。

「……はあ、落ち着く」

思わずホッと息をついて呟くと、フィオナさんとエルギスさんがクスクスと笑う。

「ようやく素が出てきましたね」

「ええ、アルドさんってば緊張しすぎですよ。口調や態度も堅いからこっちも緊張しちゃいますわ」

そう言われて、俺は気付く。

アバロニアから目立たないように警戒しながら一人で移動していたせいか、緊張感が抜けきっていなかったようだ。

もう、俺はノルトエンデについたのだ。ここには冒険者ギルドの職員も、貴族も、王族もいない。

少しは肩の荷を下ろすべきだろう。

「すいません、一人で旅をしていたものですから」

年上であり初対面の方にため口で話すわけにはいかないが、今は自分らしい自然な笑みが浮かん

だ気がする。

「遠いところから来たわけですし仕方がないですよ。今日からはここでゆっくりと過ごしてください」

「ということは、ここに住んでもよろしいのですか？」

「はい、人となりも問題ないですしね」

村長の許可が貰えて俺は喜ぶ。

やった、ノルトエンデに住めるんだ。

「アイシャちゃんが悪い人を連れてくるはずがないもの。あの子ってば、さばさばしているけど結構人を見る目はあるのよ？」

ノルトエンデに来るには絶対にブドウ畑の傍《そば》を通る必要があるので、アイシャは自然と人を見定める観察眼を養っていったんだな。

最初はちょっと怖かったけど。

「中心部の方は家が余っていませんが、そう遠くない場所になら家が空いているのでそこを回ってみますか？」

「はい、お願いします」

「とは言ってもすぐに住めるわけではないので、今日はうちに泊まって旅の疲れを癒してください。家回りは明日にしましょう」

その申し出は非常にありがたい。長い間馬車を乗り継ぎ、目立たない宿を選んで泊まり、徒歩で移動する。なんてことを繰り返していたせいか結構疲労が溜まっている。

きちんとした家で警戒することなく眠れるのは大変嬉しいことだ。

「お世話になります」

「はい、お世話しますね」

俺がぺこりと頭を下げると、フィオナさんがにっこりと笑いながら言う。

何てことはない会話だが温かみを感じる。

俺にも両親がいればこんな感じだったのだろうか。こんな感じだといいな。

「アルドさんは何か特技があったり、やりたいことはありますか？　何かあれば誰かに紹介しますよ？　働き盛りの男性は皆大歓迎だと思いますので引く手は多いと思います」

……特技ややりたいことか。

俺にできる最大の特技と言えば魔物の討伐だが、それは俺の望むことではない。

ここは魔物の出現頻度も少ないみたいだし、俺がやる必要はない。

やるならば冒険者の技能を生かして狩りをしつつ、小さめの畑を持って耕すことかな。

自分で畑を耕して、野菜や穀物を植えて食べる。そんなゆったりとした自給自足の生活を送ってみたい。

狩りならば冒険者時代に食料確保のために何度もやった。器用なキールほどではないが弓矢だってそれなりに扱える。

農業はやったことがないので誰かに教わりながらになるが、狩りで得た獲物を分ければ問題ないと思う。

「……そうですね。狩りに自信があるので狩りをしつつ、小さな畑を耕したいです」

「おお、うちの村には狩りをする人が少ないので大変嬉しいですね。家のことが落ち着いたらこの村にいる狩猟人《しゅりょうにん》を紹介しますので、この山でとれる食材や動物のことについて教わってください。畑については何を育てるかによって誰を紹介するか変わるので、考えておいてください」

「何から何までありがとうございます」

そこまでしてもらうと、狩りの方を頑張らないといけないな。意地でも何かお礼をしたくなってしまう。

「いえいえ、アルドさんはもう村の一員ですからね。村長としてでなく、一個人としてもお助けしますよ」

エルギスさんはどこか照れくさそうに笑う。

見た目のわりに結構シャイなのかもしれない。

「これからアルドさんはどうされますか？　お昼には少し早いですが、食事でもしますか？」

確かにお腹は少し空いているが、それよりも先に見たいものがある。

「いえ、花畑を見に行きます」

俺が立ち上がってそう告げると、エルギスさんはにっこりと笑った。

◆　◆　◆

荷物の入った麻袋を村長の家に置いた俺は、チーズやラズベリー、ビスケットといった携帯食料だけを持って外に出た。

花畑までの道のりは何となく覚えている。

確か、村の中心にある広場から西へと伸びる並木道を進むだけだ。それだけであの花畑へとたどり着くはず。

村長の家から南下し、広場から西方面へと歩いていく。

ほどなく、次第に民家と人の気配が少なくなり、並木道へと変化していった。

青々と茂る葉が風に吹かれて揺れる様は、俺を歓迎してくれているようである。

樹木は俺を奥へ奥へと誘うように連なっており、遥か先にまで続いている。

耳を澄ますと茂みから聞こえる虫の声や、樹木に留まる鳥の鳴き声が聞こえてきて心地よい。

冒険者時代は魔物が多く生息する場所ばかりに赴《おもむ》いていたので、あまりゆっくりと自然を楽しむ余裕はなかったな。

こんなにも爽やかな気持ちになれるのであれば、パーティーのメンバーと一緒に散歩やピクニックにでも行けばよかった。

あの頃はとにかく強くなるのに、生きるのに必死だったからなぁ。

こういう道を馬車で通ったとしても寝ていたか、筋トレをしているか、ただの道としてスルーしていた気がする。そう思うと俺は何て勿体《もったい》ないことをしていたのか。

呆れながら俺を見ていたパーティーメンバーの気持ちが、今ならわかるかもしれない。

並木道は奥へ奥へと進むごとに鬱蒼《うっそう》とした雰囲気となり、森を彷彿《ほうふつ》とさせるほどになってきた。

「でも、ここを抜けると……」

あの美しい花畑があるはずだ。目的の場所は近い。

一歩、一歩と進むごとに自然と自分の足が速くなるのを感じる。

ザクザクと土を踏みしめて足を精一杯回す。次第に足は速足から駆け足になっていた。

この先に俺が焦《こ》がれた場所がある。

あの日、王都で思い浮かべた時から何度夢想したことだろうか。

九年前の古い記憶を掘り出して、足りないところは拙《つたな》い想像力で補った。

それでも納得できる光景は一度として思い浮かべられたことはない。俺の目に脳に焼き付いた映像がこんなものではないとずっと否定していた。

だが、ここに正解がある。九年前から自分を魅了し今も離れない光景が。

立ち並ぶ樹木は次第に途切れ、奥から眩《まばゆ》い光が見えた。

そこを目指して走ると――そこには広大な花畑が広がっていた。

色鮮やかな赤、ピンク、オレンジ、黄色、白と様々な花が咲き乱れており、それが遥か彼方まで続いている。俺の貧相な知識や語彙《ごい》力では言い表すことのできない色の花もあり、グラデーションがかった色もある。

ここは花のカーペットだ。

花の種類も様々なものがあり、近くにある花へと視線を向けるだけでナノハナ、チューリップ、ポピー、キルルクといったものが見受けられた。

空はどこまでも青く広がっている。

どこからか風が吹くと、一面に咲いた花々がゆらゆらと揺れて甘い香りが漂ってくる。

「…………」

俺は一面に広がる花畑を瞬きすることなく見つめていた。いや、美しすぎて目が離せないという方が正しいか。

この世のものとは思えない美しいこの光景を見ていると、まるで世界からここだけ隔絶されてしまったかのように思えてしまう。

色が織りなす幻想的な光景を見て、俺はこう思う。

俺の夢想していた記憶など話にもならない。比べるのがおこがましいというくらいに現実の風景は美しかった。

空想とは色が、花が、空気感が違っていた。それに匂いもなく、風もなく、音もない。足りないものだらけだ。

九年前の光景が忘れられなくて脳裏に焼き付いていたと思っていたが、人間の記憶力とは曖昧なものなのだと思い知らされた。

「……やっとたどり着いた」

思わず口から乾いた言葉が漏れる。

これが俺の求めていた光景。俺が求めてやまなかった場所。

今そこにたどり着いたのだ。

そう思うだけで胸が温かくなり、嬉しさや感動といった様々な感情がこみ上げてきて目尻から自然と涙が出てきた。

頬を伝う涙に自分でも驚いて慌てて手の甲で拭う。

これは感動による涙なのだろうか。わからない。

このようなことは経験したことがなかった。

自分でもよくわからない感情に戸惑うが、竜を討伐してから生まれた空虚感がここに来て少し埋められた気がした。

涙が収まり、自分の感情が落ち着いてきたところで俺は歩き出す。

この美しい花々を一面から眺めるだけでなく、様々な角度から眺めてみたくなったのだ。

花が咲いていない場所をできるだけ選んで俺は歩く。

歩きながら視線を向けると様々な種類の花があることがわかる。

見たことのない形をした花や、妙に細長いものや短いもの、花弁が積み重なったものと多種に渡るが、俺には名前が全くわからないのが悔しい。

だけど、この花は何という名前なのか、いつ咲くのか、どんな花言葉があるのかと想像するのは少し楽しくも思えた。

花の色や甘い香り、土や草の匂いを堪能しながら俺は花畑の中を進んでいく。ここを歩いているだけで花の良い香りが服に染みついて洗濯しなくてもいいかなと思わなくもない。フィオナさんから漂っていたフローラルな香りは、花を利用しているんだなと推測する。

花を見て、色々なことを考えながらなだらかな起伏をした小山を越えていく。

何百メートルもの距離を歩き、小山を越えたがその先にも花畑は続いていた。

しかも、先程見ていた花と微妙に形状や色も違う。

一体ここだけで何種類の花があるのやら。

他に先程と異なる点は、視線の遠くにポツリと樹木があることだろう。

大きくもなく小さくもない、どこにでもありそうな樹木だが、ここの花々に上手く溶け込んでいるのが不思議だった。

まるで、あそこの木の下で一休みでもしろと言わんばかりの場所だな。

あの樹木の下にある陰で寝転び、昼寝をするのはさぞかし気持ちがいいだろうな。夏だと絶好の避暑地になるに違いない。

夏という言葉で思い出したが、ここにある花は季節が変わるごとに色が変わるんだよなあ。

そんなことを教えてくれたのは誰であっただろうか?

九年前のことだからよく思い出せないな……。

思い出せそうで思い出せない記憶にモヤモヤするのも勿体ないので、一先《ひとま》ずは頭から追い出すことにする。

「ちょっと足も疲れたし一休みしようかな」

まずは日陰で腰を落ち着けようと樹木へと近付くと、奥に広がる花畑から一人の女性が出てきた。

鮮やかな金色の髪を腰まで伸ばしており、クリッとした瞳は翡翠色でエメラルドのようだ。

少し童顔なせいか歳は下の方に見えるが、顔の造りは整っておりまるでお人形さんのようであった。

華奢《きゃしゃ》な体軀《たいく》を包むのは、清潔感のある白いブラウスであり、丸みを帯びた腰回りは紺色のスカートに包まれていた。

花畑に住む妖精がひょっこりと顔を出したんじゃないかって疑うくらいに綺麗な女性だ。

妖精さんは呆然とした表情でこちらを見ている。

ずーっと見つめ合うのが何だか恥ずかしくなったので、俺はとりあえず妖精さんに声をかけてみることにした。

「……えっと、こんにちは」

「――っ!?」

俺が手始めに挨拶をすると妖精さんがびくりと肩を震わせた。

急に二十七歳のおっさんが話しかけたから驚いたのかもしれない。

とにかく怖がらせないように一歩も動かずに、できるだけ穏やかな表情で見守ることにする。

「……ぁ、えっと……」

彼女は顔を少し赤くし、もじもじとしながら小さな声で何か呟く。

翡翠色をした瞳は俺の方へと視線をやったり外したりと忙《せわ》しなく動く。シャイな人なのだろうか？

どうしたものかと思って見つめていると、彼女が勇気を振り絞るかのような表情で、

「……こ、こんにちは！」

と、叫び。勢いよく村の方へと走り去っていった。

あっという間に小さくなっていく背中を見つめながら俺はポツリと呟く。

「……俺ってそんなに怖い顔してるかな？」

第2話　妖精との再会

青い空が茜《あかね》色に染まり、辺りが暗くなってきた頃。村長の家にたどり着いた俺は扉をキィッと開けた。

「お帰りなさい」

俺が玄関へと入ると、奥の部屋からフィオナさんが顔を出して声をかけてくれる。

「……ああ、はい。ただいま」

こんな風に温かく出迎えられるのは随分と久し振りな気がする。

そのせいで少し反応が遅れてしまった。

パーティー仲間の出迎えは、「おう、おかえり」「遅かったわねー」「また訓練ですか？」といった軽い感じだったからな。

そういう親しみのある出迎えも悪くはないが、こうした丁寧な言葉をかけられるのも悪くなかった。フィオナさんの労《いた》わるような温かい言葉が胸に染みた。

俺ってば結構母性に飢えているのかもしれないな。

ノルトエンデでゆっくりとした生活さえ送れれば、結婚できなくてもいいんじゃないかと考えていたんだけどなあ。

こうして出迎えてくれる人がいると思うと、少しながら結婚願望が出てきたな。

「夕食ができているからこちらにいらっしゃい」

フィオナさんがにっこりと微笑《ほほえ》みながら手を振る。

奥の部屋からは食欲を刺激する香りが漂っていた。香草で味付けをした肉の匂いや、チーズの匂いなどが強く感じられる。

その匂いを嗅ぐだけで胃袋が刺激されてお腹がくぅと鳴る。空腹を訴えるお腹をさすりながら奥の部屋へ入る。

そこは台所とリビングがくっついた部屋のようで、奥には台所、手前側には柔らかそうなソファーが置かれており、中央には六人ほどが座れる大きなテーブルがあった。

「ああ、お帰りなさいアルドさん。久しぶりの花畑はどうでした？」

席についているエルギスさんが穏やかな笑みをたたえて尋ねてくる。

「凄く綺麗でした。自分が想像していたよりもずっと……。あまりの居心地の良さについ昼寝をしてしまい、戻って来るのが遅くなりました。すいません」

「気にしなくていいですよ。ちょうど夕食の準備が整ったところですし。昼寝というとあの木の下ですかな？」

「はい」

「あそこはいいですよね。寝転がると涼しくて、地面にも柔らかい草木が生えているお陰でクッション性もいい。私も時間が空いたときは今でも昼寝をしますよ」

つい先程まで堪能していた俺には酷く同意できる言葉であった。

「あの場所は、いつでも村人に人気で大人も子供も取り合いをしているんですよ。そうして言い争って喧嘩をした後には、それぞれが仲良く寝転がって昼寝をするんですよねぇ」

テーブルに食器を並べるフィオナさんが穏やかな口調で言う。

なるほど、となると今日半日独占できた俺は運が良かったんだな。もしかしたら、あそこで出会った女性も樹木の下で休憩しようとしていたのかもしれない。

けれど、そこには見慣れない男がいて。そう思うと帰っていったのも納得できるかもしれない。

「あの木の下には、たくさんの思い出が詰まっていますねぇ」

懐かしむように呟くエルギスさん。

村人と思いを育《はぐく》む木。何かいいなあ、そういうの。

「ええ、私と貴方の出会いもあの木の下でしたよね。子供の頃は出会う度にどちらが昼寝をするかで毎回大喧嘩をしていました」

「あの時はお互いに子供でしたからねぇ」

フィオナさんの言葉に驚いて視線を向けると、エルギスさんが苦笑いをしながら言う。

へえ、穏やかな性格をしているエルギスさんにもそんな少年時代があったのか。

「そして、一番の思い出はあの木の下で貴方が告白してきたことですねぇ……」

「……フィオナ、それをアルドさんの前で言われるのは恥ずかしいんですけど……」

うっとりとしつつフィオナさんが言い、エルギスさんが恥ずかしそうに言う。

「ほほう、二人の思い出の場所で告白ですか」

俺はニマニマとした表情を浮かべながら、エルギスさんを見る。

「若い時の話ですよ。そ、それより、アルドさんに娘を紹介しておきましょう！　おーい、フローラ！」

「はーい！」

エルギスさんが呼びかけると、台所の方から耳当たりの良い澄んだ声が聞こえてきた。

「逃げましたね」

慌てるエルギスさんを見て、俺とフィオナさんはクスクスと笑う。

エルギスさんはどこか居心地が悪そうにしながら、声の主を今か今かと待っているようだった。

やがて、エルギスさんの娘さんがパタパタとやってくる。

「彼がこの村に住むことになったアルドさんだよ」

フローラと呼ばれたエルギスさんの娘を見た俺は驚いた。

その女性は先程花畑の木の下で出会った、金髪に翡翠色の瞳をした女性であったからである。

向こうもこちらに気付いたのか、目を丸くして固まっていた。

「……アルド……」

綺麗なピンク色をした唇から掠《かす》れるように俺の名前が呟かれる。

「さっきの……」

逃げた妖精と言いかけて、俺は口を閉ざした。

「おや、どこかで会ったのですか？」

驚く俺達を見て、エルギスさんが怪訝《けげん》そうに尋ねてくる。

「ええ、先程花畑の木の下で」

俺がそう答えると、フィオナさんがからかうように言ってくる。

「あらあら、木の下で出会うなんて私達みたいですね」

「喧嘩なんてしていませんからね？」

挨拶して逃げられただけだ。何か自分でもそう言うと悲しくなってきたな。

会話の流れが不穏な方に流れたと感じたのか、飛び火するのを恐れたのか、エルギスさんが咳ばらいをする。

「そうですか。それなら話が早いですね。ということで、今日はアルドさんがうちに泊まるからフローラもよろしくお願いしますね？」

「………………」

エルギスさんが念を押すように語りかけるが、フローラには反応がない。ただジーッと俺の顔を見ているようだった。

「フローラ？」

「あっ、はい！　わ、わかりました！　それじゃあ私は料理を持ってきますので！」

エルギスさんの声によって我に返ったフローラが、慌てて台所へと戻る。

また逃げられた気がする。とはいっても、これから同じテーブルで食事をとるんだろうけどね。

「すいません、娘は人見知りなもので。すぐに食事を運ぶのでアルドさんもお掛けになってお待ち下さい」

「はい、では失礼します」

妙な空気が辺りに漂ったのだが、エルギスさんに促されて少し和らぐ。

フローラは人見知りなんだよね？　俺を怖がっているとか嫌っているとかじゃないよね……？

そんなことを思いながら、俺は席についた。

◆　◆　◆

「おお、今日は豪勢だね」

テーブルの上に並べられた料理を目にして、エルギスさんが嬉しそうに言う。

俺達の目の前には、ジャガイモ、ニンジン、ウインナー、キャベツ、ブロッコリーがゴロゴロと入っている具だくさんのポトフ、山菜とキノコをバターで炒めたもの、鶏肉の香草炒め、一口大にカットされたパンにとろとろのチーズがあった。

まさに御馳走と言っても過言ではないメニューだ。眺めているだけで表情がほころぶ。

「この村に新しい住人が増えるんですもの。今日はお祝いよ」

「そうだね。今日はお祝いの日だからね。私も十年物のワインを開けることにしよう」

「ありがとうございます」

二人の温かい言葉を聞いて、俺は思わず頭を下げて礼を言う。

こんな出会って間もない人間にここまで優しくしてくれるなんて。感激でちょっと涙が出そうになった。

席を立ったエルギスさんはいそいそと部屋を飛び出し、ほどなくしてワインボトルを抱えて戻って来た。エルギスさんの顔はどことなく嬉しそうで、楽しみにとっておいたワインなのだということが凄くわかる。

「……ノルトエンデ？」

ワインの銘柄を目にして思わず呟く。

「このワインはね、アイシャちゃんのところで作っているワインなんですよ」

ああ、アイシャはブドウ農家だったな。納得だ。シンプルに地名を表す銘柄にしたんだな。

エルギスさんがコルクを開ける中、フィオナさんが四人分のグラスを持ってくる。

「アイシャちゃんのところのワインはまろやかで飲みやすいんですよ。うちのフローラはあまりワインが好きじゃないですけど、アイシャちゃんが作っているワインは好きなんですよ」

フィオナさんに肩をポンポンと叩かれるフローラが、恥ずかしそうに顔を俯《うつむ》けながら頷く。

へえ、それは楽しみだ。

あのさばさばしたアイシャがそのようなワインを作るとは……。まあ、ブドウとアイシャの性格はさすがに関係ないんだけれどね。

室内にコルクが抜ける音が響き、それぞれのワイングラスに赤ワインがなみなみと注がれる。グラスからブドウの豊潤な香りが漂う。

「それじゃあ、新しい住人であるアルドさんに乾杯！」

エルギスさんの言葉に合わせて、それぞれのグラスを軽くぶつけ合う。

グラス独特のチンとした甲高い音が室内に響き、皆がグラスに口をつけた。

「うわっ、飲みやすい。舌触りが滑《なめ》らかだ」

さすが十年熟成されているだけあって味がマイルドだ。

渋みとコクがちょうど良く、これなら赤ワイン独特の渋みを苦手とする人も飲めるだろうな。

「気に入ってくれましたか？」

「はい、すごく」

毎日でも飲みたいくらいだ。

「こちらのチーズもうちの村で作られたものですよ。これと一緒に食べるとまた合うんですよ」

俺が気に入ったのがわかったのか、エルギスさんがどこか嬉しそうにチーズを勧めてくる。

皿に入ったトロトロのチーズに一口大のパンを擦り付ける。

とろみのあるチーズが瞬く間にパンを覆い、見ているだけで涎《よだれ》が垂れそうなそれを口に放り込む。

口の中に程よい濃さのチーズの味が一気に広がる。

それらを少し咀嚼《そしゃく》してチーズそのものの味を楽しみ、まろやかなワインをあおる。

香りと味わいが丁度いいチーズと、コクが程よいワインは相性がピッタリだ。

「合いますね！」

「でしょう？」

俺がそう言うと、エルギスさんが笑顔で答えながらパンにチーズをつけてワインと楽しむ。

前に座るフローラやフィオナさんもお上品にチーズとワインを味わっているようだ。

赤ワインとチーズは原産地が同じものを組み合わせると、外れがないというキールの言葉を思い出した。チーズとワインの特徴が似ていると、特徴同士で喧嘩することがないのだとか。こういったワインと料理の組み合わせをマリアージュだとか言っていた気がする。

その時は、それほどワインに興味がなかったのでそれ以上は思い出せないが、この組み合わせなら何杯でもワインが飲めそうだ。

チーズは冷めてしまうと美味しさが下がるので、チーズとワインを食べ進める。

途中、チーズのとろみが強かったせいかフローラの口からとろりと漏れるのが視界に入ったが、視線は向けないようにした。というか、向けなくても顔を赤くして恥ずかしがっている様子がよくわかった。

それからチーズを八割ほど平らげると、俺は目の前にデカデカとあるポトフに取り掛かる。

ゴロゴロとした大きなジャガイモを半分に切り分けて口に入れる。

塩やコショウ、香草などで味が絶妙に整えられており、そのスープを存分に吸ったジャガイモの味は最高だった。ホクホクとジャガイモの素朴な味に良いアクセントがついている。

宿屋などで出される、質素なポトフとは大違いだ。

スープをすくう動きが止まらない。

「このポトフ凄く美味しいですね。お店でも出せそうですよ」

「あら、良かったわねフローラ。貴方の作ったポトフが凄く褒められているわよ」

「あ、ありがとうございます」

こちらを上目遣いで窺《うかが》うように見ながら、お礼を言うフローラ。

顔や耳は真っ赤になっておりとても恥ずかしそうだ。見た目はフィオナさん似だが、こういう内面はシャイなエルギスさんに似たのだろうな。

同じく味の染みたニンジン、キャベツ、ブロッコリーを味わう。

エルギスさんによるとこれらの野菜も全てこの村で穫れたものらしい。ブロッコリーやニンジンはエルギスさんが育てたものなのだとか。

これまで食べていたものと同じものとは思えないくらいに甘くて、しっかりとした歯ごたえがあった。

これが穫れたての野菜か。新鮮な野菜を味わったせいか、益々畑で作物を作りたくなったなあ。

ジューシーなウインナーを味わい、スープにパンを浸《ひた》して味わう。

俺がポトフを食べていると、フローラからチラチラと視線を感じるが話しかけられはしない。

自分が作った料理を褒められて嬉しいんだろうなと思い、気にしないようにした。

俺も冒険者の時には炊事を担当したので、その気持ちはわかる。自分が作った料理を美味しく食べてもらえるのは嬉しいことだからな。

そんなフローラの様子に気付いたエルギスさんとフィオナさんは、温かい目でフローラを見ていた。無言ではあるが、まったく気まずくない心地よい静寂だな。

ポトフを平らげて、鶏肉の香草炒め、山菜とキノコのバター炒めを食べ進めていると、前に座るフローラがそわそわとしだしたのがわかった。

フォークを右手に持ってはいるものの、その手はまったく動かない。空になった俺のポトフの皿と俺の顔へ視線が行き来している。

さすがに彼女が何を求めているのかわからない俺ではない。

お腹もまだ膨れてはいないので図々しくもお代わりをしようかな。あのような美味しいポトフなのだからもっと味わいたいに決まっている。

俺の方からお代わりを頼もうと口を開きかけたところで、フローラの方から声をかけられた。

「あの、ポトフのお代わりはいかがですか?」

「……お願いします」

「はい!」

恐る恐る尋ねてくるフローラに、にこりと笑ってお皿を渡すと彼女は花開くような笑みを浮かべた。

手に持ったフォークを置いて、両手でお皿を受け取り嬉しそうに台所へと移動する。

それからフローラは俺のお皿一杯にポトフを盛り付けて戻って来た。

「はい、どうぞ！」

「ありがとう」

嬉しそうにする彼女を見て相好《そうごう》を崩すと、彼女も照れくさそうに笑う。

人見知りであった彼女も少し慣れてきたのか、こちらが話しかけるとはにかむように笑いながら答え、フローラからも何回か質問をされるようになった。

夕食を共にすることで彼女との距離が少し縮まった気がする。次に会った時はきっと逃げられないと思う。

その後、俺はポトフを二回お代わりした。

◆　◆　◆

ノルトエンデの食材を使った料理を堪能した俺は、エルギスさんの心遣いによりお風呂へと入らせてもらえることになった。

エルギスさんの家の一番奥にある脱衣所で、俺は服を脱いでいく。

普通の人がお風呂を用意するには、井戸から何度も往復して水を運んで湯船を満たし、薪《まき》に火をつけて湯を温めなければいけない。

言葉にするのは簡単だが、これが凄く重労働なのだ。

だから村人の間ではお風呂に入るのは贅沢《ぜいたく》とされており、普段は濡らした布で体を洗う。お風呂に入るのは一か月に一度という頻度で、後はお祝いのときなどに入るくらいだろう。

それなのに、会ったばかりの俺のためにお風呂を用意してくれるだなんて感激だ。

そのことを伝えると、エルギスさんは「丁度私達も入る予定だったのです」なんて笑顔で言ってくれる。

料理やお風呂の用意を手伝うでもなく、花畑に直行して昼寝をした自分が恥ずかしい。

もし、山で狩りをして獲物を仕留めた際は、真っ先にエルギスさんのお宅にお裾《すそ》分けしに行こうと思う。

服を脱いで裸になった俺は、そんな決意を胸に刻んで風呂場へと入る。

風呂場には木製の円形の湯船があり、詰めれば大人が四人入れるほどの大きさであった。

これは広い湯船だ。一人なら足を伸ばしてゆったりとできるだろう。

湯船から白い湯気がもうもうと上がり、星空が覗《のぞ》く窓の外へと消えていく。

時刻は夜なので室内は暗いのだが、窓から月明かりが差し込んでくるお陰で十分に明るかった。

早速湯船に飛び込みたくなったが、お湯を汚したくないのでまずは体を洗うことにする。

手作り感溢《あふ》れる風呂椅子に座り、湯船からお湯をすくってざばりとかけ湯をする。

「はあっ……」

温かいお湯が全身を駆け抜ける。その爽快感から思わずため息が漏れた。

ああ、なんて気持ちいいのだろうか。

それにしても今の俺ってばかなりおっさん臭い気がする。いや、二十七だから十分におっさんだけどね。

そんなことを思いながら頭からお湯を被り、そして今度は下半身を中心にお湯をかけていく。

はー、体の汚れと一緒に旅の疲れが落ちていくようだ。

全身を洗って湯船に浸《つ》かったらもっと気持ちがいいのだろうな。

早くお湯に入りたいので、さっさと体の汚れを落としてしまうことにしよう。

「確か部屋の隅に石鹸《せっけん》があるってエルギスさんが言っていたな……」

視線を少し彷徨《さまよ》わせると部屋の隅に小さな台があり、その上に石鹸が載せられていた。

それを無造作に掴み、タオルに擦り付けて泡立てると、フローラルな香りが漂い始めた。

「何だこれ？」

思わず石鹸を手に取って、匂いを嗅いでみると石鹸からフローラルな香りがした。

月明かりに透かして石鹸を見ると、灰色ではなく薄茶色をした石鹸であった。表面には花弁がついていた。

これは恐らく花の香りを利用した石鹸なのだろう。他にもハーブなどが練り込まれているかもしれない。

とても落ち着く匂いだ。ハーブティーのようにリラックス効果があったりするのかもしれない。

気持ちが落ち着くのを感じる。

素晴らしい花がたくさんあるノルトエンデならではの石鹸かもしれないな。花があるからといってこのような石鹼を作るのは難しいだろう。

きっとここに住む村人が花を調べ、試行錯誤しながらたどり着いたものなのだろうな。

感心しながら俺はタオルをさらに泡立てた。

それからタオルで全身をゴシゴシと洗っていく。身体をくまなく洗い終わると、頭と顔を一緒に洗い、頭からざばりとお湯を被る。

湯船のお湯を無駄に減らさないように気をつけながら泡と汚れを流していく。全身の泡を流すと生まれ変わったかのように体がさっぱりした。

タオルを湯船の縁にかけた俺は、念願の湯船にそーっと足を差し出しゆっくりと体を沈める。

「ああー……」

あまりの気持ちよさに思わず渋い声が出てしまう。

長い旅の疲れがお湯に溶けだしていくようだ。

頭を湯船の縁《ふち》に乗っけて手足を大きく広げてリラックスする。

ほうと息を吐いて天を仰ぐと、ちょうど開いた窓から月夜が見えた。

空には数多の光り輝く星々がある。

湯船をこの場所に置いたのは、窓から星空を眺めるためかと思いながらボーっと星空を眺める。

こうしてゆっくりと夜空を眺めるのはいつぶりだろうか。王都にいた時はゆっくりと立ち止まって夜空を見上げるなんてことは考えもしなかったな。

常に街中で灯《あか》りがついていたからだろうか。そこまで夜空を綺麗だなんて思ったこともなかった。

住む場所が変われば、そこから見える風景や気持ちが変わるのだろうな。

「落ち着いたら花畑の木の下から星空を眺めようかな」

きっと、あそこから見える夜空の景色は絶景に違いない。

◆　◆　◆

星空とお風呂を堪能した俺は、ラフなシャツとズボンに着替えて宛がわれた部屋へと行った。寝室にしては大きく、ベッド、テーブルや椅子、タンスや鏡など基本的な家具が設置されていた。恐らく、俺のような突然の来客に備えて一室くらいは生活できる空き部屋を用意しているのだろう。

麻の袋に入った荷物を整理した俺は早速とばかりにベッドへと飛び込む。

久し振りの柔らかい布団である。宿屋にいた時は迂闊《うかつ》に高級宿に泊まれなかったし、ここ数日間はずっと野宿であった。

それなりに腕に自信があるとはいえ、夜の森や洞窟で警戒しながら一夜を過ごすのは精神的にきついものである。パーティーの仲間がいた時は分担してやっていたから随分と楽だったなあ。

安心できる場所で眠れることの幸せさを痛感した。

柔らかい布団の感触を楽しむように、ベッドの上を転がる。

ベッドに敷かれたシーツや布団からは、先程の石鹼と同じフローラルな香りがした。

とてもいい匂いである。

俺もその石鹼で体を洗ったお陰か凄くいい匂いがしている気がする。

思わず腕の匂いを嗅いで、肌を触るとモチッと弾力が感じられた。

何だこれ？　俺ってばこんなに肌が綺麗だったっけ？　石鹸に混ぜ込んだ花には肌を美しく保つ成分でもあるのであろうか。というか、そうに違いない。フィオナさんやフローラの瑞々《みずみず》しい肌に納得である。

……明日は俺の家を決めるんだよな。

ノルトエンデでの居場所となる家。帰るべき所ともいえる場所ができることになる。

エルギスさんのように温かな家族はいないが、自分の帰るべき場所ができるのは凄く嬉しいな。宿屋のようなお金を払って一時的に泊めさせてもらう場所ではない。

自分が好きなように家具を置いて、好きなように使っていいのだ。

庭は広く花や野菜を植えられる場所がいいな。これからは自分で自分の料理を作っていくわけだし、台所は広い方がいい。

そう考えるだけで楽しくなり、自然と自分の頰が緩むのを感じる。

そんな自分だけの、自分にあった内装を妄想しているが、やっぱり重要なのは――

「……あの花畑に近い場所がいいな」

そう、そうすればすぐにでもあの花畑を見ることができるしな。

「明日から、俺の新しい生活が始まる」

そんなことを呟いたのを最後に、俺の意識は眠りの底へと落ちていった。

第3話　新しい家

翌日。エルギスさんの家で朝食を頂いた俺は、自分の家を決めるべくエルギスさんと空き家を巡ることになった。

自分の荷物である麻袋を背負ってエルギスさんと家の外に出ると、フィオナさんとフローラが見送りに出てきてくれた。

そんな二人に俺はぺこりと頭を下げてお礼を言う。

「すいません、お世話になりました。美味しいご飯やお風呂まで用意してくださり本当に嬉しかったです」

「いえいえ。これから一人暮らしは大変かもしれませんが、何かあればいつでも相談して下さいね」

「はい、分からないことがたくさんあると思うので、これからもよろしくお願いします」

初めての村暮らし。それも生まれた国でもない場所での生活だ。わからないことはたくさんあって迷惑をかけてしまうだろう。

そんな不安のある状況だが、こんなにも優しい人に出会えて繫《つな》がりができたと思うと一気に不安も吹き飛ぶ。

今は一方的に助けられる側だが、こちらが落ち着いたら絶対にこの恩を返そうと思う。

「……あ、あの、これお弁当です」

フローラが一歩前に出て、差し出してきたものはバスケットだった。

受け取って被せられた布を捲《めく》ると、中には具だくさんのサンドイッチがたくさん入っていた。

「よければ、お昼に食べてください」

モジモジと指先をいじりながら言うフローラ。

「ありがとう。とても助かるよ」

「い、いえ。またうちに食べに来てください」

お礼を言うと、彼女が照れくさそうに笑う。

こんなにも可愛らしくて、料理が上手くて、気配りができる女性は中々いないだろうな。

俺がもう少し若ければ口説《くど》いていたかもしれない。といっても、剣ばかりやっていたので俺には女性を口説くことなんて到底できないけどな。

それに彼女の年齢は十八歳。すでに成人年齢を二歳も過ぎている。彼女のような素敵な女性だったら村の男が放っておくわけがない。

きっと恋人がいるだろうな。

「フローラ、私にはないのかい？」

「貴方の分もきちんとあるわよ。私の手作りよ」

「おお、いつもありがとう」

エルギスさんが尋ねると、フィオナさんが手に持っていたバスケットを渡した。

最初からエルギスさんの分があるのを理解しての会話ではあるが、とても仲睦《むつ》まじい姿だと思える。このような何気ない会話、夫婦の仲の良さを表しているようであった。

俺がそんな二人の姿を見ていると、エルギスさんが振り返る。

「では、アルドさん行きましょうか」

「はい！」

お弁当を受け取った俺とエルギスさんは、空いている家を回るべく歩き出す。

「「いってらっしゃい」」

「「いってきます！」」

フィオナさんとフローラの重なる見送りの声に、俺とエルギスさんも声を揃えて応えた。

新しい家が手に入るという期待が大きかった俺だが、あの温かい家から遠ざかるにつれて名残惜しさを感じてしまう。

たった一晩だけ過ごした家だが、俺の人生の中でダントツに幸せな時間だと思えた。

「同じ村にいるのですから、いつでも会えますよ」

「……はい」

これからは、もっと幸せな時間が増えそうである。

◆　◆　◆

「さて、昨日のうちに空いている家を調べておきましたが、どんな家がいいとか希望はありますか？」

「そうですねえ、やはり一番の希望は花畑に近い西方面ですかね」

事前に考えていたことなので俺はすんなりと答える。やはり、これが一番重要なことだ。

「ああ、いいですねえ。そっちなら土地がたくさん余っているので畑を作ることもできますし山も近いですね」

おお、良かった。どうやら西方面は俺の要望に沿うことができる所らしい。

「とりあえず西に空いている家が四軒あるので回ってみましょう」

そう言ってエルギスさんが西方面へと歩き出し、俺もそれに続く。

昨日歩いた道をエルギスさんと並んで歩く。

ずーっと道なりに伸びる道をしばらく歩くと、昨日も目にしたまばらに存在する民家が見えてきた。村長の家の周りや広場に比べれば民家の密集度は遥かに低いが、ゆったりとした間隔で空いている民家の方が俺には望ましいので問題ない。

山で狩りをして血抜き作業とか解体をするわけなので、中心部だと色々都合が悪いしな。

それぞれの家には大きな庭があるせいか、どの家も庭に何かしらの野菜を植えているようだ。勿《もち》論《ろん》、色鮮やかな花も。

民家の周りには多くの木が生えており、近くには小川も流れている。とても雰囲気の良い場所だ。

人が住んでいる民家を眺めながら進んでいると、大きい二階建ての民家が見えてきた。家の周りはぐるりと石垣に囲まれており、正面には門まで設置されていた。

年季が入っているのか、手入れがされていないせいか家の屋根が少し剝《は》げていたが、今まで見た民家の中でも一番豪華だな。

まるで貴族が住むような家だ。

感心しながらそれを眺めているとエルギスさんが、その家の前で立ち止まった。

「ここが西方面で空いている家のうちの一つですね」

「……大きいですね」

門の前で大きな家を見上げながら呟く俺。

いや、これは俺の想像していた家と違う。こんな大きすぎる家を管理できる気がしない。

使用人でも雇わないとこんな家を維持するのは無理だろうな。

「昔、貴族の方がやってきた際に建てられた家なのですが、大きすぎるせいか誰も住みたがらないんですよね。さすがにアルドさん一人でこの家に住むのは無理だと思いますが、いきなり小さな家を紹介するよりも面白いかと思い、ここを先に紹介しました」

なるほど。それは一理あるかもしれないな。この村にこんな家があるってことを知るだけでも面白いし。

「一応中を見てもいいですか？　貴族の建てた家を見てみたくて」

冒険者の時にも、貴族からの指名依頼を受ける際に屋敷に入ったことはあるが、貴族の建てた民家というのに興味がある。

「家具の類《たぐい》はほとんど再利用してしまったので、ありませんがよろしいですか？」

「はい、せっかくなので見ていきます」

そんな感じで俺は、西方面を歩き回って他にも空いている民家を確認していく。

二軒目は、至って普通でこぢんまりとした家なのだが、部屋数が少なく、日当たりが悪かったので見送った。

三軒目は、中心部にあるような普通サイズの家で、小さめではあるが湯船もあるので好感触だったが、家と家の距離が近いので見送ることにした。数メートルとかではなく、もう密着しているくらいに近いのだ。

山で狩った獲物を持ってきて解体するとかなり血の匂いが飛んでしまうしな。

三軒目を確認し終わった俺は四軒目へと回る。

「次の家は自信を持ってオススメしますよ。アルドさんも気に入るんじゃないでしょうか？　まあ、これが合わなかったら、もう少し南の方を探しましょう」

「わかりました。楽しみです」

あまり花畑から遠い場所になるのは嫌だから、次はいい家だといいな。

そんなことを思いながら、ふさふさとした芝を歩き、小川にかけられた橋を渡る。

それからしばらく芝を歩き続けると、景色が開けてきて点在する民家が見え始めた。

見晴らしもよく、日当たりもいいし、民家も密集していない。

最低条件がクリアされているので、これならいけそうだ。よっぽど家が破損していない限り大丈夫だ。というかエルギスさんのオススメなのだ。そんな家は紹介されないだろう。

「ここですよ」

エルギスさんが足を止めたのは、普通の家よりも少し横幅が大きい平屋建ての家だった。

前に住んでいた人がいなくなってから日が浅いのか、築年数がそれほど経《た》っていないのか、屋根や壁が老朽化しているようにも見えない。

家の傍に倉庫があるのが好印象だ。あんな大きな倉庫があれば、そこで作業ができそうだな。

「いいですね。早速中を確認していいですか？」

「どうぞどうぞ」

俺が声を弾ませながら尋ねると、エルギスさんが扉を開けてくれたので、俺は家の中へと入った。

中へと入った瞬間、俺の中の直感がピーンときた。自分が描いていた想像に限りなく近い雰囲気であり、もうこれしかないと思った。

「おー……」

視線をあちこちに巡らせながら感嘆の声を上げる。

リビングと台所が一緒になった大きめの部屋。壁の色はクリーム色で一部には煉瓦《れんが》も混じっている。床の色は少し渋めの茶色で木目《もくめ》と相まっていい味を出していた。

「ちょうどいい広さで落ち着きがありますね」

家具無しでこれなのだ。この部屋に合う家具を用意して設置してやれば、もっといい雰囲気になるだろうな。

「ええ、なかなかいいでしょう？　それにこの家、結構大きい湯船があるんですよ」

「本当ですか？」

エルギスさんが得意げに言うのを聞いて驚く。村の民家に湯船なんてある方が珍しいのだ。

「前に住んでいた方が結構な風呂好きな人だったんですよ。ここは小川や井戸も近いので、よくお風呂を沸かしていたようです。まあ、水を温めるのは大変なんですけどね」

大きな湯船とやらが気になり、俺は奥の部屋へと進む。

少し狭めの脱衣所を抜けて扉を開くと、そこには四角い形をした大きな湯船があった。

おお、エルギスさんの家にあるお風呂にも劣らぬ大きさだな。脱衣所が妙に狭かった理由は少しでも大きな湯船を設置したかったからなんだな。

前の持ち主の気持ちがよく伝わる浴場である。

どちらかというと俺もお風呂は好きなので是非使おうと思う。一人でお湯を用意するのはかなり大変なのだが、俺は魔道具を持っているので問題なかったりする。

魔道具とは、高位の魔物からとれる魔力を帯びた魔石を利用して作られる装備品だ。

そこに発動させたい魔法陣を刻み、魔石から魔力を抽出して魔法を発動させるのだ。

並みの者ならば一生遊んで暮らせるほど高価な代物だが、俺のような魔力の素養のない人間でも魔法を使うことができる便利なものだ。

魔法使いであるクルネがパーティーにいたとはいえ、いつクルネが魔力切れになったり、怪我《けが》をするかはわからないから全員が魔道具を装備していた。

まあ、一応は王国一のAランクパーティーなのでこれくらいは当然だな。

それにしても戦闘でさえ滅多《めった》に使わなかった魔道具を、お風呂を用意するために使おうとはな。

お湯を用意するくらいなら魔力もほとんど消費しないので、毎日入っても数十年は使えるだろう。

贅沢なことだが、今まで命を懸けて戦った冒険者時代の成果だと思って存分に使おう。

その後俺は、残りの寝室、トイレ、物置といった部屋を確認していく。どれも俺の満足のいくものので、俺の気持ちはもうすでに固まっていた。

「ちなみに、ここからだと花畑までは何分で着きますか？」

「十五分以内ですね」

俺が振り返って尋ねると、エルギスさんがにっこりと笑いながら答える。

おお、往復しても三十分もかからないじゃないか。これならちょっと空いた時間に気軽に花畑へと向かうことができる。完璧だ。

エルギスさんの家までも同じくらいの時間だったと思うし。

「俺、ここに住むことにします」

こうして俺の新しい家が決まった。

◆　◆　◆

新しい家を決めると、すでに時刻がお昼頃になっていたので俺とエルギスさんはお弁当であるサンドイッチを小川の傍で食べることにした。

少し傾斜になっている場所に腰をかけて、バスケットにかけられた布を取る。

すると、そこにはぎっしりと詰められたサンドイッチが入っていた。パンの間には瑞々しいトマトやレタス、鶏肉の香草炒めなどが挟まっており、とても美味しそうだ。

新鮮な具材と小麦の香ばしい匂いが堪らない。

二人して夢中でサンドイッチを食べて、少し胃袋が落ち着いたところで周りを眺める。

心地よい風が吹くと共に、小川の水がさざ波を立ててスーッと広がる。

小川をそのまま眺めていると、水中をすいすいと泳ぐ小さな川魚の姿が見えた。

「ここの川魚って美味しいですか？」

「はい、きちんと下処理をすれば美味しく頂けますよ。ここの魚はあまり泥臭くないので」

綺麗な川であるのであまり心配してなかったが、ここにいる川魚は美味しく食べられるらしい。

たまにどう下処理をしても泥臭くて仕方がない川の魚もいるからな。

「久し振りに川魚の塩焼きでも食べようかな」

「おっ、いいですね。釣り竿や罠がうちにあるのでお貸ししましょうか？」

「本当ですか？　それは有難いです」

「ええ、その代わりうちにもお裾分けしてください。私も川魚が食べたくなりました」

「はい。では、たくさん捕まえますね」

そんな風に和やかな会話をしつつ、俺達はサンドイッチを平らげる。

「さて、アルドさんは家の掃除があるでしょうし、そろそろ私は帰りますね」

それから水を飲んで休憩したところでエルギスさんが二つのバスケットを持って立ち上がる。

本当ならこのまま二人で語り合いながらゆっくりとしたいところだが、今日中に家を掃除しなければいけないしな。あまりゆっくりしていては日が暮れる頃に間に合わないかもしれない。

「はい、いい家を紹介して頂きありがとうございます。あ、ところでこの村に家具を作っている方はいますか？」

掃除を終えた後は、家具や食器といった日用品を揃えなければいけない。

さっさと必要なものを揃えて暮らせるようになりたいものだ。

「あっ、そうでしたね。家具は作るのに時間がかかる物もありますし、早めに頼んでおいた方がいいですね。はい、いますよ。それもすぐ近くに」

そう言って、エルギスさんが指をさす。

その先には森の中に紛れるように佇《たたず》む民家があった。

「あそこにある家が家具職人であるトアックさんの家ですよ。私が後で話を通しておくので、明日の朝にでも伺《うかが》ってみてください」

思ったよりも近くにいて驚いた。この距離ならばすぐに行けるな。

「わかりました。トアックさんですね。ありがとうございます！」

俺がお礼を言うと、エルギスさんはいいですよという風に持っているバスケットを持ち上げた。

「家の準備ができたら、声をかけてくださいね。今度は猟師さんを紹介しますから」

「わかりました！」

「では、私はこれで」

俺が返事をするとエルギスさんがくるりと背を向けて歩き出す。

俺はしばらくエルギスさんの後ろ姿を見送ってから、自分の家へと戻った。

さあ、これから大掃除だ。

◆　◆　◆

お腹も膨れて体力も気力も十分になった俺は、早速家の掃除にとりかかる。

家の様子だが、それほど酷いものではない。

この村では、空いている家を劣化させないようにその地区にいる村人が交代で掃除をするそうなのでそのお陰だろう。

だが、前回掃除してから随分と日にちが経っているのだろうか、家の中は埃《ほこり》だらけであった。

まずは家にある窓を全開にして空気を入れ替えよう。

そう思った俺はリビングにある窓をガタッと開けていく。

「ゲホッ、ゲホッ！」

その際に埃が一気に舞い上がったせいか、思わず咳《せ》き込んでしまう。

窓を全部開ける前に口元を布で覆った方がよさそうだ。

麻袋から小さな布を取り出して口や鼻をガードする。

目にも少し染みるがこれはもうどうしようもないな。

それから俺はリビング、寝室、浴場、物置、トイレなどにある窓を全て開けていく。

それにより家にある空気が一気に流れだし埃も一緒に漂い始める。窓から差し込む日光によってそれが目でハッキリと見えた。

これはしばらく家の中にいない方がいいと思い、急いで外へと出る。

その間ボーっとするのも勿体ないので、家の周りの壁などを観察してみたが、ひび割れなどの破損している箇所はなさそうだ。

とてもいい状態である。

家回りにある雑草がボーボーで、壁にまで張り付いている草もあるがそれさえ除去すれば問題ないだろう。

家主がいなくなって今まで交代で掃除をしてくれた人に感謝だな。挨拶回りをする時は、そのことも含めてお礼を言っておかないと。

そんなことを思いながら手袋を嵌《は》めて、壁に張り付いている雑草を剝がしていく。

手では剝がれない頑固な雑草はナイフを使って引き裂いていく。

そうやって壁に張り付いている雑草を全て剝がし終えたところで、家の様子を見に戻る。

うん、大分空気がすっきりとしているな。これなら大丈夫そうだ。

エルギスさんのお宅からお借りした箒《ほうき》を手に、床にある埃をかき出していく。

必要な掃除用具は全部借りているのでバッチリだ。

床に積もっていた埃が再び舞い上がったが、口元を布で覆っているお陰か平気だった。

奥にある物置や浴場、寝室から掃いて、ちりとりに入れて外に捨てていく。

奥の部屋を済ませたら次は広いリビングへと移動し、箒でそのまま埃を外へと掃き出す。

台所も含め、大きな埃がなくなったのを確認した俺は、小川に行ってバケツで水を汲《く》む。

雑巾で水拭きするのに井戸の水は使わなくてもいいだろう。十分に綺麗な水だ。

水を入れたバケツに雑巾を入れて水を染み込ませ軽く絞ったら、台所を先に拭いていく。いきなり床を拭いたら雑巾がドロドロになりそうだしな。

台所やリビングの壁を拭いて、汚れては水で洗いを繰り返す。

それが終わったら今度は奥の部屋の壁。それが終わると今度は床を水拭きしていく。

汚れた水を替えるために何度も小川を往復し、何度も雑巾を絞った。

床を拭いていると腰が痛くなり、思わず腰をトントンと叩いてしまう。

そして、凝《こ》り固まった筋肉をほぐすために背伸びをした。

「うー……」

これを毎日のようにしている主婦は偉いな。さらに料理や洗濯といった雑事に子供の世話に内職、畑のお手伝い……。

必死に家事をしているのに夫が褒めてくれないと愚痴をこぼす主婦の気持ちが少しだけわかった気がする。

主婦の凄さに感心しながら一心不乱に拭いていると、日が暮れる前には家の中の掃除を終わらせることができた。

「おー、大分綺麗になったな。見違えるようだ」

綺麗になった部屋を見て思わず感嘆の声を上げる。

埃っぽかった壁や床は綺麗に磨かれており、本来の色を取り戻していた。

壁や床も最初に見た時よりも色が鮮やかで凄く綺麗だな。

自分の手で家を綺麗にしたという達成感と満足感が胸の中に広がり、清々《すがすが》しい気分だ。

綺麗になった床に座り込んで、リビングを眺めてぽつりと呟く。

「これが主婦の喜びというやつなのだろうか」

クエストの達成感とは全く違う気分だな。自分の住む家だからだろうか？

自分でも何となくおかしく思えてくすりと笑う。

不要になった口元の布を取り払うと、埃まみれになっているのに気付いた。

いかん、口元を覆っていた布でこの汚れなのだ。自分の髪の毛や服も汚れているに違いない。そんな状態で床に座り込んだりしたら、また汚れるではないか。

そう思った俺は、急いで家の外へと出て体中の埃を叩き落とす。

パンパンと体を叩く度に埃が舞い上がるのがわかった。

自分の体が汚れているのに気が付くと、途端に不快感が襲ってきてお風呂に入りたくなった。

明日は家具の注文をしにトアックさんの家に行くのだ、身綺麗《みぎれい》にした方がいいに違いない。

自分にそう言い聞かせて、俺はお風呂の準備をすることにした。

麻袋から二つの腕輪を取り出し、装備して浴場へと向かう。

この家自慢の大きな湯船は、俺が前の持ち主の気持ちに応えるように丹念に磨き上げたのでピカピカだ。

そこへ水色の魔法陣が刻まれた腕輪を装備した手を突き出し、呪文を唱える。

「ウォーター」

俺が短くそう唱えると、突き出した手の平に水色の魔法陣が現れて、そこから勢いよく水が流れ出た。

ウォーターランス、ウォーターボール、などと呪文を変えれば、槍状の水が射出されたり、水球が飛んだりするが、魔石に含まれる魔力の消耗は大きくなる。

水を出すだけのウォーターなら、消費魔力も少ないので長い間使えるのだ。

湯船が満たされるほどの水が入ったところで、俺は手をグーに握りつぶす。

そうすると魔法陣が掻き消えて、魔法が解除されるのだ。便利なものである。

湯船が水で満たされたので次は水を温めることにする。

今度は赤色の魔法陣が刻まれた腕輪を装備した左腕を突き出し、呪文を唱える。

「ファイア」

すると手の平から赤い魔法陣が現れて、そこから拳《こぶし》大の炎が飛び出した。

高熱の炎が水にぶち込まれたせいか、湯船の水がじゅわりと音を立てて、水飛沫《しぶき》を上げる。

思っていた以上に怖かったので、俺は慌てて脱衣所へと避難する。

「うおー、怖《こえ》え。クルネの奴が平気そうにやっていたから大丈夫だと思ったのに……」

じゅわりと音を立てていた水が落ち着いたのを見計らって、浴場へと戻る。

すると湯船に入っていた水はほっこりと白い湯気を上げていた。

魔法使いであるクルネなら緻密《ちみつ》な調整ができるが、生憎《あいにく》この火の魔道具は大した調節はできないので適温以上の温度になっているかもしれないな。

一先ず窓を開けて、しばらく待ってからお湯に恐る恐る手を入れる。

うん、適温よりも少し熱い。待ってこれなのだから、いきなり入らなくてよかったな。

もうしばらく待つと、いい感じの温度になったので俺は脱衣所で服を脱いだ。

昨日と同じようにかけ湯をして、体に付着した汚れを落としていく。

残念ながら石鹼はまだ用意していないので、仕方なくタオルでゴシゴシと体を洗うことにした。

体や頭を念入りにお湯で洗い流した俺は、湯船へと入り、今日の疲れをほぐしていくのだった。

お風呂から上がった俺は、脱衣所に着替えを用意し忘れていたのでそのままリビングへと戻る。

お風呂ですっかりと温まったせいか、裸で室内を歩くのはすごく気持ちがいい。癖になりそうだ。

爽快感を味わいながら麻袋から着替えを漁《あさ》っていると、扉がコンコンとノックされた。

「はい」

それに対して俺はごく自然に返事をしてしまう。

——あっ、やべえ。俺ってば今裸だったと気付いた時にはもう遅い。

「アルドさん、お邪魔します。あの、お家《うち》のお掃除で忙しいかと思い、お夕食を持ってきたのですが——」

扉を開いて中に入ってきたフローラが、俺の裸を見て固まった。

どうしてよりによって女性なんだと叫びたくなった。

「…………」

フローラの視線が俺の顔からゆっくりと下に向かうのが感じられる。それに伴いフローラの顔がみるみるうちに赤くなっていく。

「あ、あの」

こんな時に何をどう言っていいかわからず、思わず声をかけるとフローラが我に返り。

「す、すいません！　し、失礼しましたー！」

大声を上げて飛び出していった。

ああ、やってしまった。今度会えばまた逃げられることになるだろうな。

少し近くなった彼女との距離が遠くなった気がする。

第4話　家具職人トアック

温かい日の光を浴びて、俺は瞼《まぶた》をゆっくりと持ち上げる。

視界にはきちんと天井があり、視線を巡らせるとクリーム色の壁がある。

床も土ではないし、木製の床の上に布を敷いて寝ている状態だ。

外からはチュンチチチという鳥のさえずりが聞こえてくる。

ボーっとする脳みそを何とか動かして、自分の今の状況を把握する。

「……そうか、俺は自分の家を持ったんだな」

上体をむくりと起こした俺は、寝ぼけ眼《まなこ》を手の甲でこすりながら呟いた。

野宿の頃に比べればマシだが、床に布を敷いただけではやはり体への負担が大きかったようだ。

背中全体に違和感を覚える。

やはり早めに家具職人を紹介してもらったのは正解だった。

快適な睡眠を得るために早くベッドが欲しいものだ。勿論、布団も。

新しい家を手に入れたはいいが、足りない物だらけだな。

家具は不十分ながらも自分の家で睡眠を取ることができて気分爽快！　さあ、今日も一日頑張ろう——って前向きに考えられたらいいのにな。

「はー……どうしようか」

昨晩、人見知りで恥ずかしがりな女性に自分の裸を見せてしまった。

エルギスさんにはまた会う予定だし、川魚を届ける約束もある。

エルギスさんの家にまた入るわけで、そこには娘さんであるフローラもいるだろう。そうなるととても気まずいな。

あー、せっかく人見知りもほぐれてきたのに、これじゃあまた避けられるようになるだろうな。

別にどうでもいい人になら避けられようが一向に構わないが、あのようないい子に避けられると少し悲しい気持ちになってしまうな。

昨日は謝れなかったので謝りたいのだが、裸を見せてきた男が突然押しかけたら動揺されそうだし、少し時間を置いてから謝りにいこう。

そう自分に言い聞かせて、俺は気持ちを切り替えることにした。

井戸から冷たい水を汲んで顔を洗うと、身も心もスッキリとした気分になった。済んだことは仕方がない。うじうじせずに今日のやるべきことをしよう。

◆　◆　◆

身支度を整えた俺は、朝から家具の注文をしにトアックさんの家へと向かう。

少し気温が低い朝の道をお腹を擦《さす》りながら歩く。

昨日は夕食を食べずに寝たし、朝食も食べていないのでお腹が空腹を訴えて鳴いている。

家具の心配をするよりも先にご飯の心配をするべきだった。

エルギスさんから食料を買わせてもらいたいが、フローラと鉢合わせるかもしれない。

どうせ明日には狩猟人を紹介してもらいに行くのだが、一日空けるのと空けないのとでは大分違うと思うしな。

この辺りに自生している食料の生態はよくわからないので、迂闊に手を出すべきではない。

歩きながらそんなことを考えていると、いつの間にかトアックさんの家の前についたようだ。

森の中にひっそりと佇むかのような民家を前にして、俺は立ち止まる。

俺の家とはかなり違った造りで、丸太をそのまま積み上げて作ったかのような平屋建ての家だ。

中々に広い家のようで、家の周りには木で作った階段や柵、手作りの椅子やテーブルなどが設置されている。

それらの設置されたものは家とは材質が違うし、恐らく家具職人であるトアックさんが作ったものではないだろうか。そうだとすると随分と器用な人である。

敷地に置いてある椅子に座ると、これが意外に俺の体にフィットして大変座り心地が良かった。

「いいなー、俺もこんな椅子が欲しいなー」

「……お前さんが村長が言ってた、アルドって人か？」

感触を確かめるように椅子に座っていると、突然声をかけられた。

その声がした方に振り返ると、家の窓からこちらを見ている金髪の男性がいた。

短い金の髪に、不機嫌そうに見える細い青い瞳。少し面長な顔つきで頬にはうっすらとそばかすが見える。

身長は恐らく俺と同じくらいか少し高いくらいで、しなやかな筋肉が白い半袖から見えていた。

「えっと、貴方がトアックさんですか？」

「ああ、そうだよ。朝起きて窓を開いたら、見慣れない男が自分の家の庭でウキウキしながら椅子に座っていたからビックリしたぜ」

恐る恐る尋ねると、トアックが仏頂面をしながら答えた。

つい、いい椅子があったもので、人の敷地に入って断りも入れず椅子に座ってしまった。

初対面からいきなり失礼なことをしてしまったせいか気まずいな。怒っているのだろうか。

「すいません」

「別に怒っていないさ。この目つきの悪さは生まれつきだ。椅子については驚きはしたけど、自分の作った椅子を褒められて嬉しかったさ」

俺が謝ると、トアックが肩をすくめて不器用に笑ってみせる。

精一杯彼なりに優しい笑顔を作っているみたいだが、その笑顔は皮肉な笑みを浮かべているようだった。

「……笑顔は苦手なんだよ」

「はは、そうみたいですね」

頬をポリポリと掻きながら答えるトアックの言葉に、俺は苦笑いで答える。

まあ、悪い人でもなさそうだし、歳も近いような雰囲気なので仲良くできそうだ。

「まあ、ここで話すのもなんだ。早速入って来てくれ」

◆　◆　◆

トアックの家は広く、壁もそのまま丸太を使ったかのような内装だ。手作りのテーブルや椅子、長椅子、食器棚といったものが設置されており、家の雰囲気にとてもあったものであった。

大きく息を吸うと木材の匂いがして気分が落ち着くようだ。

「先に飯を食いたいんだが、お前さんもどうだ？　それとも、もう飯は食ったか？」

「食べてません！　ぜひ頂きます！」

トアックの提案はまさに俺にとって嬉しいものであったので、即座に返事をする。

「何でそんなに堂々としてるんだよ。……まあ、今鍋を温めるからちょっとテーブルで待ってろ」

トアックは面倒くさそうに言いながら台所で朝食の準備をしだす。

それを見た俺はウキウキとしながら席へとついた。

昨日の夜から食べていなかったからもうお腹がペコペコだな。早く食べたいなー。

そんなことを思い、テーブルへと腕を置くと木製特有のつるりとした感触が肌に伝わった。

おー、これは随分と肌触りの良いテーブルだな。王都の宿屋にあったテーブルよりも断然俺の好みだ。

思わずテーブルへと突っ伏してすべすべのテーブルを頬で感じる。

テーブルを注文するなら俺もこのすべすべした材質の物がいいな。

テーブルの肌触りを堪能しながら待っていると、程なくして室内に野菜スープらしき匂いが漂い始めた。

「ほら、野菜スープとパンだぞー」

トアックが木製のトレーに野菜スープとパンを載せてやってきたので、俺は慌てて突っ伏していた上体を上げる。

「おー、ありがとうございます。もうお腹ペコペコなんですよねー」

トアックがテーブルの上にトレーを置いて、野菜スープの入った皿とパンが置かれた皿を手渡してくれる。

スープの中には、ジャガイモ、ニンジン、ブロッコリー、タマネギ、小さく切ったハムが入っていてとても美味しそうだ。

「よし、食うか」

トアックも準備が整ったところで、俺は早速スプーンで野菜スープを口に入れる。

口の中にじんわりと野菜の甘みが広がる。野菜そのものの味が引き出されていて素朴ながらにとても美味しいスープだ。スープを飲み込むと体の中からジーンと温かくなり、エネルギーが全体に広がっていくような感じがした。

「……あー、美味しい」

「ジャガイモがいい具合にスープに溶けているし、タマネギもくたくたになるまで煮込んだからな」

なるほど、それが美味しさの秘訣だな。

トアックがパンをスープに浸しながら食べるのを見て、俺も真似してパンをスープに浸す。

パンを熱々のスープに浸して、柔らかくするとこれまた美味しい。

パン生地の小麦の香ばしさとスープの甘さがまた絶妙だ。

そんな風にパンとスープ両方を味わっていると、あっという間に平らげてしまった。

「ふー、ありがとうございます。美味しかったです」

「……一心不乱に食べてたけど、朝食だけでなく昨日も飯を食ってなかったんじゃないか？」

「まあ、昨日は新しい家の掃除をしてバタバタしていて……」

フローラに裸を見られて考えこんでいたからだとは言い難《にく》い。

「来たばかりだから忙しいのはわかってるけど、朝食ぐらいは食っとけよ？　力出ねえぞ？」

「それなんですけど、食材をまだ買ってなくて……」

「そんなの村長から買えばいいじゃないか？　……まさか金がないのか？」

トアックがそんな推測をして胡乱《うろん》げな目つきをしはじめた。

新しい生活をするのにはある程度元手が必要だ。

いきなり無一文で来た男など胡散《うさん》臭いことこの上ないからな。

だが、俺は元王国一のAランク冒険者だ。自慢ではないがお金はかなりあるので金銭面の心配はない。

「いや、お金がないならここに来ていませんよ。ただ、唯一の伝手《つて》であるエルギスさんから食料を買いそびれただけですよ」

お金があるという俺の台詞《せりふ》を聞いて、ほっとするトアック。

「なら、今朝にでも買ってくれれば良かったじゃないか」

「いや、今日は無理な理由があって……」

「何だ？　無理な理由って？」

言い渋る俺を見て、トアックが少し興味深そうに前のめりになる。

「いや、それはちょっと……」

「何だよ？　飯食わしてやったろ？　話の面白さによっては俺が食料を売ってやらんこともないぞ？」

さらに言い淀《よど》む俺の姿を見て、じれったくなったのかトアックがニマニマとした表情を浮かべながら悪魔の囁《ささや》きをしてくる。

うっ、飯のことを言われると弱いし、トアックの提案は願ったり叶ったりだが俺の精神がすり減る気がする。

それにしてもコイツ、いじめっ子の素質があるな。俺が何かを隠していると気付いた途端に面白がりやがって。

俺がどうするべきか悩んでいると、トアックが茶化すように言ってくる。

「まさか、村長の妻である、フィオナさんとそういう関係にでもなったか？」

「違うわ！　娘のフローラさんに俺の裸を見られただけだ！」

お世話になった人との関係を邪推されてムキになってしまったせいか、本当のことを言ってしまった。

俺の言葉を聞いたトアックは、ポカンと口を開き、

「はあ？　裸？　しかも、フローラの裸をお前が見たんじゃなくて、お前がフローラに裸を見られたのか？　それは傑作だ！」

腹を抱えて笑い出した。

「おい、こら笑うなよ。こっちは新しく来たばかりで村人との繋がりも薄いし、結構困ってたんだぞ？」

「ハハハハハ！　あの恥ずかしがりやなフローラがお前の裸を見たねえ」

昔から住んでいてフローラのことを知っているせいか、トアックには面白く思えるらしい。

仏頂面をしていた男が顔をくしゃっと歪《ゆが》ませて笑っている。

「おいおい、こっちは笑いごとじゃないぞ。エルギスさんの家に行ってフローラと鉢合わせたら気まずいったらありゃしない。あの二人に何かあったのとか聞かれたらどうするんだよ」

思わず口調が砕けてしまうが仕方がないと思う。

俺が必死に言うのが、トアックには尚更面白く感じられたようで、また笑い出した。

人が苦労しているのに笑うだなんて酷い奴だ。

「……はあ、ようやく話しかけてもらえるようになったのに、また逃げられるんだろうな……」

「おお？　あのフローラが男に話しかけるとは珍しいな」

俺がため息を吐きながら呟いた言葉を聞いて、トアックが笑うのを止めて意外そうに言ってくる。

「かなり恥ずかしがりやさんだからね。でも、さすがに村にいる男性なら彼女も気楽に話しかけるだろ？」

「いんや、全然。俺なんて生まれてからずっとここで過ごしているけど、フローラには近付いただけで逃げられるぞ。かろうじて村の行事とかで一言話したことがあるくらいだ」

俺のその問いを、トアックは真顔で否定する。

えー？　お前ってばフローラに何したんだよ？　まあ、俺も最初は逃げられたけど。

「……それはトアックの顔が怖いからじゃないか？」

こんな仏頂面をした男だ。フローラが怖がるのも無理はないと思う。

「違《ちげ》えよ。そんなこと言う奴には食料は売らないぞ？」

俺の指摘を受けたトアックが、頬をひくつかせて物騒なことを言い出す。

「おいおい、お前さっき笑っただろ？　俺が恥ずかしい話をしたっていうのにそれはないだろう!?」

◆　◆　◆

そんなこんなで何とか食料を買わせてもらうことになった俺は、本題の用事を済ませるために奥の部屋にある工房へと入った。

室内には多くのテーブルが並べられており、その上には加工している途中の木材や、切断するための鋸《のこぎり》といった物が載っている。

木材の削りかすがあるからか、この工房の部屋には濃密な木材の匂いがした。

四方の壁には天井につくほどの長さのある木材が立て掛けられており、それぞれ切り出した木の材質が違うのか、明るい色から暗い色をしたもの曲がったものと様々な物がある。

倒れてきたら危ないのではないだろうかと思ったが、一応安全面は考えているようで、木材の下の方を見るとキッチリと鉄具で固定されていた。

「さて、そろそろ本題に入るか」

中に入ったトアックが、床に置かれている木屑や道具を移動させる。

「食料も後でちゃんと買わせてくれよ？」

「わかってるわかってる」

俺が念を押すように言うと、トアックが面倒くさそうに答える。

売らないぞとかほのめかすから念入りに聞いたんじゃないか。

「よし、何が足りないんだ？」

工房内を整理したトアックが、テーブルを確かめるように叩いた。

彼なりに気持ちを切り替える仕草なのだろう。

「何がって言われても生活に必要な最低限の物が全部ないな。椅子にテーブルにソファーにベッド、タンスに食器棚と……」

すぐに思いつくだけでもこれだ。実際に生活してみるとまだ足りないものが出てくるだろう。

「おー、おー、これはしばらく忙しくなるなあ。椅子とテーブルならここにもいくつか残っているのがあるし、倉庫にもタンスと食器棚があるぞ。どれも新品だし見ていくか？」

「特注品も欲しいんだけど……」

お金はそれなりにあるわけだし、自分に合った自分だけの快適に過ごせる椅子を作ってほしい。

あとは快適に眠れるようにベッドにも拘《こだわ》ってほしいところだ。

これからはずーっとあの家に住むわけだしな。家具はいい物で揃えたいものである。

そんな理想の家の内装を妄想しつつ提案すると、トアックが眉間にしわを寄せて頭をポリポリと掻いた。

「あー、全部を特注品にしたら、かなり時間がかかるぞ？　お前以外の人からも頼まれている家具もあるし、しばらくは家具無し生活になるぞ？」

「うっ、それは困る……」

トアックの言葉に俺は思わず渋い顔になる。

家具がなくて昨日は散々苦労したのだ。ベッドは特注にしたいがせめて椅子やテーブルくらいはすぐに欲しいのが現状である。

まずは必要最低限の物を置いてから、特注品を作ってもらうことにしよう。

「まあ、ベッドだけはその人に合わせたものがいいから特注にするけどな」

「おう、ベッドを急いで作ってくれ。もう床に布を敷いて寝るのは嫌なんだ」

今朝なんて起きたら背中に猛烈な痛みが走ったしな。今だって背中とかに違和感を覚えるし。朝はすっきりとした目覚めを迎えたいものである。

「それが嫌ならソファーを買っていけ。それならしばらくはベッド代わりになるはずだ」

「そうだな！」

ソファーさえ手に入れれば大分ゆったりと過ごせるはずだ。もう手持無沙汰になって床に座り込む必要がなくなる。

トアックの意見に納得した俺は、工房の端に置いてあるテーブルや椅子を眺める。

眺めるだけでなく、座ったり触りたくなったので俺はトアックの方を向いて尋ねることにした。

断りもなく作品を触ったら怒られそうだしな。

剣を鍛えたり整備してくれる鍛冶《かじ》場とかでも、置いてある物を迂闊に触ると怒るし。

「ここにあるのは完成品だよな？　座ったら壊れたりしないよな？」

「完成品だよ。壊れたりしねえから……あっ、これは分解途中のやつだな、脚が一本ねえや」

眉をひそめたトアックが途中でハッとして一つの椅子を端に寄せた。

「おいおい、大丈夫かよ。座ったらバランス崩して頭を打つとか嫌だぞ？」

「大丈夫だっての。一個混じっていただけだ。他のは全部チェックした」

そんなことを言うトアックに、俺は胡乱げな眼差しを送る。

まあ、今トアックがチェックしたと言ったしここは信じよう。もし、変なのが混ざっていたら食料を多めに分けてもらうことで手を打てばいい。

並べられた椅子を触ってみる。明るい色をしたノーマルタイプであり、腰回りや肘《ひじ》置きの曲線がとても綺麗だ。触ってみるととても滑らかで触れていて気持ちがいい。

思わず座ってみると、背もたれも丁度よく脚がぐらつく様子もなかった。

「トアックってば外見に似合わず繊細な椅子を作るよなー」

「外見は余計だ。作るやつと家具は関係ない」

俺が椅子に座りながら呟くと、トアックが仏頂面をしながらそう言う。

そうかなあ？　人が使うための家具を作るのだから、人のことをよく考えて作らなければいけない。ここはこうした方が座り心地が良くて、背もたれの角度はもう少し深くした方がフィットする。相手の年齢や身長などによって合わせる必要があるし、相手のことを考えて思いやれる人でないとできないと思うけどな。

「……何だよ。ニヤニヤとして」

俺が温かい目をしていると、トアックが居心地が悪そうにこちらを向く。

「何でもないよ。この椅子ってばいいねー」

「それは自分用に合わせて作った椅子だからな。俺と背丈が似ているお前にはピッタリなんじゃないか？　まあ、大人なら大体の奴が合うだろうけど」

「そうだな。いい感じだ。これをリビングに置こうかな」

トアックと俺は身長がほとんど同じだし、オススメされたからこれにしよう。

「それじゃあ、もう一つ同じのが倉庫にもあるから持ってくる。後の二つは今度新しく作るな」

俺が椅子を一つ決めたと知ると、トアックが立ち上がってそんなことを言う。

「えっ？　別に俺ってば一人暮らしだから四つもいらないんだけど？」

「おいおい、誰か客とか来た時どうするんだよ？　村長にもお世話になったんだろうし、落ち着いたら招待して料理くらい振舞ったらいいじゃねえか」

「あ、そっか」

今までは宿屋にずっと住んでいたからそういうことを考えたことなかったな。

昨日のようにフローラが来たり、エルギスさんが様子を見に来てくれた時にお茶の一杯も出せないのは心苦しいし。

どうもまだ宿屋での一人暮らし気分が抜けていないようだ。

これからはトアックだって家に呼んでやりたいしな。

自分だけでなく、家に来てくれたお客にも快適に過ごしてもらいたいものだ。

◆　◆　◆

「ここかな？」

「ああ、そこがいいだろう。んじゃ、ゆっくり下ろすぞ？」

お互いの状態を確かめ合いながら食器棚をゆっくりと下ろす。

食器棚がきちんと台所近くの壁に設置されたところで、俺はふうと息を吐いた。

「つだあっ！　どうして俺がお前の家まで家具を運ばなきゃいけねえんだよ」

そんな叫び声を上げながら、リビングに置いたソファーにぐったりと腰かけるトアック。

「どうせベッドを作るために部屋の間取りとか確認するんだから、ついでに家具を運んでくれたっていいじゃないか。家も近いし」

「まあ、村のおばはん共にこき使われるよりマシだがな。あいつら力ある癖に重い物を運ばせやがるからな」

ソファーの背もたれに後頭部を載せて、天井を仰ぐトアック。

結局は誰の家でも運んであげてるんじゃないかとか思いつつ、コップに水を入れていく。

「ほら、俺の家の最初のお客さん。お水だよ」

「最初のお客さんはお前の裸を見たフローラだろ？」

俺がトアックに水を渡すと、トアックがニヤリと笑いながらこちらを見上げる。

「…………」

思わず苦い顔をして黙り込むと、トアックがご機嫌そうに「ハハ！」っと笑って水をあおった。

人の善意にひねくれた言葉で返すなんて、悪ガキがそのまま大きくなったような奴だな。

村のおばさんにこき使われるのも、そういうのが原因だったりするんじゃないだろうか。

そんなことを思いながら、自分もコップに水を入れて喉を潤す。

「やっぱり家具があると生活感が出るなー」

台所からリビングを眺めて俺はしみじみと呟く。

昨日なんて部屋に何もなかったのに、今ではお洒落《しゃれ》なテーブルに椅子、ソファーや食器棚まで設置されているではないか。

これでようやく文明的な生活を送ることができる。

もう床に座ったり、床で寝ることはないんだと思うと感激だ。

「家具も家の雰囲気に合うし、まあまあだな。細々《こまごま》としたものがないせいか、部屋全体を見ると寂しいけどな」

ソファーにだらりと座っているトアックだが、自分の家具が部屋の雰囲気に合っているか確かめていたようだった。何だかんだ自分の仕事には真剣だよな。

「まあ、そういった生活道具は大概この村で作られているから、頼めば連れてってやるよ。テーブルの下にカーペットを敷くだけでもお洒落になるし、床にも傷がつかないからな」

そして割とお節介焼きだが、それを言うと拗《す》ねて帰ってしまいそうなので心の中に留めておく。

「そうだな。服とかカーペットとか布団とかも欲しいな」

元々服にはそんなに拘らなかったので、持っている服も少ない。旅の途中で買った服もボロボロになってきたし、そろそろ新しい服を買いたいところだ。

「そういうのは、おばはん連中が最も得意な分野だな。あいつら材料があれば何でも作りやがるからな」

「そういえば、ここの村人の服って結構お洒落だよね。近隣の村の人とかは普通なのに。あの服も全部手作りなのか？」

そう、この村にいる人達の服はかなりお洒落なのだ。

全体の色のバランスだっていいし、服だってかなり丁寧に縫われている。

手首の部分や襟部分をよく見ると花の刺繍《ししゅう》が施されていたりするのだ。

とても田舎の村にある服とは思えない。高級商店に並んでいてもおかしくはないくらいだ。

俺が尋ねると、トアックがソファーから体を振り向かせて肩をすくめる。

「ほら、この村って綺麗な花とかがあちこちにあって華やかだろ？　そんな場所に住む自分達が、みすぼらしい服を着ていたら村の雰囲気が台無しになるってのがおばはん連中の言い分だ」

「あー……それはいい考えだと思うな。実際、花の雰囲気に凄く合っているし」

一年中花が咲いていると言われる、この村ならではの美意識ってやつだな。

花だけでなくそこに住む人達も美しくってやつだな。

ここに住む村人達が自分の村を愛し、誇りに思っているのがよくわかる言葉だ。

「まあ、綺麗な服を着て女がうろついていると男としては嬉しいがな。付き合わされると大変だが……」

どこか遠い目をして呟くトアック。

女性が服に拘って男性がそれに巻き込まれるのは、王国でも村でも変わらないことらしい。

◆　◆　◆

翌日。家具がリビングに設置されたお陰か最低限の生活ができるようになっていた。

まだベッドや特注の椅子など無い物もあるが、トアックがソファーを売ってくれたので朝起きたら背中が痛いということはなかった。

ソファーから起きて身支度を整えた俺は、昨日の夕食の残りである野菜スープを温めて食べる。

朝から野菜の旨味が染み込んだスープを食べると、活力が漲《みなぎ》ってくる。

しかし、トアックの家で食べたスープと比べると何か物足りない気がする。煮込んだ時間だろうか？　それとも野菜の種類は同じはずだし味付けかな？

今度トアックに聞いてみることにしよう。

昨日はゆっくりして体を休めたことだし、今日はエルギスさんに猟師の方を紹介してもらって山に連れて行ってもらうか。

そろそろ俺も働いて、皆に何かを返せるようになりたいし。

フローラに会って気まずい思いをするかもしれないが、いつまでも放置しておけないしな。一日空ければ向こうも落ち着いているだろう。

となると今日は山に行くかもしれないから、携帯できる食料を探そう。

そう思ってトアックから買った麻袋を漁っていると、ノルトエンデのワインが出てきた。

『このワインはね、アイシャちゃんのところで作っているワインなんですよ』

思い出すエルギスさんのそんな言葉。

そういえば、俺ってば最初にアイシャに案内してもらったのに、住めるようになった報告とかお礼すらも言っていなかったな。

これは非常によろしくないな。失礼である。

本当なら家が決まったその日に向かった方が良かったな。それか昨日にだ。まあ、彼女がそこまで気にするとは思えないが、お礼は言いに行かないとな。

そんなわけで俺は、朝からアイシャにお礼を言いにブドウ畑に行くことにした。

ブドウ畑へと向かうと、予想通り作業服に身を包んだアイシャの姿があった。道に沿うように立っている柵へと腰かける姿を見ると、ちょうど休憩中らしい。

アイシャがいることに安心して近寄っていくと、アイシャの後ろにフローラがいるのを見つけた。

なっ、何でフローラがここにいるんだ！　と心の中で叫んだが、小さい頃から娘と遊んでいたというフィオナさんの台詞を思い出して納得した。

二人は幼い頃からの親友なのだろう。用事がなくても会いに来ることくらいあるだろうな。

少なくともフローラと会うのは、この後だと思っていただけに少し心の準備ができていなかった。

が、考えようによっては、エルギスさんやフィオナさんのいない所で解決するのだから都合はいいと思えた。

そこまで疚《やま》しいことはしていないのだが……いや、裸を見せたともいえる行動なので少し疚しいかもしれないが、これはチャンスかもしれない。

やや重くなった足取りを意志の力でねじ伏せて前へ進む。

俺があちらに寄っていくと、アイシャが俺に気付いた。

フローラも誰かが近付いてくることに気付いたのか、不思議そうな顔をしながら振り向いた。

フローラの反応は予想していたものであり、俺の顔を見るなりボンッと顔を赤くして逃げようとするが、アイシャに腕を摑まれたせいかジタバタと暴れることになった。

暴れるフローラに何事かをアイシャが囁くと、宙を泳いでいたフローラの腕が途端に下がって大人しくなった。

その様子を見るに、アイシャは俺達の事情を知っているのだとわかった。

アイシャのフォローはありがたいが、事情を知られているせいか恥ずかしく思えた。

少し苦笑しながら、俺はアイシャとフローラの下《もと》へと寄っていく。

「こんにちは」

「こんにちは」

「…………」

俺が挨拶をしてみるもフローラだけはアイシャの後ろに隠れて、挨拶を返してくれなかった。

やっぱり避けられているかと苦笑していると、アイシャがフローラを肘で小突いた。

フローラがアイシャに涙目で抗議するかのような視線を送る。その様子を見るに今は本当にダメだからというような言葉が込められているような気がした。

しかし、アイシャは声を発さず口だけを動かしてフローラを睨み返した。すると、フローラがビクッと震えて前に出てくる。

後半のやりとりはわからなかったが、何かしらの話がついたらしい。

親しい仲にだけ伝わる意思の疎通ってやつだな。

「え、えっと、こんにちは」

フローラが白い頬をりんごのように赤く染めながら、か細い声で挨拶をする。

一昨日のことを思い出して恥ずかしのか、視線がこちらに向いていないのは仕方がないだろう。

それでも逃げられずに、謝る機会ができたのは嬉しいことだ。

「こんにちは」

「「………」」

俺も笑顔で挨拶を返すと、しばらくは沈黙が訪れる。

フローラは自分の前で組んだ手をくねくねと動かしたりしており、俺もどうやって会話を切り出そうかと迷っているという気まずい時間が続く。

あれは俺に落ち度があるわけだし、内容が内容だから俺から頭を下げて謝った方がいいよな？

などと考えていると、フローラの後ろにいるアイシャから鋭い視線を貰ってしまった。

顎《あご》を軽く動かして、さっさとお前が謝れと言っているように思える。

軽く頷いて応答した俺は意を決し、頭を下げた。

すると、視線を彷徨わせていたフローラがハッと驚く気配を感じた。

「その、一昨日はごめん。準備もできていないのに入室を促すような言葉を言ってしまって」

「いえ、私こそ。完全に入室を促す言葉も聞いていないのに入ってしまいました。すいません」

そう言ってぺこりと頭を下げるフローラ。

何と。こちらを責めることなく、そのようなフォローをしてくれるとは本当に優しい人だ。

フローラの言葉にホッとして顔を上げると、彼女もはにかむように笑って視線を合わせてくれた。

喧嘩をしていないので仲直りとはまた違うかもしれないが、気まずい雰囲気はなくなった。

本当に良かった。

「ゴホンッ」

しばらく笑い合っていると、フローラの後ろにいるアイシャが咳ばらいをした。

それに驚いて俺とフローラは慌ててアイシャの方を向く。

「そろそろあたしは仕事するから二人は帰ってくれる？」

そう言って手袋を嵌めるアイシャ。

多分これはアイシャが気を遣《つか》ってくれたんだろうな。またお世話になってしまったな。

しかし、初日に案内してくれたお礼はしないと。

「アイシャさん、初日に案内してくれてありがとうございました！　俺、トアックって家具職人の家の近くに住んでるんで！」

「あー、はいはい。トアックの家の近くに住んでるのね。それじゃあ、今度お邪魔するわ」

アイシャはそう言うと、柵を越えてブドウ畑の中へと消えていった。

「それじゃあ戻る？　俺、エルギスさんに用があるし」

「あっ、はい。私も家に帰ります」

一本道に残された俺達は、エルギスさんの家へと戻った。

アイシャが来る時までに狩りで獲物を捕まえて、ご馳走できるようにしないとな。

第5話　狩猟人と山へ

「えっと、その、アルドさんは、今日は父に何の用で来るんです？」

ブドウ畑からエルギスさんの家に向かう道すがら、隣を歩くフローラが遠慮がちに尋ねてきた。

「ああ、そろそろ生活が落ち着いてきたから、この村にいる狩猟人を紹介してもらおうと思ってね」

「まだ到着して四日目ですよね？　新しい家を掃除して、家具を揃えたりして大変だったはずですよね？　もう働くんですか？」

クリッとした大きな瞳を見開いて驚くフローラ。

確かにフローラの言う通り、家を手に入れて、掃除して、家具を揃えて、食事を準備して新しい生活を始めるのはとても大変なことばかりであった。

体力に自信のある俺でも、あと二日くらいは花畑を見ながらゆっくりとしたいなーと思わなくはない。

「この村に来て色々な人にお世話になったからね。俺も早く働いて村の皆の力になりたいんだ」

だが、今はこのような気持ちが強い。エルギスさん、フィオナさん、フローラ、アイシャ、トアックとたった四日で五人もの人にお世話になった。本当は自分の知らないところでお世話になっている人や、布団や服のようにこれからお世話になる人もいるだろう。

皆に支えられているからこそ、こちらも支えたくなるものだ。

「……そうですか。じゃあ、これからは食卓にお肉が多く並びますね」

フローラが屈託のない笑みを浮かべてそう言う。

まだ、俺はここで狩りをしたこともないのに、まるで絶対そうなるかのような曇りなき笑顔だ。

「……保証はできないけど、多く並ぶように頑張るよ」

「そうなりますよ」

フローラの妙な信頼感に気圧《けお》されながら曖昧に答えると、彼女は機嫌が良さそうにそう言った。

何だろう、この信頼感は。いや、そうなったらいいという彼女の願望か？　それともフローラがプレッシャーをかけているのだろうか？　いや、フローラはそんなこと言うような子じゃないいと思うし……。

軽い足取りで歩くフローラをよそに、俺は期待を裏切らないように頑張らないといけないなと思うのであった。

◆　◆　◆

「おや、フローラお帰り。アルドさんも一緒だね」

エルギスさんの家へたどり着くと、裏庭で畑仕事をしているエルギスさんがいた。

手袋を嵌めて屈《かが》んでいることから雑草を抜いていたのだろう。

「こんにちは、エルギスさん」

俺とフローラが畑へ近寄ると、エルギスさんが上体を上げて腰をトントンと叩いた。

「こんにちは、どうですか家の調子は？」

「家の掃除が終わり、トアックから家具を買ったお陰で生活ができるようになりましたよ」

「そうですか」

俺の現在の報告を聞いて穏やかな笑みを浮かべるエルギスさんだが、ハッとしたように目を見開いた。

「そういえば食料のことを忘れていたんですが、食事は大丈夫ですか？　心もとなければ、私がお譲りしますが……」

「ああ、食事は大丈夫です。トアックから食材を買わせてもらったので」

「そうですか。良かったです。家や家具のことは覚えていたのに食事のことをすっかり忘れていて、今凄く焦りましたよ」

心底ホッとするように胸を押さえるエルギスさん。

エルギスさんも人間だからね。ど忘れすることもあるよ。

「いえいえ、俺なんて自分のことなのにすっかり忘れていましたよ。一昨日は旅の食事の残りがあったのでお腹を空かせずに済みました」

本当は旅の時の食事などなく、翌朝に腹を空かせてトアックに朝食をごちそうになったのだが、言わなくてもいいことだ。

何せ自分の食事のことを忘れている方が悪いのだから。間違ってもエルギスさんに責があるわけではない。

この話を終わらせるべく、俺はこちらから今日の用件を伝えることにする。

「エルギスさん。今日から働こうと思っているので、前に言っていたこの村の狩猟人の件をお願いできますか？」

「まだ村に着いたばかりなのにもうですか？　もう少しゆっくりしていてもいいんですよ？」

同じような心配を先程されたので、俺とフローラは思わず笑ってしまう。

それを知らないエルギスさんは、笑う俺達を不思議そうに見ていた。

「いえ、早く働きたいので是非お願いします」

「……そうですか。狩猟人が早くから増えてくれるのはいいことです。早速、紹介することにしましょう。フローラ、畑を頼めるかい？」

「はい」

◆　◆　◆

エルギスさんが狩猟人のローレンさんを広場に呼んでくれることになったので、俺は狩りができる服装に着替えるために家へと戻った。

緑色の長袖を着て、革のブーツ、革の手袋といったものを装着していく。服の上から胸当てを装備し、腰に巻いたベルトやホルスターに投げナイフを刺し込む。

「……さすがに長剣はいらないかな」

布に巻いた愛用の剣を手に取り呟く。

つい、今までの癖で手に取ってしまったな。もう、三年間はこの剣を使っていたしな。竜と対峙した時もこの剣だったし、俺と苦楽を共にした相棒ともいえる。

魔物が出るかもしれないとはいえ、この剣は少々目立つ。

王国一の鍛冶職人と言われる男に作ってもらった剣だ。

ミスリルやオリハルコンといった高価な鉱石や、高位の魔物の素材を使って作られているのだ。

武器に精通していない人間ですら、惚れ惚れとする出来栄えで、ただの剣ではないとわかる。

そんな物を引っ提げて村をうろつけば妙な噂《うわさ》が流れるかもしれないので、この剣は封印だな。

布に巻かれた長剣をタンスの奥にしまい、代わりに護身用の短剣を腰に佩《は》く。

それから弓を取り出して弦《つる》の調子を確認する。

「うん、大丈夫そうだな。……だけど、肝心の矢が心もとないな」

弓の方は旅の最中に狩りをしていたために破損していることもないが、矢の補充をしていなかったので残りが八本しかない。

すっかり忘れていた。これなら昨日のうちに自分で木を削って作っておくんだった。

「仕方がない。少しわけてもらうか……」

そう呟いて背中に弓、腰に矢筒《やづつ》を装備する。

最後に小さな麻袋に非常食を詰めたら準備完了だ。

俺はその場で調子を確かめるように動き、家を飛び出して広場へと向かった。

広場へとたどり着くと、今日もご婦人達が楽しそうにお喋りをしていたり、食材交換をしていた。

昨日トアックが言っていた台詞を思い返しながら眺めると、やはり村の女性は鮮やかに咲き乱れる花に負けないくらいの服、あるいは雰囲気を損《そこ》なわないような服を着ていた。

村も美しければそれに負けないくらい女性も美しくなるんだな。

そんな華やかな花に彩られた民家や女性の服装に目を楽しませていると、広場の中央に茶色の髪をオールバックに流した大柄な男性と、亜麻《あま》色の髪をした少女がいた。

花が咲き乱れる広場に筋肉が隆起している男性がいると、それはもう目立つものだ。

背中には俺と同じように弓矢を背負っているので、彼が狩猟人のローレンさんだろうか？

俺が訝《いぶか》しみながら歩いていると、向こうも装備で気付いたのか手を振ってくれた。

「俺はローレン。この村で狩りをやっている者だ。お前が村長が言っていたアルドってやつだな？」

「はい、そうです。突然、紹介してもらうことになってすいません。これからよろしくお願いします！」

俺が軽く頭を下げると、ローレンさんが鷹揚《おうよう》に頷く。

「どこかの誰かとは違って行儀がいいな」

「えー？　私ってば凄くお行儀がいいですよ？」

ローレンさんが肘で少女を小突くと、少女が不満そうに答える。

この会話だけで二人の関係が何となくわかる。

「そうそう、こいつは俺の弟子でカリナだ。言っとくけどこんな可愛げのない奴は俺の娘じゃないからな？」

「師匠がお父さんとかこっちこそお断りですよ。こんにちは、アルドさん。私はカリナ十二歳です。よろしくお願いします！」

ローレンさんに紹介されてカリナがぺこりと頭を下げる。

「こちらこそよろしく、カリナ」

「…………」

俺が軽く会釈して挨拶を返すと、カリナがジーッとこちらを見上げてくる。

どうしたのだろうか？　俺は何か変なことを言ってしまっただろうか？　もしかして、年齢は下だけど狩猟人としてはカリナの方が経歴が長いから敬語を使えとかだろうか？　そんなタイプの子には見えなかったのだが。

「……どうかした？　俺の顔に何かついている？」

「私のような女が狩猟人をやっていても何も言わないんですね」

こちらを見上げながら言うカリナの言葉に俺は納得した。

確かに女性の狩猟人というのは珍しい部類だ。山に入って狩りをするなど男の仕事だと決めつける人達も多いのでカリナはそれを心配していたのだろう。

「別に女だろうと男だろうと狩りをするのに違いはないよ。カリナは狩猟人に相応《ふさわ》しい能力と誇りを持って狩猟人をやっているわけでしょ？　だったら否定するわけないさ」

「うん！　私目と運動能力には自信があるんだ！　身体《からだ》を動かすのが好きだし、狩りをして皆の役に立つのが好きだから狩猟人になったんだ！」

にこやかな笑顔で言うカリナを見て、俺は頬を緩める。

俺は冒険者上がりだからな。男よりも強い女性の冒険者なんてたくさんいたし、皆冒険者に相応しい強さと誇りを持ってやっていた。その覚悟や強さを女だからなんていう決めつけで否定したくない。

俺も子供の頃は、子供の癖にと何度もバカにされたことがあったので、尚更その気持ちは強い。

「バーカ。まだ見習いだっつうの。狩猟人を名乗るには十年早え」

「えー？　せめて後三年にしてくださいよー」

上機嫌な様子のカリナの頭をローレンさんが小突き、カリナがむくれながら言う。

「何だか本当に親子みたいですね」

「それはない」

「それは嫌です」

俺がクスリと笑いながら言うと、二人が揃って否定する。

ふむ、やっぱり親子のようじゃないか。

俺がニマニマと視線を送ると、ローレンさんが居心地の悪さを取り払うかのように少し咳ばらいをした。

「まあ、今日はアルドにここの山のことを教えるわけだが、ついでにカリナの知識が間違っていないか確認したい。だからカリナを同行させるが構わないか？」

狩猟人が弟子をとって育成するのは当たり前の話なので、俺はそれを了承する。

「おお、ありがとな。後、アルドは狩りが得意だと村長に聞いていたが、弓はどれくらいやっていたんだ？」

「狩猟人というわけでもないんですが、旅をしていたので道中獲物を仕留めるために使っていました。山で狩りをしたこともあります」

弓は狩りのためや特別なクエストのために使用する程度なので、そこまで自信があるわけではない。あまり誇張せずに言っておく。

「そうか！　それなら問題ないだろう。装備を見る限り素人《しろうと》でもなさそうだし、アルドの腕前が楽しみだな！」

俺の装備をじろりと眺めたローレンさんは豪快に笑った。

それから俺達は狩りに向かうために歩き出す。

すると、ローレンさんが俺の肩を叩いて、耳元で囁いてきた。

「カリナのことありがとな。これからもよろしく頼む」

俺はローレンさんに「面倒見の良い父親みたいですね」と笑いながら言ったら、強く背中を叩かれた。

◆　◆　◆

ローレンさんとカリナと向かうことになったのは、花畑よりも少し北に歩いたところにある山だ。

草木が生い茂る森の中を、ローレンさん、カリナ、俺という順番で進んでいく。

「ここら辺は食用の木の実とかが生えているんで、村人の皆さんもよく木の実を摘みにやってきます。道も比較的平坦で、凶暴な動物や魔物がやってくることも少ないので、ここら辺は比較的歩きやすいんです。私も狩りの最中にお腹が空いた時は、ここに来て木の実を食べたりしますよ」

道すがらそんな山の知識を教えてくれるのはカリナ。

基本的な情報の中に、彼女自身の経験も混ざっているので聞いていると勉強になる。

「師匠が不機嫌になった時は、ここにあるエルェをあげると機嫌が直るんです」

「……余計なことは言わなくていい」

かなり主観的な情報も混じって話が脱線することもあるが、実に人懐っこい子だ。

森の知識もきちんと詰め込まれているし、ローレンさんの普段の指導がいいのだろう。

「ここら辺で食べられる木の実は、どんなものがあるんだい？」

「五つ以上言ってみろ」

俺が食べられる木の実を知りたくて尋ねると、ローレンさんがそれに被せて言う。

弟子への問題ってところだな。

「ピコの実、エルェ、アリア、メリエ、クク、ズリです」

「正解だ」

言い淀むことなく答えるカリナの言葉を聞いて、ローレンさんが鷹揚に頷く。

すると、カリナは得意そうに胸を張った。

可愛い仕草をする子である。

「今言った木の実はこの村付近でしか採れない奴だが、アルドはわかるか？」

「いえ、ククの実以外知りません」

ククの実とは、細長い丸みのある緑色の木の実だ。

皮ごと食べることができ、酸味が強いのが特徴だ。トアックの家の周りにたくさん生えているので本人の許可を貰って食べたのだ。

「それじゃあ、他のは試しに採って食べてみるか」

「お願いします」

そんなわけで少し道から逸《そ》れて、森の中を歩いていく。

すると、程なくして赤くて丸い木の実が生《な》った草が見つかった。

ローレンさんはそれを見つけると、いくつか摘まんで俺に渡してくる。

「これがピコの実だ。赤くて丸いのが特徴で味はリンゴに近いな。そのままでも食べられるから食ってみろ」

ローレンさんに促されてピコの実を食べてみる。

噛んでみると丸い粒がくにゅっと潰れて、じんわりと甘みのある味が染み出てきた。

「……確かにこれはリンゴに近い味ですね」

クククの実とは全く異なる味だな。

「まあ、子供のおやつとして人気だな。地面から生えているから子供でも簡単に採れるし、似たような毒の木の実もないから安心して食べられる。俺も子供の頃よく食べていたぜ」

がははと笑いながらピコの実を口の中に放り込んでいくローレンさん。

ああ、俺も子供の頃は、食える木の実は何でも食っていたなー。あの頃は食べられそうなものは片っ端から挑戦していた気がする。

お腹を壊したり、うなされるのは一度や二度ではなかった。

今思えば、よく毒のある木の実に当たらなかったと感心するくらいである。

ここまで生きてこられたのは運が良かったのだろうな。

「こっちにエルェがありますよ！」

ピコの実を食べて感慨深く思っていると、前方の木の上でカリナが手招きしているのが見えた。

俺とローレンさんが近寄ってみると、カリナが登っている木には青い実がいくつも生っていた。

今度はピコの実とは違って、カリナの拳くらいの大きさはあるだろう。

カリナは腕を伸ばして木の実をもぎ取ると、スタッと地面に着地した。

狩猟人の弟子だけあって、その動きは中々の身軽さだ。自慢げに言うのも納得である。

「これがエルェですね。外にある皮は硬いので、包丁で切ってから中心部分だけを食べると美味しいですよ。皮の方にいくとどんどん苦くなるので注意が必要です」

なるほど、真ん中だけをスプーンでほじくって食べるタイプだな。そういう木の実はよくあるのでわかりやすい。

俺が感心しながらエルェを眺めていると、隣にいるローレンさんが笑い出す。

「ははは、カリナはまだまだお子様だな。エルェは外側にある苦みがいいんじゃねえか」

「あんな苦いのを食べられる大人がおかしいんですよ！」

俺も子供の頃は苦い食べ物が苦手だったが、成人年齢である十六歳を超えた辺りで平気になったな。他の奴等も大体そんな感じだったので、大人になると味覚が少し変わるのだと思う。

そんな風に食べられる木の実や果物、山菜や薬になるものを教えてもらいながら森を歩き続ける。

「シカの足跡だな。さっき通ったばかりだな」

シカの足跡が残る土の上にしゃがみ込むローレンさん。

土の上に刻まれた足跡は、ローレンさんの言う通り真新しくてシカがそう遠くない距離にいることを表していた。

「三人でここら辺を探してみますか？」

「そうだな。上手くいけば今日の食卓には大量の肉が並ぶかもしれねえな」

カリナの言葉にローレンさんが健康的な白い歯を見せて笑う。

肉を食卓に並べられるかもしれないという言葉を聞いて、俺も自然に頬が緩むのを感じた。

フローラの期待やアイシャへのお礼が早速果たせるかもしれない。

「わかっているとは思うが、魔物には注意しろよ。滅多に出てこないが、北の方にはレッドベアーやギルファンゴとか凶暴なやつもいる。獲物に夢中になりすぎないように視界を広く持っておけ」

レッドベアーやギルファンゴ。どちらも凶暴極まりない魔物だ。

レッドベアーは赤くて荒々しい体毛を纏ったクマ型の魔物で、自分の縄張りに入った者を躊躇《ちゅうちょ》なく攻撃してくる。

ギルファンゴは通常のイノシシを大きく上回る体軀と、天を貫くような長大な牙を持つ魔物だ。

それほど好戦的でもないが、木々をなぎ倒すような突進に巻き込まれでもしたらただでは済まないだろう。

そのような魔物が出る危険性があることを、常に頭に置いておかなければならないのだ。獲物ばかりを夢中で追いかけて、気がついたら魔物の目の前に出てましたでは命がいくつあっても足りないからな。

魔物との戦闘のプロである俺でも、しょせんは脆《もろ》い人間の体。

魔物の攻撃を食らえば一発で死ぬこともあり得るのだから、山や森にいる時はどんな時でも油断はできない。

　真剣な表情をしながら辺りの気配を探り出す俺達。

　無駄な思考を止めて自分の心臓の音すら意識の外に追いやると、スッと冷えていくように感覚が研ぎ澄まされていく。

　できるだけ足音を立てないように、俺は目に伝わる視界の情報と、耳に伝わる音と鼻に伝わる匂いを頼りに歩き出す。それと共に、ローレンさんが俺の後ろをついてくるような気配がした。

　チラッと視線を向けると、ローレンさんが少し驚いたような顔をする。

　驚く理由はわからないが、今日は俺に山のことを教えるために来たのだから、ローレンさんの目的としては獲物よりも俺の腕を確認することが重要なのだろう。彼には俺が狩猟人として使える奴なのか見定める必要があるからな。

　そう理解した俺は、後ろからついてくるローレンさんを気にしないようにしながら東方向に進む。

　草の音をたてないように掻き分けて茂みから顔をゆっくりと出すと、前方五十メートルほど先に一匹のシカが見えた。

　見つけた。

「……どうする？　お前がやるか？」

　物音を立てずに傍にやってきたローレンさんが、冷静な口調で囁いてくる。

　その、後ろには遅れてカリナもやってきていた。

　獲物を見つけた時に喜び、気配を動物に悟られるというのはよくあることなので狩りをする時は冷静でいなければならないのだ。

「やります」

俺は短くそう答えて、腰にある残りの本数が少ない矢筒から矢を引き抜く。

旅の途中はよく行っていた狩りだが、ここ最近はあまりやっていない。

ローレンさんに見られている緊張もあって少し不安だが、この程度の距離なら腕が鈍っていても当たるだろう。

キールなら鼻くそをほじりながらでも当てるレベルだ。

矢をつがえて弓を引き絞って狙いをシカへと定める。

獲物は依然としてこちらの存在に気付いていないようで、呑気《のんき》に地面に生えている草を食《は》んでいた。

そんな獲物に向けて俺は弓を調整して、そして弦を解き放った。

ビュンッと空気を引き裂く音がして、矢が獲物へと一直線に飛んで行く。

獲物も空気を割くような音を感じて振り返ろうとしたが、すでに遅く。その頭を矢が横合いから打ち抜いた。

横から受けた致死の一撃により、ぐったりと倒れる獲物。

それを見て俺は、周りに魔物がいないか念のために確認してから息を吐いた。

まあ、これくらいの距離なら当てて当然だが、ローレンさんに見定められるような視線を向けられるのは緊張したな。

逃がすことなく一発で仕留めることができて良かった。

これでフローラの期待に応えたり、アイシャへのお礼もすることができる。

「……いい腕してるな。俺の弟子よりよっぽど優秀だ」

内心ホッとしている俺の肩を、ローレンさんが労《ねぎら》うかのように優しく叩く。

「そんなことないですよ」

この程度で威張っていてはキールに怒られてしまうからな。むしろ、構えてから放つまでの時間が遅すぎだ。以前ならもっと短い時間で射ることができていただろうし、シカにも気付く暇さえ与えなかったはずだ。

これは家に帰ったら練習する必要があるな。

「いやいやいや、ちょっと私なんかと比べるのがおかしいレベルですよ!? 何より獲物を見つける感覚が凄すぎです。まるでそこにいるのがわかっているかのような足取りでしたよね？ 師匠よりも断然優秀じゃないですかアルドさん！」

そうだろうか？ むしろ初めての山のせいで判断が遅れてしまったほどなのだが……。

これは経験と慣れなので、もう少し時間がかかるな。

「……俺がちょっと気にしていることを言ったなバカ弟子。破門にするぞ？」

「その時はアルドさんにお世話になることにします。むしろ、そうして頂いた方が私も嬉しいです！」

俺の腕を取って密着してくるカリナ。さっきのこともあってか、随分と懐かれたものだ。

「何だと!? 恩知らずめ！」

獲物を仕留めて、周りに危険がないのを確認したせいかじゃれ合う二人。

ローレンさんがカリナを捕まえて、拳で頭をぐりぐりし始めた。

「あー！　痛いです！　アルドさん、助けて下さい！」

実の親子でもないのに仲の良い二人だ。本当に信頼していないとこんなセリフは決して言えないだろうからな。

「何にしてもアルドがこの腕なら、村の奴等も今までよりずっと肉が食えることになりそうだな！　これからもよろしく頼むぞ！」

「はい！」

◆　◆　◆

獲物を仕留めた俺達は、血抜きなどの処理を終わらせると速やかに山を降りた。

今日は俺に山の食材を教えるために、たくさんの木の実や果物、山菜を採集したのだ。シカを合わせると手荷物がパンパンで狩りどころの話ではなかった。

木に縄で括《くく》り付けたシカを俺とローレンさんで持ち運ぶことにする。

「おーい、獲物をとってきたぞー」

ローレンさんが畑仕事をしている村人に声をかける。

「おー！　本当だな！　こりゃデカい！」

「やったわね。今晩は夕食にお肉が並ぶかもしれないわ」

俺達が持っているシカを見た村人達は、顔を輝かせてこちらへとやってきた。

「今日の晩御飯はいっぱいお肉が出るの？」

「ええ、きっと出るわよ」

「やったー！」

小さい女の子が無邪気に喜び、母親に頭を撫でられる。

このように喜んでもらえると、こちらとしても嬉しい。

少しは村人達の役に立てたのだと思うことができる。

「ローレンが仕留めたのかい？」

「いんや、新しくこの村に住むことになったアルドが仕留めた。こいつは腕がいいからこれからは肉がたくさん食えるようになるぜ？」

女性の言葉にローレンさんが俺のことを指さして言う。

それに伴い村人達の視線が一気に集まった。

ちらりとローレンさんの方を見ると、白い歯を見せてニカッと笑った。

どうやら、新しく住むことになった俺のことを紹介する機会を作ってくれたらしい。ありがたいことだ。

俺はローレンさんに目線で感謝の言葉を送って、村人達の方を見る。

「新しくこの村に住むことになりました、アルドです。これからよろしくお願いします！」

俺が軽く頭を下げて挨拶をすると、集まった村人達が笑顔と共に拍手をしてくれる。

「おう！　こっちこそよろしくな！　歓迎するぜ」

「何かあればいつでも言ってね」

口々に言ってくれる歓迎の言葉が嬉しくて胸に染みる。ノルトエンデに来てからは幸せで一杯だな。

「カリナはお肉とってきてないの？」

「こ、今回はアルドさんに譲ってあげたからないだけよ？」

本当は、俺にいいところを見せようと無理をして、一匹獲物を逃がしたのだが言わないでおこう。

「えー？　次はたくさんお肉をとってくるって前に言ったよねー？」

「ごめんね。次はたくさん私がとってくるから！」

「じゃあ、次はたくさんお肉とってきてね！」

「任せて！　今日は木の実を採ってきたからこれで許してちょうだい」

そう言ってピコの実を少女に渡すカリナ。

「ん！　ピコの実も美味しいから許す！」

そんな少女の言葉により、俺達に和やかな笑いが広がった。

◆　◆　◆

村に戻った俺達は、早速シカの解体に取り掛かった。内臓を抜き、皮を剝ぎ、それぞれの部位に分けていった。

捨てる部分なんてものはほとんどなく、背骨や腰骨だって犬のエサ用に使うという徹底ぶりだ。

村ならではの知識を生かした利用方法に俺は驚いたが、ここまで残さずに使うのが生き物への感謝なのだと思えた。

シカの肉を解体した後は、自分達の生活に必要な分を確保して残りは即座に村人達へと分配される。当然、狩猟人である俺達が得られる肉は多い。当分は肉に困ることはなさそうだ。

さすがにシカ一匹では村人全員に肉は回らないが、狩猟人は俺達だけではないので問題ない。

分配される割合や順番は村長や村人達がしっかりと決めていたので、スムーズに分配がなされた。

ちなみに狩猟人はお世話になった人達にお肉を分けたり、物々交換で生活道具を手に入れるので分配の権利があり安心だ。肉を分配するかわりにそれぞれの食料をもらっているので、持ちつ持たれつの関係だな。

バランスを崩す分配は咎《とが》められるが、それは言うまでもないことだろう。

大量のシカ肉を手に入れた俺は、早速エルギスさんの家にお裾分けしに行くことにする。

エルギスさんもお肉を受け取っていたが、それはそれほど多いものでもないしな。俺が持って行けばたくさん食べることができるだろうし。

エルギスさんの家にたどり着いた俺は、扉をノックする。

「……待っていましたよ」

ギイっと扉から現れたのはフローラ。

はにかむような笑み浮かべて、俺を出迎えてくれる。

「何とか期待に応えることはできたよ。これで今夜の食卓にはお肉がたくさん並ぶはずだよ」

そう言って、保存にいいとされている葉に包まれたお肉の塊をフローラに渡す。

「ありがとうございます」

「それじゃあ、俺はここで……」

「待ってください」

そう言って帰ろうとする俺をフローラが呼び止めた。

思わず振り返ると、フローラが少し照れくさそうに足をモジモジしながら、

「……あの、お夕食食べていってください」

「えっと、いいのかい?」

「はい、一緒に食べましょう」

にっこりと笑いながら扉を開くフローラに促されて、俺は家へと入っていった。

◆　◆　◆

ローレンさんとカリナとの初めての狩猟を終えた次の日。

今日も狩りに行きたいところであったが、生憎今日はローレンさんとカリナが身体を休める日なので狩りには行けない。

狩猟人としての基本的な能力を認められた俺だが、まだまだここの山の知識は不十分で慣れていないので当分は一人では行かないようにと言われているのだ。

ある程度の腕前を持っていたとしても、自然や環境、魔物によるトラブルの前では無力でしかないので、その場の環境を把握しておくとはとても大事なことだ。

冒険者時代でもそれは同じことであって、俺達のパーティーも魔物の討伐や、貴重な食材の採集クエストの際には何度も下見を繰り返して挑んだものだ。

尤《もっと》も、そのような時間さえも許されずに、ほとんど情報や知識もなしで向かわなければならない危機的状況もあったのだが、今はただの村人なのでそのような危険を冒す必要もないからな。

明日にはまた山に入って三人で狩りをするので、今日はトアックの家にでも肉を持って行ってやろうと思う。

そんな訳で、朝食を自分の家で食べた俺は、朝からお肉を持ってトアックの家へ向かう。

小川にかけられた橋を渡り、芝の上を歩いて進んでいくともうトアックの家が見えてきた。

ご近所だけあって近いな。

家の周りに生えているククの実を一つ摑んで口に放り込むと、酸味が広がり口の中がスッキリとした。朝からククの実を食べると、眠気が飛んで気分がシャキッとするから好きだな。

「どうせトアックも食べるだろうし。いくつか摘んでいくか」

ククの実をいくつか摘んだ俺は、トアックの家の扉をノックする。

「おーい、トアックー。肉持って来たぜー」

「おー！　アルドか！　入って来ていいぞー」

すると中からトアックの声が聞こえてきたので、俺は遠慮なく家の中に入っていく。

「おはよう」

入るなり朝の挨拶を投げかけてきたのはトアックではない。作業服に身を包んだアイシャだった。

「お、おはよう。どうしてアイシャがここに？」

「……作業台が壊れちゃったのよ」

予想していなかった人物の存在に戸惑いながら尋ねると、アイシャが脚の折れた作業台を目の前で持ち上げて見せた。

それは木製の作業台であり、木製である点や形状などによって何となくトアックが作ったものなのだろうということはわかった。しかし、もう随分と年季が入っており、使い込まれているせいか全体は酷く黒ずんでおり、折れた脚の部分なんかは随分と腐敗が進んでいるようであった。

「それで新しい作業台を注文するためにトアックの家に来ていたんだ」

「そういうことよ。あら、ククの実じゃない。あたしにも少しちょうだい」

アイシャが俺の手にあるククの実を欲しがるので、手渡してやると彼女は口に放り投げて食べた。

「んー、この酸っぱさがいいわね」

女性がやるような食べ方ではないと思ったが、アイシャがやると妙に様になっているのが不思議だった。

「おい、アルド俺にもくれ」

予想通りトアックも欲しがったので、ひょいと投げてやるとトアックは見事にキャッチしてそれを口にした
「それにしても、あんたがこんな不良品を掴ませたせいで危うく大怪我をするところだったわ」

奥にいるトアックの方に体を向けるアイシャ。アイシャの作業着のお尻の部分には茶色い土がついており、作業台の脚が折れたせいで尻餅をついたんだと理解できた。

いつもより彼女の言葉が突っかかり気味に思えるのは、それのせいかもしれないな。

「いやいや、それもう三年は使ってるだろ？　脚が折れるのは当然だろうが」

「……最初に貰った時は、五年は使えるって聞いていたわ」

尻の打撲がそれほど痛かったのか、それとも次の値引きのための交渉なのだろうか。アイシャはまだ引くことがない。

三年も前の台詞を覚えているとは凄いな。

それを聞いたトアックはため息を吐き、

「お前ってば作業台を片付けるのを面倒くさがって、外に出しっぱなしにしているだろ？　雨の中で濡らすと腐るのが早くなって、早く壊れるって最初に俺は言ったぞ？」

それはダメだ。アイシャの負けだ。きちんとトアックが耐久年数について説明している以上、アイシャの管理の仕方が悪かったとしか言えないな。

「……ちっ」

「というわけで値引きはしねえから、倉庫にでも行ってきて自分に合う作業台を探してこい」

忌々《いまいま》しそうにトアックを睨んで舌打ちをするアイシャだが、トアックはそれをあっさりと流して手で面倒くさそうに追い払った。

アイシャはどこか不機嫌そうにしながらも勝手知ったる様子で、倉庫へと歩いていく。

「これだから村の女は油断ならねえ。何年も前の説明を調子いいところだけバッチリ記憶して、少しでもこちらに不手際があれば値引きさせようとしやがる」

「まあ、何というか。女性はどこでも強《したた》かなんだよ……」

王都の商店街に住んでいた主婦や、女性の冒険者の値引き交渉力は凄まじかった。あれやこれやと話して値段を下げさせる様はまるで魔法のようだった。

「あそこまで落ち度が自分にあるのに、何食わぬ顔でいちゃもんつけてくるのはアイシャだけだけ

ど な……」

こめかみの辺りを指でぐりぐりと押しながら言うトアック。

男性は都合の悪いことを忘れる質《たち》の悪い生き物だって聞いたけれど、覚えているのに覚えていないかのように振る舞う女性も質が悪いと思う。

「まあ、そんなことはどうでもいいや。昨日狩りに行って肉を取ってきてくれたんだろ？」

頭の痛そうな表情から打って変わり、機嫌の良さそうな表情をするトアック。

新鮮なお肉が食べられるというのは、トアックからしてもやはり嬉しいものなのだろう。

仏頂面で機嫌の良い表情がわかりにくい彼だが、今回はとてもわかりやすく表情に出ていた。

「ああ、そうだよ。トアックにも色々お世話になったし、お礼にお肉をあげようかと思って」

俺がそう言って葉に包んだ肉を渡すと、トアックが早速包みを開ける。

緑色の葉をどかすと、中からは赤みのあるお肉の塊が顔を出していた。

「おお！　いい赤色してんなあ！　焼いて少しの塩と胡椒をかければ美味《うま》いだろうな」

涎を垂らさんばかりに呟くトアックの言葉を聞いて、俺は思わず頷く。

昨日、フローラとフィオナさんが作ってくれたシカ料理は最高だった。

何より、あの半生にしたお肉の焼き加減が最高だった。シカ肉は焼き過ぎてしまうとパサパサしてしまうからな。

「甘辛くソースと野菜で炒めたものもいいぞ。唐揚げだっていけるし、トマト煮込みだっていける
……」

「おい、いいなそれ」

「……肉だからうちのワインにも凄く合うわよ」

トアックとシカ肉料理を考えていると、いつの間に戻って来たのかアイシャが肉を凝視しながら言ってきた。

「んだよ、お前。もう作業台は選んだのか？」

トアックが驚いて身を引きながらも問いかける。

「前の作業台と高さがほぼ同じこれにするわ。それよりも、あたしにはお肉はないの？　案内の件とフローラの件のお礼を貰っていないわ」

「アイシャにも渡そうとしていたよ？　ほら、この間俺の家に来るって言ってたから、その時にでも渡そうと思って」

「そう。なら、今日のお昼はアルドの家でシカ肉を食べましょう」

「はっ？」

突然のアイシャの提案に、トアックが間の抜けた声を出す。

「だって家族に作らせるより、あんたやフローラに作らせた方が美味しいし」

その気持ちはわからなくもない。フローラやトアックは料理が上手いからな。

ただ、清々しいほどに丸投げ感がするがな。

「……おい、アルド。アイシャがこんなことを言ってるけどいいのか？　今日も狩りがあるんじゃないのか？」

「いや、今日は一日休みだから問題ないよ。逆に二人はどうなの？」

「まあ、俺は割と時間を作りやすい職業だからな。ベッドを待っているお前には申し訳ないけど」

仕事を請け負っている責任感があるせいか、申し訳なさそうに言うトアック。

「ソファーがあるから問題ないよ。少しくらい遅れても大丈夫さ。昨日エルギスさんから釣り道具を借りたし、ついでに前に言っていた釣りでもどう？」

「いいなそれ。昼はシカ肉で晩は川魚とは豪華だ」

そんな風に皆でゆっくり食事をするのも悪くないな。俺も考えるだけで楽しくなってきた。

「アイシャはどうなの？」

発言者であるからしてアイシャは大丈夫なのだろうと思うが、一応気になるので聞いておく。

「あたしは仕事を妹に押し付けるから問題ないわ。フローラとトアックの料理を持って帰ってくるって言ったら喜んで引き受けるだろうし」

「あんまり妹をこき使ってやるなよ？」

「いいのよ、これくらいは姉の特権よ。いつも私が働いているんだから。後はフローラの予定だけど、そこはあたしが無理矢理にでも連れてくるから問題ないわ」

アイシャの妹がどんな子なのか少し気になる。多分、同じようなサバサバとした感じか、真反対に真面目で神経質な子なのだろうな。

弟や妹は、大概が兄や姉と同じ道を進むか、真反対を進むかのどちらかだし。

「……なあ、俺がいるのに人見知りのフローラは来るのか？」

「大丈夫よ。あたしやアルドがいるから。あんたに話しかけるかはわからないけどね」

第6話　見慣れぬ女性の来訪

アイシャやフローラ、トアックが来るとのことなので家を軽く掃除することにした。

大掃除をしてからまだ日が経っていないが、俺が生活したことによって砂が上がったり、微《かす》かに埃が溜まっていた。

箒を取り出してリビングの床にある埃や土を外に掃き出していく。

リビングの床を掃いている時点で気付いたが、俺ってば来客用のスリッパや内靴を用意してなかったな。

基本的に家では、スリッパを履くか内靴を履いて家に土を上げないようにするのが普通だ。しかし、俺の家には自分用の内靴しかないのだ。

靴下のまま歩かせるのは靴下が汚れるし、足も冷たいだろう。これは一体どうしたものか。

「……トアックに持ってきてもらうしかないだろうな」

来客にスリッパを持ってこさせるのも変な話だが、トアック相手に恥もくそもないので遠慮なく頼らせていただくとしよう。

そう考えた俺は、あっさりと思考を切り替えて台所の掃除へと移る。

台所はトアックやフローラが来て料理をするわけなので、ピッカピカにしておかなければならない。食材を扱う場所なのだから清潔にしておかないとな。

流し場にある生ゴミが入った木箱の中を処分して、さっと洗い流す。

台所の上を丁寧に水拭きして、残っている水っ気も乾いた雑巾《ぞうきん》で拭っていく。

それを終えたら、雑巾を洗ってリビングにある椅子やテーブル、窓を磨いて掃除は完了だ。

うん、やはり自分の家を掃除するのは気持ちがいいな。

武器や防具といった自分の装備の手入れは命が懸かっているという責任感や義務感があったせいか、今まではこんな気分は味わえなかったな。

物を綺麗にしただけでこんなにも清々しい気分になれるのであったら、こまめに掃除するのも悪くない。

「さて、掃除道具を片付けてトアックにスリッパでも借りに行こうかな……」

台所やリビングを改めてチェックし、バケツを持ち上げたところで扉がドンドンとノックされた。

「はーい、今開けまーす」

前回の失敗を経験して、俺はどんな状況でも自分が扉を開けるように決めている。

それを怠《おこた》ると、裸なのについうっかり入室を促してしまいそうだからな。

道具を端に寄せて扉を開けると、そこには赤い長髪に赤いワンピースを着た女性が立っていた。

小麦色の肌をした女性でキュッと引き締まったウエストや丸みのある腰つきをしており、すらっと伸びる腕や足は健康的な美しさを持っていた。

フローラやフィオナさんとはまた違った美しさを持つ女性だと思った。

しかし、この女性は誰なのだろうか？　生憎とこのような女性を村で見かけていたら忘れることはないと思うのだが……。

近所に住んでいる村人が挨拶をしにきてくれたとかだろうか？　腕には鞄《かばん》が掛けられているし、

きっと近所の人の挨拶に違いない。

「どちら様ですか？」

「……何寝ぼけたこと言ってんのよ。あたしよ」

「は？　……この声はアイシャか？」

いやいや、そんなはずはない……よな？

俺が目を剝《む》いて驚きを露《あら》わにすると、アイシャは首元をガリガリと掻いて面倒くさそうに口を開く。あっ、何かアイシャっぽい。

「あたしだって毎日作業着なわけじゃないのよ？　まあ、主な理由は妹が出かけるなら作業着はなしだってうるさいからだけど」

「………」

ごめんなさい。その通りだと思っていました。家でもプライベートでも作業着で、髪もずっとバレッタで纏めているんだと勝手に思い込んでおりました。

それにしてもアイシャってば女性らしい格好をしないせいか、あまり意識していなかったけど凄く綺麗な子なんだな。

普段髪を乱雑に纏めて、作業着に身を包んでいるのが勿体ないくらいだ。まあ、畑仕事をするのにそのようなお洒落は不要かもしれないが、髪を下ろすくらいはしてもいいのではないだろうか。姉にお洒落をさせるあたり、妹はやはり真面目系なんだな。面倒臭がって大雑把な姉と、それに甲《か》斐甲斐《いがい》しく世話を焼く妹の構図が頭の中に展開された。

「ちょっと、物珍しいのはわかるけどあんまりジロジロ見ないでくれる？」

そう言ってこちらを上目遣いに睨んでくるアイシャ。プライベートな姿を見られるのは彼女も少し気恥ずかしかったのか、その瞳にはいつものような鋭さはないような気がする。

「ああ、ごめんごめん」

「ほら、これワインとジャムと干しブドウ。先に渡しておくわね」

俺が慌てて謝ると、アイシャが自分の腕に掛けてある鞄を押し付けるように渡してきた。それからドカッと玄関に腰を下ろして靴を脱ぎ始める。

いつも通りなアイシャの仕草を見て俺は少しホッとした。姿は変わっても仕草は変わらないらしい。

「ところでフローラは？」

「フローラは少し遅れてくるわ」

どうやらフローラも来てくれるらしい。それがわかり、俺は嬉しくなる。

「それじゃあ、入るからね」

「あっ、ごめん。今からトアックにスリッパを借りに行くから待ってて」

靴を脱いだアイシャにそう言うと、アイシャは大きくため息を吐いた。

◆　◆　◆

「ハハハハハ！　そんでお前はどちら様って言われたのか！　こりゃ傑作だ！」

俺の家のリビングの椅子に座るトアックが、手を叩いて笑う。

「……うっさいわね」

アイシャはテーブルの上に突っ伏しながらトアックを睨んだ。

俺はといえばどちら様と言った本人なので笑うこともできない。

ぐでっとしたアイシャから時折ジーッとした視線が突き刺さり、あんたのせいよと言われている気がする。

アイシャのこの姿を見て驚かなかったか？　とトアックに聞かれたら、知らない人が来たかと思ったと言ってしまうじゃないか。それくらいアイシャの変化には驚いたんだって。

「どうせ妹のイーナに着せられたんだろ？　昼食会に作業着で行くな、これを着て行けって」

トアックがからかうような笑みを浮かべ、突っ伏したアイシャのドレスの袖《そで》を触る。

「…………」

まったくもってトアックの言う通りであるので、アイシャは反論できずに不機嫌そうにトアックの腕を払うのみ。アイシャの端整な顔にドンドン皺《しわ》が寄っていくのを感じる。

「どっちが姉でどっちが妹かわからんなー」

先程の値切り交渉でアイシャに振り回されていたせいか、トアックはアイシャが弱っている今をここぞとばかりに責めているようであった。

そんなに苛《いじ》めたら後で反撃を食らいそうだが大丈夫だろうか。

何となく居心地が悪いので俺は席を立って、摘まめる食べ物を準備しに行く。

アイシャが干しブドウを持ってきたのでそれがいいな。アイシャは家で干しブドウは散々食べているだろうから、ローレンさん達と採集したピコの実やエルェも出す。

「おっ、エルェか」

「あら、エルェじゃない。あたし、これ好きよ」

するとさっきまで言い合いをしていた二人が途端に静かになった。エルェの実をスプーンでほじるのに夢中になったからであろう。まるで子供のような二人に思わず苦笑してしまう。

そうやってエルェの実を食べながら和やかに談笑していると、扉の方からコンコンと控えめなノック音が聞こえてきた。

その控えめなノック音ですぐにフローラだとわかる。

「多分、フローラね」

アイシャだとドンドンと大雑把に叩くからな。

アイシャと俺は小走りで扉へと向かう。

「いらっしゃい」

「こ、こんにちは」

俺が扉を開くと、そこには白いブラウスの上に青いワンピースを着こんだフローラがいた。

彼女がよく着ているブラウスとは少し違うのか、襟元には細かいバラの刺繍が施されており胸元には青いリボンがついている。風で揺らめくワンピースは紺色ではなく、少し明るい色をした青に近い色合いをしていて爽やかだ。

フローラの清楚さと涼やかな印象を際立たせるような服だと俺は思った。いつもは真っ直ぐな髪の毛は、今日は丁寧に編み込まれていて大人っぽい雰囲気がある。

「……あ、あの」

「さっさと中に入れなさいよ」

思わずフローラをまじまじと眺めているとフローラが恥ずかしそうに身をよじり、横からアイシャに肩を叩かれた。

女性って服装や髪でどうしてこうも印象が変わるのか不思議でならない。

「あ、うん。どうぞ」

「お、お邪魔します」

我に返った俺が中に促すとフローラが中に入って、スリッパへと履き替える。

「ごめんね、突然呼んじゃって」

「いえ、今日の午後の仕事はそれほど重要なものでなかったので。それにアイシャが突然言い出すのも昔からですから」

いつも突然誘うという迷惑なことをするアイシャを、俺とトアックが白い目で見る。

しかし、アイシャはそんなことは気にせずに平然としていた。相変わらず図太い神経だ。

「ここがアルドさんの新しいお家なんですね。初めて……」

物珍しそうに辺りを見回しながら呟くフローラであったが、前回来た時のことを思い出したのか、顔を赤くして俯いてしまった。

ここにいるのは事情を知っているメンバーだ。

アイシャが苦笑し、トアックがニマニマとした視線を向けているのを感じた。

「はいはい、フローラも来たし早速料理を始めましょう。あたしもうお腹ペコペコなの」

「は、はい」

アイシャが声を明るくして話題を変えてくれたお陰で、フローラも思考を切り替えることができたようだ。

さあ、料理を始めようとゾロゾロと台所へ移動しようとしたところで、トアックが声をかける。

「おい、俺は自己紹介とかいらないのか？」

「いいわよあんたなんか……って言いたいけど、あまり知らない人がいるとフローラが緊張するから仕方ないわね」

「は、はい、お願いします」

トアックが前に出てきたせいか、フローラが少し身体を強張《こわば》らせる。

「俺はこの近所に住んでいるトアックだ。家具を作る仕事をやっている」

トアックも一応、フローラを怖がらせないように穏やかな声や表情を作っているようだが、どう見ても他人には不機嫌そうな感情を滲《にじ》ませた男にしか見えない。

「性格がひねくれていて素直じゃないわ」

「顔がいつも仏頂面だけど怒っているわけでもないよ」

「何言ってんだよお前ら⁉」

アイシャと俺が堅いトアックの挨拶を和らげて補足してやると焦ったような声を出した。

「うふふふ。……あっ、いえ、そのごめんなさい。三人の会話が面白くて」

フローラの強張った表情が柔らかいものになり、トアックも毒気を抜かれたように大人しくなる。

それからフローラは彷徨わせた視線を何とかトアックに合わせて、

「その、村長の娘のフローラです。よろしくお願いします」

「ああ、よろしく」

気がかりであった、二人の紹介は上手くいったようでなによりだ。

ここからフローラの人見知りが緩和されていって、人々の輪が広がればいいなと俺は思う。

◆　◆　◆

フローラも揃ったところで、俺達はゾロゾロと台所へと移動する。

「あたし、それほど料理得意じゃないし止《や》めとこうかしら？」

「言い出したのはお前だろ？　少しは手伝え。野菜や肉を切ったりソースを煮詰めるくらいはできるだろうが」

ふらっとリビングのテーブルに戻ろうとするアイシャを、トアックが捕まえる。

「たまにはアイシャもお料理しましょう？　皆でやった方が楽しいですよ」

「わかったわ」

俺もトアックとフローラの腕前は知っているので任せたくなってしまうが、今回は皆で作るのを楽しみたいからな。これから狩りをすれば何度もシカ肉を食べるようになるだろうし、是非とも料理上手な二人から料理法を学んでおきたい。

皆が手を洗っている間に、俺は必要になりそうな物を用意していく。

塩胡椒、ワイン、オリーブオイル、フライパン。包丁にまな板、そしてシカ肉と。

俺が台に載せていくと、フローラが自分の鞄から小さな木製のお弁当箱を取り出した。

「あっ、これ昨日のうちに漬け込んでいたものです。こっちが塩と胡椒とオリーブオイルを塗ったもので、こっちが赤ワインとマジョラムなどのハーブと漬け込んだものです」

「おー！　準備がいいな。これなら美味いソテーが作れる」

「さすがはフローラ。これですぐに食べられるわね」

「ありがたい」

フローラの準備の良さに俺達は感嘆の声を上げる。

家にある貴重な食材を持ってきてくれただなんて嬉しくて涙が出そうだ。家族や俺のための料理を作っている間に、漬け込みまでやっていたとは。

次の狩りで獲物が獲れたらまたおすそ分けしに行かないとな。

「それじゃあ、何を作るかだな」

「ステーキとシチュー！」

トアックの呟きに、アイシャが即座に手を上げて反応する。

「ああ？　シチューを作ると時間がかかるから止《や》めとけ」

「ええー？　シチューダメなの？」

「ダメじゃないですけど、今から作るとお昼を大分過ぎちゃいますよ」

トアックと同意見なのか、フローラもあまりオススメはしていないようだ。シチューは何時間も煮込んだりするから時間がかかるしな。

今からそれをやっていると昼食を食べる頃には夕方になっているだろう。

「焼いてできるものが無難かな」

「ローストやソテーでも十分美味いしな。スープが欲しけりゃ野菜スープでも作ればいいだろう。全部肉ってのも飽きるだろうし」

「おっ、いいね。ところでトアックの真似をしてみてもあの味が出せないんだけれど」

「ははっ、そりゃすぐにはできねえよ。普通に切って入れるだけじゃダメだからな」

少しの間四人で話し合って、シカ肉のステーキ、シカ肉のソテー、赤ワイン炒め、ロースト、野菜スープという献立に決まった。

随分と豪華なメニューだが、フローラの漬け込んだシカ肉もあるし、意外と作り方が簡単らしいので、早速取り掛かる。

ステーキやロースト、といった簡単な料理を俺とアイシャが引き受け、フローラが赤ワイン炒め、ソテー、トアックは野菜スープとアイシャの監督をするのが基本だ。

フローラ、俺、アイシャ、トアックという順番に台所を囲むように並ぶ。

わりと広めな台所だが、大人が四人並ぶと結構手狭に感じるものだ。

フローラはお手製のエプロンを持ってきているので、それをつける。

アイシャは妹に仕方なく着せられたせいか、そのようなことは考えていなかったので俺のエプロンを使うことになった。せっかくの綺麗なワンピースを汚しては勿体ないからな。

フローラがアイシャを眺めているので見てみると、身長が違うからか少しブカブカだった。

「やっぱり大きいな」

「……そうだけど、そうじゃないわ」

「何が？」

「な、何でもないですよアルドさん！　料理を始めましょう」

アイシャの妙な言葉が気になったが、フローラが料理に取り掛かるように言うので気にしないことにする。

俺はシカ肉の塊を大きめに切って、下味に塩と胡椒をかける。それから少し油をフライパンに入れて、スライスしたニンニクを炒めて味を移す。

ニンニクの香ばしい匂いが漂い、飴色になってきた。

「すごくいい匂いがするんだけれど」

「いいからお前はさっさと肉を切れ。包丁は二つしかないんだから、俺が使えないだろ」

俺の隣から二人の声が聞こえてくる。

まな板は三つあるけれど、包丁は二つしか持っていないからね。火をかけられる場所も精々フライパン二つ分だし、効率よく回さないと無駄な時間がかかってしまうのだ。

この家に住み始めた時は、こうして四人で料理をするだなんて考えてもいなかったな。

何だか黒銀のパーティーで料理をしている時のような懐かしさを感じる。

「……アルドさん、楽しそうですね」

思わず頬が緩んでいたのか、フローラが微笑みながらこちらを覗き込んでくる。

「ちょっと昔のことを思い出してね。こうして仲間と一緒に料理をしたなーって」

「そういや、アルドって昔何してたんだ？　あんまり言いたくないなら言わなくていいけどよ」

俺がそう呟くと、トアックが恐る恐る尋ねてくる。

二十七歳の男が急に村にやってきたのだ。何をやっていたか気になるだろう。

「いや、別に言い難いことはないよ。ちょっと前まで冒険者をしていて、ある程度のお金ができたからここに来たんだよ」

そんなことを言いながら、フライパンに味が移ったのを確認しニンニクを取り出す。

それから油を少し足してフライパンから煙が出るまで温める。

「へーっ！　そうなのか！　じゃあ、ゴブリンとかオークとか凶暴な魔物を討伐したことがあるんだな」

「まあ、そうだね」

その果てにいるドラゴンを討伐したけれど、それは言わなくていいことなので黙っておく。

「魔物の討伐経験がある狩猟人がいれば、いざって時も安心よね」

「頼りになります」

「もう引退したんだし、あまりこき使わないでくれよ？」

ゴブリンなどの小物の魔物がいれば狩猟人や、村人が対処し、手に負えないような魔物が出れば冒険者や騎士団の派遣を待つのが普通だからな。真っ先に対処するであろう狩猟人が元冒険者というのは心強いものがあるだろう。

この村に魔物がやってくるようなことがあれば、自分や皆の命も懸かるので率先して戦うが、できればもうそのような仕事は遠慮させて欲しいものである。

フライパンから煙が出るほどに温まったので、シカ肉を投入。

隣でもカットと下味が終わったのか、アイシャがフライパンに肉を投入しだした。

じゅーっという脂の出る気持ちがいい音がそれぞれ響き、肉の香りがリビングに濃厚に漂う。

する。

「お腹が空いたわ」

「俺も」

肉汁を飛ばすシカ肉を眺めながら、アイシャと俺がぽつりと呟く。

空腹な胃袋に肉の焼ける匂いがよく効く。その香りを嗅げば嗅ぐほどお腹が空いてくるのを自覚する。

後方では空いたまな板を使って、トアックとフローラが野菜をトントンと切り刻んでいた。

二人とも包丁を動かすペースがとても速い。

独り暮らしを始めた以上、剣よりも包丁さばきに慣れる方がこれからは重要だな。

肉を一分ほど焼いたら、ひっくり返して一分焼くことを繰り返す。赤いシカ肉の表面が焼けて茶色くなってきた。中はまだまだ赤いがこれはローストなので全く構わない。

その後火から下ろし、フライパンに蓋をしてから少し放置する。

「おい、アイシャ。あんまり強火で焼くなよ？　中火くらいでじっくりと焼かねえと硬くなる」

「さすがにそれくらいはわかっているわよ」

二人の会話を聞きながら、俺は盛り付けるべく皿を食器棚から引き出す。

ローストだから底の浅い丸いお皿がいいかな。アイシャの方もすぐに焼き上げるだろうし、ステーキ用の皿も持っていくか。

最近では食事を作るのと同じくらい皿を選ぶのが楽しい。

それからフライパンの余熱がしっかりと入ったのを確認して、シカ肉を薄くスライスしていく。

外はほどよく火が入り、中は綺麗なピンク色。レアとミディアムの中間くらいの焼き加減だろう。

我ながら満足するくらいの火加減だ。

ジューシーな肉汁が滴《したた》るローストを皿に盛り付けていく。

隣にいるアイシャもステーキが焼けてきたのか、俺が傍《かたわ》らに置いた丸い皿に盛り付けている。

ローストを盛り付けた後は、ローストの残りを使った肉汁にワインや蜂蜜などを煮立たせてソースを作る。甘い匂いととろみがついてきた辺りで火を止めて完成。

盛り付けたローストにかけていくと、ローストの数が少し足りないことに気付いた。

ふと、動きを止めるとアイシャの健康的な肌がローストへ伸びるのが見えた。

「あー……」

アイシャ摘まみ食いをしたな？　と言おうと口を開いたところで、口の中に温かい何かを詰め込まれた。

口内に一気に広がる肉汁に程よい塩胡椒の味。これはシカ肉のローストだ。

焼き過ぎなかったお陰か身が硬すぎるということもない。噛めば噛むほど血が滴るような濃厚な肉の味がしてとても美味しい。

口の中に入ったものをとりあえず咀嚼すると、アイシャが人差し指を立てて唇に当てていた。

こいつ、俺を共犯に仕立て上げやがったな。無理矢理口の中にローストを詰め込みやがって。

まあ、後ろの二人も見ていないしいいか。

料理を作る以上味見は必要だと俺は思う。

味見もしないで他人に料理を勧める行為こそが失礼というものだ。

というわけでこのままローストを味見しようが問題はないわけだ。そう、これは断じて摘まみ食

いなどという行為ではない。皆に食べさせるローストがちゃんとできているか確かめるためのものなのだ。

「あーってどうしたんだよアルド？」

「いんや、何でもないよ」

俺がローストに手を伸ばした途端に、トアックが訝しげな声と共に振り返ってきた。ちょうど伸ばしていた手を勢いよく引っ込める。

同じく味見をしていたアイシャも、平然とした表情で盛り付けをしている風を装っていた。アイシャってば自分を偽るのが上手いよな。

「……何か怪しいな？」

トアックが鋭い瞳を細めてこちらに視線をやってくる。

「こっち終わったからフライパン使っていいよ」

俺は何もやましいことはないとばかりに、使い終わったフライパンをフローラに渡す。

「あ、はい。ありがとうございます」

にっこりと笑いながらフローラがフライパンを受け取る。

屈託のないこの笑顔を見ていると、トアックは何て疑り深い奴なんだと心の中で思う。

「あっ、アルドさん。口元にソースがついてますよ？」

「えっ？　本当？」

「……バカ」

フローラに指摘されて慌てて口元を拭う。

その瞬間、アイシャの口からぼそりと呟かれた言葉を耳にして、俺は自分の過ちに気付く。

――フローラにはめられた。

「あっ、お前達摘まみ食いしやがったな？」

俺をはめたフローラへ呆然と視線を送ると、彼女はにっこりと笑って料理を再開しだした。

その笑顔はいつものように素敵な柔らかい笑顔であるのだが、何故か背筋にぞくりとくる笑みだった。

俺はフローラを怒らすようなことを何かしたであろうか……？

◆　◆　◆

「できたぞ！」

野菜スープが完成したらしく、熱々の鍋をテーブルまで運んでくるトアック。

俺とアイシャとフローラは先に食器類を並べて席についているので、これでようやくご馳走にありつけるということだ。

「ただの野菜スープなのに遅いわよ」

「うっせ。その代わり美味いからいいだろ」

「そうですよ、アイシャも食べれば納得しますよ」

目の前に並ぶ美味しそうなお肉がずっとお預け状態だったので、アイシャの文句を言う気持ちもわからないでもない。

「食べればわかるってことは二人も摘まみ食いをしたってことよね？」

「「味見だ（です）」」

アイシャの言葉に、トアックとフローラが声を重ねる。

「俺とアイシャも味見だから、俺達の皿にローストとステーキを増やしてもいいと思うんだ」

そう、俺とアイシャは摘まみ食いをした罰のせいか、ローストとステーキの数が減らされているのだ。

俺達も味見をしただけだというのに、この罰はいささか厳しいのではないだろうか？

「そうよそうよ」

俺の言葉にアイシャが同意するように頷く。

アイシャはステーキを三枚とローストを一枚食べたから減刑は無理だとは思うけどな。

アイシャの皿にはステーキが三枚しかない。ただでさえ家族の分まで持ち帰らないといけない身なのに、摘まみ食……味見を四回もするからだ。

「ダメです。あれは味見の範疇《はんちゅう》を超えていますよ」

俺の前に座るフローラがにっこりと笑いながら却下する。

フローラの笑顔は柔らかいのだが、摘まみ食いをしてからはどうもいつもと違う。何だか怒っているように思える。

口調も丁寧なようであるがどこか棘《とげ》があるし。

フローラにとって摘まみ食いとはそんなに許せないものだったのだろうか？

四枚食べたアイシャはともかく、口にねじ込まれた一枚だけで怒るような短気な子ではないと思うが……。

「ぐっ……！　フローラ、さっきのことは謝るから！　あたしはフローラの九年――」

「も、もう、アイシャはしょうがないですね！　私は昨日も食べたので分けてあげますよ！」

アイシャの言葉の途中でフローラが勢いよく立ち上がり、いそいそとアイシャにステーキを分け始めた。

フローラがあんなに大きな声を出すとは珍しいな。

アイシャの言葉の続きが気にはなるが、女性の会話を男性が詮索するとロクなことにならないので気にしないことにする。

フローラがアイシャのお皿に丁寧にステーキを移す中、トアックがお碗型のお皿に野菜スープを注いでいく。

そんなトアックをアイシャがマジマジと見つめて、

「……トアック。今日のあんたいつもよりもカッコよく見えるわ」

「へいへい、そりゃどうも。ほい、野菜スープ」

「……ちょっと、褒めたのに量が少ないんだけど」

「言葉に気持ちが籠《こも》っていないからだ。ほら、アルド。お碗を貸せ」

なるほど、心を込めてトアックを褒めれば大盛りにしてもらえると。

「……トアック。今日のお前は一段と凛々《りり》し――」

「止《や》めろ。気持ちが悪い」

心を込めて褒めようとしたが、トアックに気味悪がられてしまった。

確かにこれは男が男に言う台詞じゃないな。止めておこう。

トアックに普通盛りにされた野菜スープのお碗を受け取ると、フローラのお碗にも同じように注いでいく。

心なしかアイシャのお碗に一番多く入っている気がするが、何も言わないでおこう。

これで食卓には俺の作ったシカ肉のロースト、アイシャのステーキ、フローラのソテーと赤ワイン炒め、トアックの野菜スープといったメニューが揃った。

四種類のシカ肉料理が、それぞれの丸いお皿に盛りつけられているのは圧巻だ。どれから手を付けていいか迷ってしまう。

これだけのお肉を村で食べられるのは狩猟人だけだろうな。

他にはパン、アイシャのくれた赤ワイン、野菜の盛り合わせ、山で採れたピコの実や、ククの実なども用意してある。

食事の用意が終わり、トアックが俺の隣に座ったところで視線が一斉にこちらに向く。

招いた側である俺に何か言えということだろうな。

「それじゃあ、食べようか。お世話になった俺からのお礼の気持ちだからいっぱい食べていってくれ。これからもよろしく！」

「……ああ」

「どんどん獲物を狩ってきてね」

「よろしくお願いします」

そんなそれぞれの言葉を述べると、俺達はフォークを手に取る。

ローストについては既に味見をしているので、俺は最も楽しみにしているフローラのソテーから手をつける。

肉へとフォークを突き刺すとすんなりと刺さる。これだけでこの肉の柔らかさがわかるというものだ。シカ肉は火を通しすぎると硬くなってしまうからな。

心の中でいつものように感心しつつ、ソテーを口へと運ぶ。

それから歯を立てると、塩胡椒と香草の味が一気に口内に広がった。

しっとりとした肉感にほどよい硬さの弾力。嚙めば嚙むほど肉本来の甘さが染み出てくるのが肉を食べているのだという実感を与えてくれる。

下味をつけて一晩寝かせていたお陰か臭みもまったくない。

「あー、美味しい」

「あ、ありがとうございます」

俺がしみじみと呟くと、フローラがはにかむように笑う。

それは先程のような能面のような笑みではなく、心からの笑みだとわかり俺は安心する。

料理を褒められた時に、恥ずかしそうに笑みを浮かべる彼女の表情はとても可愛らしいな。

怒っていた理由はよくわからないけど、やっぱり心底嬉しそうな表情をしたフローラが一番だな。

俺がフローラを見て頬を緩めていると、フローラが俺の作ったローストを小さな口へ運ぶ。

自分で味を確認したのだが、フローラほど料理が上手い人に食べてもらうとなると少し不安になるな。

「あ、柔らかい。焼き加減がちょうどいいですね」

俺の心の不安は杞憂《きゆう》だったようで、フローラが口元に手を当ててそんな言葉を漏らした。

その言葉を聞いてホッとする。

それから窺うように視線を向けると、

「おいひぃわよ」

「肉も硬くないし、味付けもちょうどいいな」

ローストを口に含みながら言うアイシャと、嚙みしめながら言うトアック。

表情が豊かではないトアックが柔らかい表情をしているのを見ると、結構気に入ってくれたことがわかる。

自分で料理を作って誰かに美味しく食べてもらうのは、やはり気持ちがいいものだな。

美味しそうに口に入れるのを見ているだけで、胸がポカポカしてくる。

「おい、アイシャ。お前の作ったステーキちょっと硬いぞ？　焼き過ぎじゃねえか？」

「そうかしら？　あたしはこれくらい硬い方が好きよ？」

そんな二人の会話を聞いて、俺もアイシャの作ったステーキを口へ運ぶ。

嚙むと肉汁がドバっと広がる。肉の硬さは少し硬めだが、食べ応えがあるので好きな人は確かに好きかもしれない。

塩胡椒のシンプルな味付けでしつこくない味なので、いくらでも食べられるな。

「俺はこの硬さも好きだよ」

「ほら」

俺の言葉を聞いて、アイシャが得意げに胸を張る。

ステーキを食べた俺は、フローラの作ったもう一品。赤ワイン炒めに手を付ける。

赤ワインを煮詰めたソースがとろりとかかっており、とても甘い匂いがする。

肉とタレと絡め合わせてほおばる。

ジューシーな肉の味とノルトエンデワインのまろやかな甘い味が混ざり合って美味しい。

「赤ワイン炒めは少し味が濃いので、パンやサラダと一緒に食べると美味しいですよ」

フローラの勧めに従って、付け合わせのパンやサラダと一緒に食べると凄く合うことがわかった。

「本当だ。ちょうどいい」

甘いタレがレタスやキャベツの水分によって緩和されてちょうどいい。

他に比べて少し味が濃いめなのは、これを意識してのことだろうか。

ふと、隣を見るとアイシャはパンに挟んで豪快に齧《かぶ》り付き、トアックは野菜と一緒に味わうように食べていた。

同じシカ肉を料理してもやはりフローラの腕は段違いだな。非の打ちどころがないくらいの美味しさだ。

その証拠に捻《ひね》くれた男であるトアックも文句を言わずに口へと運んでいるし。

「時間をかけただけあってスープも美味しいわね」

「……当たり前だ」

「俺も家で作ってみたんだけど、同じ味が出ないんだけれど。作り方にコツがあるなら教えてよ」

「バカだな。自分で探るのがいいんだろうが」

俺が尋ねるとトアックが腕を組んで軽く鼻を鳴らす。

自分で探る楽しみもわかるけれど、それじゃあ当分はこのスープを味わえないじゃないか。

「教えたら簡単に真似されるから言わないんじゃないの?」

「そ、そんなわけあるか」

「じゃあ、教えてもいいじゃない」

「ダメだ」

教えるつもりがないトアックの様子にがっかりしていると、フローラが小さな声で俺を呼んだ。

「……アルドさん」

ふと、フローラに視線をやると、フローラが野菜スープを指さしてからピコの実を二つ口に入れた。

それを見た俺は、ピコの実という隠し味が自分の野菜スープに足りない味なんだと気付いた。なるほど、少しの酸味と果汁の甘さがコクを出すのか。

この味の秘訣はかなり身近なところにあったんだな。

今度、トアックに野菜スープを振る舞う時が楽しみだ。きっと驚くだろう。

俺は口だけを動かしてフローラにありがとうと伝えると、フローラは少し悪戯《いたずら》っぽい笑みを浮かべた。

フローラのその表情にドキッとしながらも、ちょっとお茶目な一面はフィオナさんに似ているなと思った。

第7話　小川で涼をとる

シカ肉料理を堪能し、満腹感と幸福感に満たされた俺達はリビングでゆったりとアップルミントティーを飲んでいた。

フィオナさんの家で育てているアップルミントを使い、フローラが淹れてくれた。

「ああ、フローラの淹れる紅茶は美味しいわ」

「ふふ、ありがとうございます」

アイシャの言う通りフローラやフィオナさんが淹れた紅茶は凄く香り高いのだ。コツを聞いて自分でも試してみるが中々上手くいかない。

「どう？　あたしってば貴族の令嬢みたい？」

アイシャが澄ました表情をしながら丁寧な動作で紅茶をすする。それからゆっくりとした動作で紅茶をテーブルに置き……。

ゴンッとテーブルの音を鳴らした。

「はは、そんな粗相《そそう》をする令嬢がいるかよ。足も開いているしよ」

「うっさいわね。丁寧に置いたのに大きな音が上がるあんたのテーブルがおかしいのよ」

「んなわけあるか」

トアックにバカにされて興が冷めたのか、片肘をつきながら紅茶を飲むアイシャ。

神経を研ぎ澄ませる必要がある貴族の作法は、面倒くさがりのアイシャには不向きだろうな。あれはあれで気をつけることがかなり多いから。

「アイシャよりもアルドの方がよっぽど綺麗だな」

「本当ですね。さっきから音が一切たっていませんし、飲み方に品があります」

トアックとフローラが感心した声を上げてこちらを見る。

「そ、そうかな？」

Aランク冒険者になると貴族からの依頼を受けるようになる。そうなると詳しい依頼内容を聞きに行くのはこちらの役目となるので、無礼がない程度に貴族の作法を習得する必要があったのだ。

紅茶を飲みながらリビングで談笑することしばらく。

「よし、アルド。魚を釣りに行こうぜ。晩飯には塩焼きを食べたいからな」

釣り道具を手にしたトアックが言ってきた。

仏頂面が少し柔らかくなっていることから、結構楽しみにしていたらしいことがわかる。

「そうだね。魚を釣りに行こうか。すぐ近くの小川に行くけどフローラとアイシャはどうする？」

「そうね。たまには外でのんびりするのも悪くないわね。あたし達も小川に行きましょうか」

「はい、私も行きます」

アイシャは家族に仕事を押し付け、フローラは突然呼び出してしまったので心配したが、二人とも特に問題ない様子だ。

「わかった。それじゃあ皆で行こうか」

◆　◆　◆

俺の自宅から歩くと二分もかからないうちに小川へとたどり着いた。

今日も天気が良く、空には雲一つない青空が広がっている。

春の暖かい日差しが気持ちいい。

頬を撫でるような風が吹き、小川に生えている草花がサラサラと揺れる。

水の流れる音を聞いているだけで涼しげな気分になり、心地よい。

自然を感じながら、目標である川魚を探すために俺達は小川に沿って歩く。

「お腹もいっぱいになったので、ここで眠りたくなりますね」

「ああ、わかるー」

俺とトアックの後ろを歩く、フローラとアイシャが和やかに呟く。

昼食の満腹感があるせいか、草むらで横になったらすぐに寝る自信があるぞ。大丈夫かな。釣っている最中に眠ったりしないだろうか。

ポカポカとした日差しを浴びて思わず欠伸《あくび》を漏らす。

隣を見るとトアックも同じように欠伸をしていた。俺のように声まで漏らしてはいないが、目尻には涙が溜まり少し眠そうである。

「ちょっと小川で顔でも洗って眠気を覚ます？」

冷たい水で顔を洗えば眠気も吹き飛ぶだろう。

このままの状態で獲物を待ち続ける釣りをするのは少し辛いと思う。

「あ、さんせー。今日は暖かいから川に足を入れると気持ちいいだろうし」

「いいですね」

俺の提案にアイシャとフローラが嬉しそうに反応した。

ああ、足に水を入れるのもとても気持ちがいいだろうな。

「……そうだな。このままじゃ、釣りをしている最中に寝ちまいそうだ」

さっさと釣りをしたい素振りを見せていたトアックだが、眠気には勝てなかったのか少し小川で涼をとることを了承した。

「ほら、あそことか丁度いい石があって良さそう。フローラ行きましょう」

「えっ、ちょっと待って下さい！　アイシャってば速いです！」

アイシャが前方を指さしフローラの腕を取って走る。

突然のダッシュにフローラが驚きながら足を回すが、それほど運動が得意ではないのか付いていくのに必死という感じだった。

揺れる赤色の長髪と金色の長髪を追いかけるようにして俺達も走り出す。

アイシャとフローラが到達した場所は、小川の幅が広くなっているところだ。

そこには水から顔を出すように石が四つあり、あそこならゆっくりと腰を落ち着けることができそうだ。

「……はあ、はあ、アイシャ、速いです」

俺とトアックが追い付くと、フローラが少し息を乱していた。

三十メートルもなかったが、あまり激しい運動をしないフローラが足の速いアイシャに合わせるのはきつかったらしい。

「たまには走っておかないと体力が落ちるわよ？　いざっていう時に走れないし」

確かに魔物に襲われた時に走れないと困るからな。アイシャの言うことは正しい。

勿論そんなことが起きないように狩猟人であるローレンさんやカリナ、俺が魔物を見つけたら狩っておくが何が起こるかわからないからな。

「アイシャは広いブドウ畑を移動しているから体力があるんだね」

「そうよ」

「それもあるが、妹から逃げ回っているせいもあるな」

得意げに頷くアイシャの横から、トアックが真実を言う。

「………………それもいざって時なのよ」

トアックの言葉を聞いてジトッとした視線を送ると、アイシャが誤魔化すようにして靴を脱ぎ出した。

感心していた俺の気持ちを返してくれ。

アイシャの言葉に呆れながらも俺とトアックも靴を脱ぎ、息が整ったフローラも靴を脱いでいく。

小川へ入る前に、眠気が強い俺とトアックは屈んで顔を洗う。

パシャパシャと顔にかかる水が気持ちいい。

冷たい水が顔にかかり熱を奪っていくことで、頭に取り付いていたモヤモヤとする眠気が一気に吹き飛んだ。

「あー、スッキリするなぁ」

「ああ、悪くねえ」

トアックは頭まで水につけながら言葉を漏らす。

それがあまりにも気持ちが良さそうだったので、俺も真似して頭を水に突っ込んだ。

ヒンヤリとした水が頭全体を覆って気持ちがいい。頭を上げるとスッとするような爽快感が得られる。首筋を伝うように流れる水もまた心地いい。

完全に眠気が取れた。

水気を含んだ髪の毛を掻き上げて後ろに流す。

「あはは、トアックって濡れると髪の毛が真っすぐになるんだな。いつもはツンツンでボフッとしているのに」

いつもはツンツンとしているトアックの金髪が、今やストレートに落ちていた。

前髪ができて、いつもよりも幼く見えるトアックに思わず笑う。

「うっせえ、乾いたら元に戻る」

トアックが不機嫌そうな顔をして言うが、今はそんな表情ですらも子供が拗ねているように見えて面白い。

からかう笑みを浮かべる俺に気付いたトアックが、不機嫌さを表すようにザブザブと音を立てて小川へ入っていく。

アイシャとフローラは俺達が顔を洗っているうちに入ったのか、気持ちよさそうに並んで座っていた。

トアックに続いて俺も小川に足を入れる。

冷たい水が水流となって足を包み込むのが気持ちいい。

このゆったりとした水の流れがいいんだな。深さは膝よりも十センチは下なので、一番深い中心部でも膝に届かないであろうな。

水の気持ちよさに息を吐きながら、ざぶざぶと石の所まで進む。

「ぷっ、くふふ」

俺とトアックが近付くと、トアックを見たアイシャが吹き出した。

それに伴いフローラも視線をトアックに向けて、

「あ、トアックさん……ですよね？　髪の毛が下りて少し可愛くなりましたね？」

「くっ……」

フローラの純粋な言葉が効いたようで、トアックは顔を歪めながらアイシャの前にある石にどかっと腰を下ろした。

「え、えーと、ごめんなさい。気を悪くしましたか？」

「…………」

そんなトアックの様子を見たフローラが、申し訳なさそうに謝るが、そこは放置していてほしいトアックからすれば傷を抉《えぐ》られたも同然だろうな。

「あ、あの……」

トアックの顔にいっそうしわが寄るのを見て、フローラがおろおろとする。

トアックもトアックで気持ちの表現が不器用だからな。職人気質だし。

俺は冒険者時代にそういう気質の奴と何度も話したことがあるから、何となくわかるが。

ドンドンと重くなる二人の空気だが、それをアイシャの笑い声が吹き飛ばした。

「くっ！　あははは！　フローラ、悪気はないのはわかるけど、そんなに苛めちゃトアックが可哀想よ。くふふふ――わぷっ⁉」

トアックを指さして笑っていたアイシャの顔に水がかけられた。

「ちょっと何すんのよ⁉」

「うるさい口を閉じさせただけだっつうの」

必死に顔の水を拭うアイシャを見て、トアックがスッキリとした表情で言う。

それを見たアイシャが青筋を立てて、トアックに水をかける。

「うおおっ⁉」

顔や首筋にかかったせいかトアックが素《す》っ頓狂《とんきょう》な声を上げる。

「あはは、変な声上げてダサい」

「てめえ、やりやがったな！」

あーあー、これは水の掛け合いが始まるな……。

◆　◆　◆

「ちょっ！　お前！　目ばっかり狙うなよ⁉」

「弱いところを狙って何が悪いのよ？」

右側で激しく水の掛け合いをするトアックとアイシャから距離を取るように、石のできるだけ左端に腰かける。

ちょっとした水の掛け合いなら参加しないでもないけど、本気のレベルになるとさすがに遠慮したいな。お互いに目とか鼻とか耳とか狙って本気だし。

あのような戦いには参加せずに俺はフローラと平和に涼んでいよう。

「えいっ」

「うわっ⁉」

そう思っていた矢先に、冷たい水がお腹にかかり驚いて声を上げる。

水が飛んできた方を慌てて見ると、そこには悪戯っ子のような笑みを浮かべたフローラがいた。

フローラが水をかけてくるとは思っていなかった。

先程のピコの実のように、本来の性格はちょっと悪戯っ子で甘えたがりなのかもしれない。

「やったな？」

フローラの違った一面を見られたことを嬉しく思いながらも、俺もフローラに水をかける。

「きゃっ！　えいっ！　えいっ！」

冷たい水がかかることで短い悲鳴を上げるフローラ。それから仕返しとばかりに細い腕を振るってパシャリパシャリと水を飛ばしてくる。

顔にかかる水を腕で防ぎながら、負けじと俺もフローラへ水をかけ返す。

こんな風に川で遊んだことがあっただろうか。

子供の頃は毎日生きるのに必死で、遊ぶなんてことは考えたこともなかった。

冒険者の時もこんな風に遊んではいない。

水辺の近くで野宿をしたことは何度もあるが、騒げば魔物がやってくる可能性もあるのでできるはずがない。毎日の鍛錬もあった。

王国一のAランクパーティーだという名声が広がれば、威厳ある振る舞いも要求される。このような行動はできるはずがなかった。

しかし、今ではは冒険者アルドレッドではなく、ノルトエンデに住む狩猟人のアルドだ。

勿論節度や限度はあるが、誰の目を気にする必要もなく好きに生きられる。

たったそれだけの自由が今は凄く嬉しい。

「それっ！　それっ！」

「きゃっ！　お返しです！」

「こっちこそ！　……あっ」

フローラと楽しく水の掛け合いをしていた俺だが、ふと気付く。

フローラの服に大量の水がかかり、胸元にあるブラウスが透けて肌色のものが見えていた。

水がかかり布が肌に吸着し、皺が寄ることでフローラの胸の膨らみが強調される。

い、意外と大きいんだな。

ある程度の大きさがあるのはわかってはいたが、予想していたよりも大きいものであった。フローラは着やせするタイプなのかもしれない。

白い生地から透けて見える肌色が、見てはいけないものを見ているようで背徳感と興奮を覚える。

ぴっちりと服が肌に吸着しており体のラインが露わになっているフローラの姿は、裸になっているよりも一層煽情《せんじょう》的に思えた。

「え？」

フローラの姿を見て呆然とする俺に気付いたのか、フローラが自分の体を見下ろす。

「きゃあっ！」

それから自分の状況に気付いたフローラは、羞恥の悲鳴を上げてくるりと背を向けた。

背中の方にはあまり水がかかっていないせいか、肌が透けて見えることはないが、キュッと引き締まった腰回りが見えてしまう。

すぐにでも視線を逸らすべきだと思い、横を向くがついつい視線が行ってしまうのは男の悲しい性《さが》か。

フローラは背中を向けた体を抱いたようにしながら固まっている。

また逃げられてしまうのだろうか。

「あ、あの大丈夫ですから。ちょ、ちょっと恥ずかしいですけど、服が乾けば問題ないですから……」

そんなことを思っていると、フローラがチラッと顔をこちらに向けながら言ってくる。

前回のようなことにしないために恥ずかしい中懸命に耐え、こちらの心配までしてくれている。

そんなフローラの健気《けなげ》な姿を思うと、吸い寄せられる視線も容易に外すことができた。

「だらっしゃあっ！」

「あぶっ!?」

視線を逸らした先には、トアックがアイシャを容赦なく背負い投げする姿が見えた。

……あっちの戦いは過激だなぁ。

◆　◆　◆

「……ちくしょう。アイシャの奴、俺まで巻き込みやがって……」

川の中に立つトアックが、ずぶ濡れになった服をギュッと絞る。

「綺麗な背負い投げだったけど、向こうも強かったな」

服を絞ってドボドボと水分を落とすトアックに、俺は家から持って来たタオルを投げ渡す。

「すまん」

タオルをキャッチしたトアックは、短く礼を言うとタオルで体を拭き出した。

季節は暖かい春過ぎとはいえ、風に当たれば体温も下がる。風邪を引いてしまっては困るだろうしな。

アイシャを見事な背負い投げで小川に沈めたトアックであるが、アイシャもただではやられなかった。水に打ち付けられたアイシャは、背負い投げをして不安定なバランス状態になっているトアックの足を即座に蹴りつけて見事に転《こ》かしたのである。

自分が攻撃を受けつつも次の攻撃へ繋げるのは難しいことなので、アイシャの運動能力と咄嗟《とっさ》の判断力には感心させられる。

ああいうしぶとく生きる人ほど冒険者に向いているのだと俺は思う。

ただのブドウ農家にしておくのは惜しい女性かもしれないな。

そんなブドウ農家の娘は、小川の石に座ってパシャパシャと足で水を飛ばしていた。

「……はぁ、スッキリしたわ」

アイシャが濡れた髪の毛を耳に掻き上げながら満足そうに呟く。

「アイシャってば恥ずかしくないんですか？　服が濡れて体に張り付いていますよ？」

同じように隣で涼むフローラが恐る恐る尋ねる。

フローラの言う通り、アイシャは全身がずぶ濡れなので赤いワンピースが体に張り付いていた。

フローラのような白いブラウスを下に着ているわけでもないので、肌色が見えるということはないが、膨らんだ胸やウエストからお尻のラインが強調されていてかなり煽情的だ。

肌に滴る水滴と水に濡れて色艶のある赤い髪が張り付く様子は、健康的な小麦色の肌をなまめかしく魅せる。

「別にあたしの服はフローラのブラウスと違って肌まで透けないからねえ。これくらいなら別に平気よ」

「そ、そうですか……」

そっちは平気でも男である俺達は平気とは言い難《がた》いがな。

正直、視線のやり場に困って仕方がない。ここはタオルを渡して体の水分を早く拭いてもらおう。

そう思い、タオルを持ってフローラとアイシャの方へと近付く。

「……それにしても、フローラの足は白くて綺麗ね」

アイシャの何げなく呟いた言葉により、自然と俺の視線もフローラの足へと向かう。

「そ、そんなことないですよ。アイシャの足の方が健康的で綺麗です！」

俺の視線を感じてフローラは恥ずかしくなったのか、足を擦り合わせてモジモジとしだした。視線から逃れるような仕草だとは思うが、すべすべとした形の良い足が動く様は少し煽情的で余計に目がいってしまう。

いかんいかん。目の前で女性の足を眺め続けるのは失礼だ。

「……はい、タオル」

「あら、ありがとう」

「あ、ありがとうございます」

俺が邪念を振り払うようにタオルを渡すと、アイシャがにっこりと笑いながら受け取り、フローラが胸元を隠しながら恥ずかしそうに受け取る。

多分、あのアイシャのからかうような笑顔からして、さっきの会話はわざとだな。

何のつもりか知らないが、心臓に悪いのでからかうのはトアックにして欲しいものだ。

「おーい、アルド。そろそろ釣りするから移動するぞ」

そんなことを思っていると、水気を拭き取り終わったらしいトアックから声がかかった。

ここら辺では魚は見当たらないし、いたとしてもさっきの水遊びの音に驚いて逃げただろうしな。

「わかった！　釣りをするから移動するけど二人はどうする？」

トアックに返事をしてから俺はアイシャとフローラに尋ねる。

「んー、あたし達はもう少しここで涼んでから見に行くわ」

アイシャの言葉に同意するようにフローラも微笑む。

「アイシャはずぶ濡れになっているけど大丈夫か？」

「心配は嬉しいけど大丈夫よ。この暖かい季節に風邪なんてひかないわ。大雨の中、ブドウの世話をしてずぶ濡れになることが何度もあったけど風邪もひいていないしね。あたしの体は丈夫なのよ」

問題ないとばかりに手を振って言うアイシャ。

俺はブドウ農家の大変さに驚きつつ、男の子みたいだなと思った。そんな丈夫な体に育ったのは栄養が豊富なブドウをたくさん食べているお陰かもしれないな。

「わかった。それじゃあ、二人が来るまでに釣れるように頑張るよ」

「期待していますね」

「いっぱい釣っておすそ分けしてねー」

フローラとアイシャの声を背中で聞きながら、俺は地面に置いていた釣り竿やバケツを拾ってトアックと合流する。

「魚はどこにいることが多いんだい？」

「そうだな。この時間は下流で虫やらコケやらを食っている魚が多いからな。そこに行けば嫌でも釣れるだろうな。後は水面で泳いでいる群れを見つけたらその都度釣ればいい」

トアックは魚の集まるポイントに心当たりがあるのか、下流の方へ歩き出した。

◆　◆　◆

「おっ！　釣れた」

「おー！　これで何匹目だ？」

「六匹目だ！」

「ちくしょう、俺は三匹だ！」

川の流れが穏やかな下流。コケのついた石や魚が好みそうな草むらがあるせいか、透き通る水面には何匹もの魚が泳いでいる。

そのお陰か、俺達が餌を付けて針を垂らすとよく食いついてくるのだ。

トアックが魚の集まる地点を把握していたのもあるが、これほど魚が集まっているのは運がいい。

自分の晩飯やエルギスさんに渡すことも考えると、この機を逃さずにたくさん釣らないとな。

「おっ、アーユだ」

釣り上げた魚を見るとアーユであった。

塩焼きにするとこれがまた美味しいんだよな。何度も食べたことがある魚だが、あのあっさりとした白身に塩がよく合うんだよ。川魚の中で一番好きな魚だ。

脳裏でその味を思い出すと、口内に唾液が溢れてきた。

釣り竿から伸びる糸を手繰《たぐ》り寄せて、水を汲んだバケツにアーユを入れる。

「ということは、あの辺りにいる魚の群れは全部アーユだな。あそこを狙おう」

針に餌を付け直して、先程よりも少し遠い場所に針を飛ばす。

すると、チャポッという音を立てて針が沈み、水の流れによってアーユの群れに近付いていく。

生きのいい餌に見えるように竿を動かしながら、獲物が針にかかるのをまったりと待つ。

涼しげな音を立てて流れる水の音が心地よい。大きく息を吸えば、水の匂い、コケの匂い、草の匂いと様々な自然の香りが感じられる。

魚と駆け引きをして釣り上げる快感は釣りの醍醐味ではあるが、こうやって自然に身を任せて一体感のようなものを味わうのもいいことだと思う。

自然と混ざり合うかのような感覚を覚えながら目を瞑《つぶ》り、ボーっとしていると竿から振動が伝わってきた。

ピクピクと伝わる感触からして、魚が餌をつついているのだろう。手に持つ竿が軽くしなる。

まだだ。まだ釣り上げるべきではない。

そう判断してジーッと待つと、竿がグイッと引っ張られた。

――今だ！

と思った瞬間、竿を持つ手に力を入れて引っ張る。

針が魚に引っ掛かった重みを感じながら引っ張ると、魚が水面でもがいて水飛沫をたてる。

「またかっ⁉　早えな⁉」

トアックの驚く声を聞きながら、俺は逃げられないように竿を手繰り寄せる。偶然なのか、頭が回るのか石が点在する場所に逃げ込もうとしたが、それを阻止して引っ張る。

そして、魚の動きが鈍ったところで一気に竿を引っ張り上げた。

水面から現れたのは先程と同じ灰緑《かいりょく》色をしたアーユだ。

「おおっ！　でけえな⁉」

しかし、それは通常サイズの十五センチよりも遥かにデカい。二十センチ弱はあるだろう。

アーユにしては中々の大物で食べ応えがありそうだ。

宙にぶら下げられたアーユをゆっくりと手繰り寄せる。ここで逃げられてはたまったものではない。

ピチピチと身をよじるアーユにヒヤヒヤしながらも、何とか手繰り寄せてバケツへと入れた。

「ふー……」

ちょっとした大物を釣り上げたことにより達成感を覚える。

先程捕まえたアーユと見比べるとやはり大きいな。

今日は、突然フローラを誘って迷惑をかけたし、釣り竿だってエルギスさんの物だ。

エルギスさんの家におすそ分けする魚はこれにしよう。

「トアックー！　そっちはどうだ？」

「三匹目を釣ってからまったく釣れねえよ！」

向こう岸にいるトアックに呼びかけると、不機嫌そうな声が返って来た。

「不機嫌そうな顔をしているからじゃないか？」

「顔は関係ねえだろ？」

トアックが眉間にしわを寄せながら針を投入。

それから魚に餌を取られたのか流れたか、餌を二回付け直す。

俺はその間にアーユを二匹釣り上げていた。

俺だけ好調で何だか申し訳なく感じるな。だが、獲物の数を競い合うのも楽しさの一つなので遠慮はしないでおこう。

「どうー？　いっぱい釣れてる？」

新しく餌を付けて針を沈めると、アイシャとフローラが髪をなびかせてやってきた。

風に揺れる赤と金の長髪がとても綺麗だ。

「どうですか？」

俺の傍にやってきたフローラが、風で流れる髪の毛を押さえながら尋ねる。

タオルで水分を拭きとったお陰か、もう胸元のブラウスは透けていなかった。ちょっと残念に思う自分がいたのは秘密だ。

「結構釣れてるよ。もう九匹も釣れたよ」

「それほど時間が経っていないのにもう九匹ですか？　凄いですね！　それにこのアーユも大きい……」

バケツを覗き込んだフローラが無邪気な笑顔で言う。

そんなに褒められるともっと釣り上げようと思ってしまうな。

ギルドの綺麗な受付嬢に褒められていた冒険者もこんな気分だったのであろうか。

あの時は特に気にしていなかったが、フローラみたいな子が受付嬢にいたら嬉々として死地に飛び込んでいたかもしれないな。冒険者ギルドも中々あくどいことをする。

「……あっちは顔を見ればどんな状態かわかるわね」

アイシャがトアックを指さしながら笑う。

アイシャが笑っているのを向こうもわかったのか、トアックの眉間に深いしわが寄っていた。竿が不規則に震えているのは魚をおびき寄せるためではなく、怒りによる震えだろうな。

しかし、そんな怒りのお陰で魚がおびき寄せられたのかトアックの竿がしなった。

「おおっ！　きたぜ！」

仏頂面から打って変わって、生き生きとした表情で竿を引き寄せるトアック。

どうやら向こうにも当たりがきたらしい。

「トアックさんの方に魚が食いついたみたいですね」

「……靴や木片かもしれないわよ？」

「あの様子を見る限り魚だよ」

あれが木片だとしたらトアックが可哀想すぎる。

水面を暴れ回る魚を相手に、トアックは粘り強く引っ張り続ける。

距離が離れているせいかよくは見えないが、白い大きな体表が一瞬だけ見えた。あれは中々の大物だろう。その証拠にトアックの竿がかなり大きくしなっている。

俺の釣り上げたアーユよりも大きな引きだ。

トアックが真剣な表情でゆっくりと自分の方へと引き寄せる。

ハラハラとしながら俺達はトアック見守り続ける。……そして、

「おらあっ！」

トアックが勢いよく竿を振り上げた。水面に潜っていた魚が宙に舞い上がる。

それは白くて細長いシラギスと呼ばれる魚であった。

にゅるにゅるとしたぬめりのある体表にくねくねと蛇のように移動するのが特徴であり、焼いて食べると肉厚ながらあっさりとした味をしていて大変美味しいのだ。

「おお！　やったなトアック！」

「おめでとうございます！」

「へへっ、ありがとよ！」

俺とフローラが感嘆の声を上げると、トアックが照れくさそうに笑う。

それから嬉しそうに釣ったシラギスを慎重に針から外して、バケツへ入れる。

そんなトアックを見てアイシャがポツリと言葉を漏らす。

「……最後にシラギスが滑って川に戻るということにはならなかったわね。つまんないわ」

「……お前には絶対にやらねえからな！」

◆　◆　◆

「じゃあ、皆で食べようか！」

「そうすると思って塩とか持ってきたぜ！」

俺がそう提案すると、トアックがポケットから塩の入った瓶と串を取り出す。

家から俺が取って来ることを考えていたのだが、既に持ってきているとは用意のいい奴だ。

「……そうね。小腹が空いたわ。早速塩焼きにして食べましょう」

「お前の分は無しだ」

「いいわよ。五匹しか釣れなかったトアックから貰ったら可哀想だもの。たくさん釣ったアルドから貰うわ」

「……この野郎」

アイシャにあっかんべえと挑発されたトアックが、ギリギリと歯を鳴らす。

お互いに水の掛け合い、転かし合いを根に持っているのか会話が刺々《とげとげ》しい。

そんなことを思いながら、俺は締めた魚を川の水で洗う。

すると、隣に来たフローラがおずおずと尋ねてきた。

「あのぉ、私とアイシャまでご馳走になっていいんですか？」

「ああ、いいよ。一人じゃ食べきれないほどあるし。元々皆で食べようと思っていたから」

「ありがとうございます。それじゃあ、私もお手伝いしますね」

向こうが刺々しいせいか、フローラの花開く笑顔と気遣いにいつになく癒しを感じるな。

俺の五匹のアーユとトアックの三匹のアーユを洗い終わったら、アイシャとフローラと一緒に串を入れて、塩をまぶしていく。

「シラギスは食べないの？」

「これは俺が家で一人で食べるんだよ」

アイシャの言葉に素っ気なく答えたトアックは、石を囲うように設置して火打石で火を起こしていた。

まあ、シラギスはさすがにここで料理するには面倒くさいしな。アーユがあるのでそれで十分だろう。

トアックが火種に息を吹きかけることによって火が大きくなる。

火の準備ができたので、俺達は串に刺したアーユにきちんと火が当たるように地面に刺していく。

そこで俺はアーユにひと手間を加える。

「……おい、何してるんだアルド？」

「ああ、口を開けて焼くと頭の水分が抜けやすくなるんだ。それとエラの近くにある胆嚢《たんのう》を潰せば無駄な苦みが抑えられるんだよ」

「そうなのか？」

「……知らなかった。あたしは苦みが強すぎるのは苦手だから助かるわ」

「知りませんでした」

三人ともその方法は知らなかったらしく、口々に褒められて照れくさくなってしまう。

これもキールに教えてもらったことだ。本当にあいつってば物知りだからな。

「まあ、冒険者の仲間に聞いた知識だけどね」

一人暮らしをするようになってから、キールの細かな気配りや知識がいかに凄いかわかる。

それはわかっていたつもりであったが、やはり理解しきれていなかったようだ。

あいつにまた会うことがあれば、料理や生活知識、道具知識について沢山聞いてみたいな。

ノルトエンデに来るかもと言っていたので、再会する時が楽しみだな……。

積み上げた枝がパチパチと音を立てる中、俺達はアーユが焼けるのを待つ。

アーユから水分が抜けて茶色い焦げ目がつくと共に、身の焼ける匂いがしてきた。

この香ばしい塩の香りが堪らない。

「「…………」」

「……早く焼けないかしら」

全員の気持ちを表す言葉をアイシャが呟く。

「……も、もう少しですよ」

アイシャを宥《なだ》めるフローラだが、その瞳は真っ直ぐにアーユに吸い寄せられていた。

「あ！　お姉ちゃんいた！」

香ばしい匂いに耐えて、じっと焼き上がるのを待っていると後方から少女の声が聞こえてきた。

突然の言葉に振り返ってみると、そこには普段のアイシャと同じような作業着に身を包み、赤い髪をサイドテールにしている少女がいた。

「あっ、イーナちゃんですね」

フローラが少女を見て呟く。

何度か聞いたイーナという名前。

あの赤い髪に作業着でお姉ちゃんと言うと……。

「チッ……もう来たか」

そのお姉ちゃんは露骨に舌打ちをしていた。

「お昼までって言ったよね？　急に仕事押し付けていつまで遊んでいるの!?」

ズンズンと大股でこちらに近寄るイーナ。

お昼までって……もう、お昼を中ほどは過ぎているぞ。ぶっちぎりでサボっているなアイシャは……。

「ちょっと今お姉ちゃんは忙しいの。あっちに行ってなさい」

「子供扱いしないでよ！　ほら、ブドウの世話をしなくちゃダメだから帰るよ！　広いんだから一人でも欠けると作業が増えて困るの！」

何だか提案した本人の家族に一番被害が及んでいるようだ。

「あっ、突然お邪魔してすいません。私はこのアイシャお姉ちゃんの妹のイーナです」

苦笑する俺達の視線に気付いたのか、イーナが居住まいを正して挨拶をする。

ずぼらな姉とは違って、やはり真面目な妹さんのようだ。

「こんにちは、イーナちゃん」

「よっす」

フローラとトアックは面識があるのか、気楽な口調で挨拶を返す。

しかし、イーナは新しくやってきた俺を不思議そうな顔で見ていた。

「はじめまして、最近この村にやってきたアルドです。狩猟人をやっています。よろしくお願いします」

「はい、よろしくお願いしますアルドさん！」

俺が軽く頭を下げると、イーナも慌てて頭をぺこりと下げてにっこりと笑う。

……本当に姉とは全然違うんだな。

「イーナの言う通りだ。アイシャ、お前はもう帰れ。仕事が残っているんだろ？」

そんなイーナの言葉に便乗してトアックがニマニマしながら言う。それはアイシャの家族を思ってのことではなく、アーユの塩焼きを食べさせずに帰らせるためだろう。

「さすがトアックさん！　ほら、お姉ちゃん帰るよ」

イーナがトアックの言葉に感激しながら、姉を連れて帰ろうとする。

「ちょっと！　それだけは嫌よ！　帰るならせめてこれを食べてからにして！」

「これって何なのよ……。あっ！　アーユの塩焼きだ！」

アイシャが執着しているものに視線を向けたイーナが嬉しそうな声を上げた。

先程までの落ち着いた声から一転して、それは年相応の声であった。

きっとかなりアーユの塩焼きが好きなのだろうな。食べ物が好きなのは姉譲りかな。

「ふふふ」

「あっ……」

フローラがくすりと笑い、イーナが恥ずかしそうに俯く。

「アイシャにはお世話になったし、魚はまだまだ残っているからイーナも食べていってよ」

「……えっと。……はい、頂きます」

俺がそう促すとイーナはアイシャの隣にちょこんと座った。

「ほら、焼けたぞ」

「やっとね！」

そんなトアックの声に皆が表情を輝かせる。

じっくりと中まで火を通されたアーユは、茶色い焦げ色をつけており実に美味しそうだ。

我慢できないとばかりに早速背中に齧《かじ》りつく。

カリッと焼けた表面は塩味が利いており、口の中であっさりとした白身がほろりと崩れていく。

アーユの淡白な白身の甘みと塩味の相性が絶妙だな。

「……美味いな。やっぱりアーユは塩焼きが一番だな」

あまりの美味しさにホッと息を吐きながら呟く。

「本当に美味しいですよね」

「……ああ、美味いな」

フローラは小さな口で味わうように食べ、トアックはじっくりと噛みしめるように食べている。

残るアイシャとイーナは無言でアーユに齧りついていた。

こういうところはやはりそっくりらしい。

微笑ましい二人の光景を見て、俺達は思わず頬を緩める。

それから俺達も負けじとアーユに噛みついた。

食べ進めるごとにアーユの内臓独特の苦みが出てくるが、強すぎることはなくいいアクセントになっていた。

「……あれ？　いつも食べているのより苦くない」

無我夢中で食べていたイーナが、ふと気付いたように呟く。

「ああ、それはここにある胆嚢という部分を潰して食べているからだよ。そこの苦みのある液体を出しておけば苦みが抑えられるんだ」

「へー、そうなんだ！　私こっちの方が好きです！」

イーナはにっこりと笑うと、またアーユに齧りつく。

その隣にいるアイシャは無言で親指を立てていたので、俺も一応指を立てて返事をしておいた。

口できちんと言いなさいな。

「アルド、これを使えよ」

そう言って、トアックが渡してきたのはククの実。

「おお、この酸味はアーユに合うだろうな！」

「だな。フローラもどうだ？」

「あっ、頂きます」

トアックから貰ったククの実を潰して、酸味のある果汁をアーユにかける。

それから一気にアーユに嚙みつく。

脂身のある身の甘さと酸味が絡み合う。塩味もちょうどよく弱めてくれるために、これがあればいくらでも食べられる気さえする。

隣にいるフローラも、ククの実を同じように潰して小さな口でぱくり。

もぐもぐと咀嚼して気持ちよさそうに目を細めた。

「ちょっと、あたしには？」

「はいはい、やるよ。ほら、イーナも」

「ありがとうございます！」

アイシャやイーナにもククの実を渡していくトアック。

美味しいアーユを食べて機嫌が良くなったようだ。これほど美味しい物を食べれば、些細《ささい》なことなんて気にならないだろうからな。

その後は、和やかにアーユを食べて解散し、エルギスさんに大きなアーユをおすそ分けした。

今日はとても楽しく濃密な一日だった。また、こうして皆で集まってのんびりと一日を過ごしたいものだ。

第8話　アバロニアの王城にて

「黒銀のパーティーが解散したのはわかったが、リーダーであるアルドはどこにいったのだ？」

アルドの住むノルトエンデから遥か東にあるアバロニア王国。

大国の威厳を示すような贅《ぜい》を尽くした謁見室で、アバロニア王は厳《おごそ》かな声を響かせた。

「……それが、行方知れずなのです」

王の声に冷や汗をかきながら言い難《にく》そうに答える男性。

この男こそが王国にある冒険者ギルドの最高権力者、ギルドマスターのバーロックである。

品の良い上衣《うわぎ》に長ズボン、長マントといった正装をしているが、それらを隆々とした筋肉が押し上げており、豪奢な謁見室には不似合いの人物と言えた。

冒険者装備に身を包んで魔物退治をしている姿の方がよっぽどしっくりくる。

バーロックの言葉を聞いた王は、眉間にしわを寄せながら口を開く。

「エリオットはエルフィオーレの家に婿入り、クルネは魔法学園で教鞭《きょうべん》をとっておる。そして、キールは今も王国にいると聞いているが、どうしてアルドだけ行方がわからぬのだ？」

王の嫌味のような言葉を聞いてバーロックは苦い表情をしそうになったが、何とか堪える。

脳裏に浮かんだのは晴れ晴れとした笑顔でギルドに引退宣言をしに来たキールである。

「激しい竜との戦いを終えた後とのことで、しばらく静養したいと申しておりましたので」

竜殺しを果たしたAランクパーティーの突然の引退。

その騒ぎを収めたり、詳しい話をキール達から聞いたりと忙しくしていたので、バーロックは静養しているらしいアルドレッドのことまで気にかけている余裕はなかったのである。

別人かと思わせるほど消沈していたアルドレッドだが、バーロックとしてはそのうち持ち直すだろうと思っていたのだ。

「確かに竜殺しを果たした後のアルドレッドは憑き物が落ちたかのようであったな。心を癒す期間をとるのもわかる。が、居場所が知れぬというのは困ったものだぞ？　これでは予定が台無しだ」

王の言いたいことや考えていることもバーロックにはわかる。

魔物の中で最強とうたわれる竜は、巨大な全長を誇り、硬い鱗に覆われながらも空を舞う。

気まぐれのように空を駆け回り、気まぐれのように空から人々や動物を襲う竜は、人々にとっての畏《おそ》れだ。いつ襲ってくるかもわからない絶望。

剣を突き立てようが硬い鱗に阻《はば》まれ、灼熱のブレスで焼き払われる。

圧倒的な実力をもって理不尽な災いを起こすものだ。

そんな竜を倒したアルドレッド達は人々にとってのまさに希望であり、英雄。

王一個人としても是非とも国に取り込みたかったのだろう。

貴族に取り立てて娘である王女と結婚させるなりしようとしていたはずだ。

彼がいれば王国は安泰だと示すことができて市民は一層活気づく。

他国に強力な魔物や竜が現れた時、アルドレッド達を派遣するという手札で他国に対して外交の面で有利になるであろう。

しかし、そんな竜殺しを果たしたパーティーのリーダーの居場所が知れない。

「他の仲間は誰も行方を知らぬのか？」

「……口をそろえて知らぬと。恐らくこの国を出たのではないかと」

バーロックのその言葉に王は不快そうに鼻を鳴らす。

怒りたいのはこちらの方だ。キールが引きに引き延ばしたパーティー解散の理由説明。約束をしたかと思えば、急用で日にちを変更。

そして、アルドレッドは静養中だと聞き、しばらくした後で様子を見に行ってみればいるはずの宿には誰もいないではないか。

もはや、アルドレッドはこの国にいないことは明らかだった。他の仲間も居場所を知っていたとしても教えるつもりはないのだろう。

嘘《うそ》の情報を回されていらぬ苦労をしたバーロックは、せめてもの憂さ晴らしにキールをぶん殴ろうと決めていたが、キールはそれに気付いたかのように姿を消したのである。

「アルドレッドにはこの国のためにまだまだ働いてもらわねばならんのだ。仲間から情報を聞き出し、居場所を探して連れ戻せ。場合によってはワシの兵を使っても構わん」

「承知いたしました」

王の命に表情を歪めそうになったが、深く頭《こうべ》を垂れることでバーロックはそれを見せないようにした。

彼らが選んだ新たな道を邪魔して、いいことが起こるとはとても思えなかったからである。

「では、下がれ」

第9話　二人で畑づくり

俺が狩猟人になってから一か月。

季節は六月の末を迎えており、気温が暖かいというよりも暑いと捉える方が正しくなってきた。

ノルトエンデの山道を歩く俺とカリナの衣服にもじんわりと汗が滲んでいる。

ちなみにローレンさんは、俺達と別れて違う方角で狩りをしているのでここにはいない。

「今日はイノシシとウサギが二匹狩れましたし、そろそろ下りますか？」

「そうだね。お昼も過ぎたし今日はここまでにしようか……あっ、待って」

カリナの提案に同意しようとした俺だが、頭上に獲物の気配を感じて弓を構える。

それから耳と風の流れで気配を感じ取り、頭上目がけて矢を放った。

矢が青い空へ虚しく放たれたかと思いきや、樹木から飛び出すように大きな鳥の影が現れて突き刺さる。

突然下から腹を打ち抜かれた鳥は、もがく間もなく地面へと墜落した。

よし、予想通りだな。

最近は狩猟人として弓を扱い続けているので、少し上達したのではないだろうか。

「……どうして、飛んでいる鳥を矢で打ち抜けるんですか？　おかしいですよね？　アルドさんって実はとんでもない弓の名手なんじゃ……」

心の中でガッツポーズをしていると、後ろで息を潜《ひそ》めていたカリナがそんなことを言う。俺如きの腕前で弓の名手だなんてキールに怒られてしまう。

「気配を感じて予測するだけだから簡単だよ？」

高位の知恵ある鳥型魔物は、己の配下を連れてこちらを全力で殺しにやってくるのだ。勿論、ボーっと真っ直ぐに飛んだりはしない。急上昇、急降下、フェイント、回転、旋回と様々な飛行を駆使して飛ぶのだ。

それに比べて警戒心も薄いただの鳥を撃ち落とすのは簡単なことである。

「その最初の気配を感じることが難しいですよ！　それに予測って……。相手は空を飛んでいるんですよ？」

「うん、だから風の音を聞けばいいんだよ」

俺がキッパリとそう答えると、カリナはポカーンとした表情をして、

「そんなことできませんよ！」

うーん、相手の気配を察知するには命を懸けた経験が一番だからなぁ。

カリナに魔物が溢れる山で修行させても、命がいくつあっても足りないしこれは教えようがないな。俺の場合はそれを身につけなければ死んでしまう環境にいたために、生きるために身につける必要があっただけだし。

「うん、勘と経験としか言いようがない」

アドバイスとしてそれはどうなのかと思うが、そうとしか言いようがない。

「……もう、いいです。落ちた獲物を取りにいきましょう」

ため息を吐いて獲物の方に歩き出すカリナに、俺は苦笑しながら続く。

撃ち落とした鳥の処理をして、縄で棒に括り付けて今度こそ下山する。

「あっ、ピコの実だ」

道中に赤くて丸い粒を見つけたので、摘まんで麻の小袋へとしまう。

ピコの実は個人的にも大好きだし、村の子供にあげると喜ぶので山に行った時は毎回取ってくるようにしている。

カリナも子供にせびられるのはわかっているのか、ピコの実を黙々と摘んでいた。

ピコの実やククの実を摘む傍ら、俺は村のご婦人方に頼まれていたキルク草を摘んでおく。

これはこの山に生えている薬草であり、すり潰して塗ると小さな切り傷や擦り傷くらいならすぐに治るものだ。

ちょっとした怪我や子供の擦り傷などと需要は高いので、山に入る際にはこうして食材や薬草の類を頼まれることも多い。

彼女達には衣服を仕立ててもらったり、布団を作ってもらったりと様々なことでお世話になったからな。これくらいお安い御用だ。

お互いの生活を助け合えているという実感と、繋がりを感じられて嬉しい。

人間は一人では決して生きられないからな。

「あっ、キルク草ですね。村のおばちゃん達に頼まれたんですか？」

俺がキルク草を摘んでいると、ピコの実を摘み終えたカリナが歩きながら言う。

恐らく次はエルェの木を登るのだろうな。ローレンさんに採ってこいって言われていたし。

「ああ、そうだよ」

「色々と大変ですねー」

「そうかな？」

山に入るついでに摘むだけだ。別に大した労力でもないのだが？

軽々とエルェの木に登ったカリナは、不思議そうにする俺の顔を見て、

「毎回頼んできているおばちゃん達には、年頃の女の子がいますよね？」

「……あー、やっぱり？」

そう、採集した物を届けに行くと、やたらと家で休憩させたり、ご飯を勧めてくるのだ。

最初は俺が新しく村に来た人だから気を遣っているのかと思ったが、独身の俺に娘を勧めているのだということがわかった。

「腕の良い男の狩猟人は人気ですからねー。いざという時は頼りになりますし、食卓にお肉が上がるのは大きいですよ。私が狩猟人じゃなくて、年齢がもう少し上だったらアルドさんにアタックしていました！」

エルェを採りながら言うカリナの台詞に俺は苦笑する。

まあ、何というか。気持ちは嬉しいが、親御さんの前でいきなり娘さんを勧められてもこちらとしては少し困る。

今日も夕飯と娘を勧められてしまうのだろうか。

「別に毎回手渡しに行かなくてもいいんじゃないですか？　届ける人の家の小さな子供、弟や兄、またはご近所さんに渡せばいいんですよ。採集するのに面倒はありませんが、毎回手渡しているとそれなりに時間をとりますしね。私なんて頼まれた物は、ほとんどご近所さんに渡していますよ」

なるほど、そうすれば別に家に届けに行かなくても済むな。この村も意外と狭いので娘の弟や妹が畑仕事を手伝っているというのはよくあることだ。

その子にピコの実と一緒に渡せば済むことだな。

◆　◆　◆

キルク草を摘み終え、エルェを採り終えた俺達は獲物を背負って村へ下りた。

山から村に向かっていると、今日も畑仕事のお手伝いをしている子供達がワーッとやってきた。

仕事の途中ではあるが、周りにいる大人は仕方がないというような緩んだ表情を見せていた。

「今日も獲物とってきた？」

「ああ、とってきたよ。今日はイノシシが一匹、ウサギが二匹、鳥一羽だ」

「「わーい！　お肉だ！」」

俺とカリナが狩った獲物を見せつけると、集まってきた子供達が大いに喜ぶ。

ここまで素直に喜んでもらえると、こちらも嬉しいものだ。

「カリナはどれ倒したんだ？」

獲物に興味津々な少年が、カリナの袖をくいくいと引っ張りながら尋ねる。

「ウサギよ！」

「んだよウサギかよ。ショボいな！」

威勢よく答えるカリナを子供達が笑う。

カリナってば子供達との距離が近いから、子供達もウサギを狩ることの意味を理解していないな。警戒心が強くて逃げ足が速く、小さい身体であるウサギを仕留めるのは結構難しいのだ。狩りの下手な人間だと、弓を射るまでもいかずに逃げられるだろう。

「ウサギって、結構素早いから仕留めるのが難しいんだぞ？」

「……飛んでいる鳥を撃ち落とす人にフォローされても、嫌味にしか聞こえないです」

カリナのフォローをしたのに随分と可愛げのないことを言われた。

もしかして、さっきのアドバイスは、俺が面倒だから適当にはぐらかしたとでも思っているのだろうか？

「すげえ！　アルドの兄ちゃん、飛んでる鳥を撃ち落とせるのか!?　俺も弓使ったことあるけど、あんなに速く飛ぶ鳥なんて撃ち落とせる気がしねえぞ!?」

「それってすごいの？」

弓を触ったことがある男の子にはわかるらしいが、触ったことがない女の子にはまったくわからないようだった。無理もない。

獲物を興味深く見たり、狩りの話を聞いていた子供達だが、徐々にソワソワとしだした。

「いつものやつある？」

「ピコの実！」

「それもあるよ」

俺とカリナがひとりひとりに行き渡るように手渡すと、子供達は嬉しそうにピコの実を口に運ぶ。

「えへへ、美味しい」

その嬉しそうな表情が非常に可愛らしい。子供っていいものなんだな。

この村で生活して初めて気付いたことだ。

俺が今まで知っている子供はスラムの強かな子供と、生意気な冒険者志望の子供ばかりであったから、こういう普通の子供が新鮮に思えてしまう。

生きるのに必死で努力するあいつらも嫌いではないが、昔の自分を見ているようでどこか好きにはなれなかったな。

しみじみと思う中、俺は一人の見知った少女に気付いたので声をかける。

「あ、コレットちゃん」

「なーにー？」

「これ、お母さんに頼まれていたから渡してくれるかな？」

「うん、わかった！」

俺がキルク草を渡すと、コレットちゃんが笑顔で頷く。

よし、これで姉であるコリンさんを勧められずに済むな。

いや、コリンさんが嫌いってわけではないんだよ？　この村に来るまでそのようなことは考えたことがなかったので、どうしたらいいのかよくわからないだけだ。

「それじゃあアルドさん、カリナまたねー！」

子供達はピコの実を食べ終わると、まだ仕事があるのか一斉にトコトコと手を振りながら走っていく。

俺とカリナはそれを見ながら笑顔で手を振る。

「アルドさんもこの村に随分と馴染《なじ》みましたね」

「……皆のお陰だよ」

◆　◆　◆

朝の日差しを浴びて俺は目を覚ます。

むくりとベッドから身を起こし大きく欠伸をする。

ぼやける瞼を擦りながらゆっくりと伸びをした。

寝室とは名ばかりの空っぽだった部屋には、現在トアックが作ってくれた立派なベッドが置かれている。敷布団や毛布はトアックの紹介でご婦人達から手に入れて、ついに二週間ほど前に寝室が完成したのだ。

お陰で今日も快適な睡眠がとれており、背中や腰が痛くなるようなことにはなってない。

大人が二人は寝られるほど大きなベッドで、敷布団もクッション性が高いので飛び込んでもビクともしない。それなりにお金はかかったけれど、毎日使うベッドのためなのだから全然惜しくはないものだ。

その他にはタンスやカーペット、本棚、小さな丸いテーブルに椅子が置かれており随分と生活感が出てきたものだ。

俺が快適に過ごすための住処ができたようで年甲斐もなくウキウキとしてしまう。少し童心に返ったようだ。

ベッドの感触を全身で楽しんだ俺は、ベッドから降りて窓を開け放つ。

朝の清涼な空気が流れ込んできて俺の頬を撫でる。

清々しい空気を浴びながら深呼吸すると、体の中に新鮮な空気が入って来てとても気持ちが良い。

それから何度か空気を味わった俺は、顔を洗うために井戸から水を汲む。

「アルドさんおはよう」

「おはようございますエルゴさん」

俺と同じく顔を洗いにきたであろう村人に挨拶を返す。

何気ないたった一言だけの会話であるが、それだけで心が弾む。

狩猟人になってから一か月。俺の生活も大分安定し、村にも馴染むことができてきた。

最初はエルギスさん、フィオナさん、フローラ、トアック、アイシャくらいしか声をかけてくれる人はいなかったが、今ではローレンさん、カリナ、村のご婦人やその夫、子供達と随分と輪が広がった。

村の中を歩くだけで「今日も狩りかい？」「おはよう」「最近どうだい？」と声をかけてくれる。

自分のような者を気にかけてくれることが、こんなにも嬉しいことだとは思わなかったな。

そんなことを思いながら水を汲み、端に寄って顔を洗う。

冷たい水が熱を奪い去り、一気に眠気が覚めるようだ。

新鮮な空気と冷水を浴びた俺は心身ともに覚醒し、家に戻ってテキパキとした動きで朝食を作り始める。

今日のメニューは昨日作った残りの野菜スープ、イノシシ肉とキノコの炒め物、パンに干しブドウだ。

野菜スープは勿論トアック秘伝のものだ。フローラに教えてもらった隠し味のピコの実、それに野菜の刻み方に気を付けるだけで簡単に再現できてしまったのだ。

再現したスープをトアックに食べさせた時の顔は面白かったな。

絶対にすぐには真似できまいと高《たか》をくくっていた分、衝撃が大きかったようで細い目をまん丸にしていたからな。

そんな出来事を思い浮かべていると、あっという間にスープ以外の朝食を平らげてしまった。

今はそれを惜しむように、最後の一杯である野菜スープをチビチビと味わいながら飲んでいる。

カップの中に浮いている野菜を見て、ふと俺は思う。

そろそろ生活も落ち着いてきたし、前々からやりたかった農業をやってみようかと。

毎日狩りをするわけでもないので、小さな畑ならできるのではないだろうか。

狩猟をして肉をとり、畑を耕して自分の野菜を食べる。そんな生活をしてみたい。

エルギスさんが農業なら教えてくれると言っていたので、早速今日訪ねてみることにしよう。

そう考えた俺は野菜スープをぐっと呷《あお》り、立ち上がった。

◆　◆　◆

家を出て、村の広場へ至る一本道を歩くこと十数分。

エルギスさんの家に向かうと、裏でフローラが畑仕事をしていた。

「こんにちは」

「こんにちは」

俺が近付いて声をかけると、フローラが立ち上がって笑顔で挨拶をする。

その手には葉がついた野菜が握られていた。

今日は雑草取りといった作業ではなく、足下に同じような野菜が籠に入っていることから収穫をしているらしい。

「それは何の野菜？」

農業を始めたいと思っている俺は、つい気になってフローラに尋ねる。

「あっ、これですか？　ラディッシュですよ。前に植えたものが大きくなったので」

そう言ってフローラは、赤い球根がついた野菜を見せる。

「カブに似ているけど、色が白くないし大きさも違うね……」

「あれ？　食べたことがありませんでした？」

カブなら食べたことはあるが、こんな小さなカブモドキは食べたことがない。

俺がそう頷くとフローラはラディッシュの土を払い、桶《おけ》に入れていた水で洗い出した。

「はい、食べてみてください」

フローラにラディッシュを差し出されて受け取った俺は、早速赤い球根部分に歯を立てる。

ポリポリっとした気持ちのいい食感と瑞々しい甘みがし、その後にピリッと辛い味がやってくる。

この辛さが苦手な人がいるかもしれないが、俺は結構好きな味だな。

「どうですか？」

「うん、瑞々しくて美味しいよ。噛み応えもあるし、ピリッとくる辛さが好きだな」

うん、採れたてなお陰もあってか凄く美味しい。この新鮮な瑞々しさは採れたてでないと味わえないだろう。これを味わうことができるのは育てたものの特権だな。

ポリポリと夢中になって食べていると、フローラが優しげな微笑みでこちらを見ていた。

「気に入ってもらえて良かったです。これ、種を植えて二十日過ぎで収穫できちゃうお野菜なんですよ。他にもいっぱい植えているので良かったら持っていってください」

「二十日過ぎで!?　早いな！」

収穫できるまでの日数の短さに驚きながら、ラディッシュを頬張る。

そのまま齧りつくのもいいけど、サラダにしてソースと一緒に和えるのもいいだろうな。ピリッとした辛さが良いアクセントになりそうだ。カブに似ているのでスライスして煮てやるのも悪くないだろう。

「ところで、今日はどうしたんですか？」

ラディッシュの料理方法を考えていると、フローラが小首を傾げながら尋ねてくる。

そうだ、今日はエルギスさんに農業を教えてもらうために来たんだった。

危うくラディッシュを持ち帰って、料理に没頭するところであった。

「少し生活が落ち着いてきたから、今度は自分で小さな畑を耕そうと思って」

「いいですね！」

「でも、農業とか初めてだからエルギスさんに色々と教えてもらおうと思ったんだ」

「そ、そうですか……」

あれ？　さっきは嬉しそうにしていたのにどうして急に落ち込むのだろうか？

俺が少し不思議に思っていると、フローラがモジモジしつつ、チラチラと視線をこちらに向けてくる。

何か言いたいのはわかるけど、何を言おうとしているのかはわからない。

小首を傾げつつ待っていると、フローラがギュッと手を握りしめて、

「あ、あの！　その、農業のご指導……私がしてもいいですか？」

「え？　まあ、フローラが良ければ是非ともお願いしたいけど、忙しくない？」

村で暮らすうちにわかったのだが、フローラは洗濯に掃除、料理に山菜摘み、花摘み、畑仕事と細々《こまごま》とした役割を持っている。

農業の指導となると、俺の家まで何回も足を運ばなければならないわけで、体力のないフローラにはキツイと思ったのだが。

「大丈夫です！　お父さんに言ってきます！」

当の本人は嬉々として家の中に戻っていった。

あんなにテンションの高いフローラは滅多に見ないな。

いつも畑仕事を一生懸命にやっているし、野菜について教えたりするのが好きなのだろうな。

◆　◆　◆

エルギスさんから許可を貰い、俺とフローラは鍬《くわ》や鎌《かま》などの道具を持って俺の家の前に来ていた。

「ここなら問題なさそうですね」

家の周りにある土を触りながらフローラが呟く。

どうやら、ここの土は十分に野菜や作物を作ることができるらしい。

俺の家の周りにはトアックの家のように木々が生い茂っているわけでもないので、日当たりもいい。その代わり、少し芝や雑草が生えているが抜いてしまえば問題ないだろう。

日当たりや土の感触、水はけを確かめたフローラは満足そうに頷いて立ち上がる。

「まずは育てるのが簡単ですぐに収穫できるお野菜から育てることにしましょう」

「となると、さっきのラディッシュかな？」

「はい、その通りです。他にはニンジン、さやいんげん、シェイルといった葉野菜が初めての方にオススメです」

ラディッシュほどではないが、これらの野菜も収穫までが短く、あまり手がかからないらしい。

短期間で農業の全体的な流れを摑めるので初心者な俺にピッタリなのだろう。

いきなり期間が長く、細かい手入れが必要なものなど育てられる気がしない。作物や野菜は害虫に冒されたり、気温や湿度、土壌によって枯れてしまうことも多いと聞くしな。

「これらの野菜ならここの土でも問題ないので、さっきの四種類からいきましょう」

「はい、よろしくお願いします。先生」

俺がぺこりと頭を下げて言うと、フローラがくすぐったそうに笑う。

「はい、野菜を育てて収穫の楽しみを味わいましょう」

育てる野菜を決めたら早速とばかりに俺達は、土を耕す範囲を決めて草抜きに取り掛かる。

手袋を付け、フローラから貸してもらった鎌を手に背の高い雑草を刈っていく。

草の下のところに刃を当てて引いてやるとブチリと繊維を切る音がし、青臭い植物の匂いが漂う。

繊維が細い雑草だとすんなりと刈れるのだが、繊維が硬い雑草が多いと一度では切れなかったりするな。

ちらりと同じように鎌を手にするフローラを見ると、可愛らしく鼻歌を歌いながら軽々と雑草を刈り取っていた。

俺が手こずっている雑草と同じ繊維が硬いやつなのに……。何かコツがあるのだろうか？

フローラの手の動きを見ていると腕全体を使っているように見える。手だけを使わずに腕全体で振って……ああ、草が絡まってきた。

竜を斬ったミスリル製の剣で斬り払いたくなったな。あれなら、一振りで視界にある雑草がすべて刈れるだろうに。いやいや、そんなものを使ってどうするんだ。

こうやって普通の鎌でやることがいいのだ。それはなしだ。

思考を切り替えて再びフローラを観察していると、草の茎を意外と根元から切っていることがわかった。

……ふむ、この根元に刃の先端を当ててスライドさせるよう、斜め後ろ上方に引けばいいのか。

フローラの真似をして試してみると軽い力で雑草が切れた。

繊維に引っ掛かるような重い感触もない。これなら次々と雑草を刈ることができそうだ。

すんなりと切れる鎌の感触を楽しむように、俺は目の前の雑草を刈っていく。

「アルドさん、鎌の使い方が上手いですね」

「そうかな？」

「冒険者の時や狩猟をする時に使っていたので慣れているんですかね？」

いいや、まったく使っていません。精々邪魔な枝や長い雑草を剣で切り払うくらいです。さすがに道を開けるのに根こそぎ刈る鎌は使わないかな。

「まあ、そんなところだよ」

今フローラの動きを盗み見て必死に覚えたというのもカッコ悪いので、曖昧に返事しておく。

実際、冒険者になって刃物は一通り扱っているから、少し見本を見ればそれなりに使えるので嘘でもないと思う。

「冒険者の時はどんなことをしていたんですか？　やっぱり魔物の討伐ですか？」

黙って雑草を刈っているのも暇だったのか、フローラが手を動かしながら尋ねてくる。

「魔物の討伐や、物の配達、街の掃除、要人の護衛と何でもやったよ」

「冒険者といえば魔物の討伐というイメージがありますけど、配達や街の掃除までやるんですね」

俺の言葉にフローラが驚いたような声を上げる。

ノルトエンデ周辺には冒険者ギルドの支部もないし、大きな街もないので驚くのも無理はない。たまに現れた魔物を退治してもらうために呼ぶくらいだから、魔物を退治したり、要人の護衛のイメージが強いのだろう。

冒険者は本当に何でもするからな。人の多い王都ではそれだけ仕事があるということだ。

「アルドさんは、どんな魔物とか倒したんです？」

「んー、りゅ――じゃない。リーグルとかゴブリンとかレッドベアーとか、村にやってくる魔物を討伐するのが多かったかな」

危ない。思わず竜と言いかけた。いや、竜と言ってもバレないというか信じてもらえないだろうが、頭のおかしい人扱いをされる可能性がある。

ちなみにリーグルというのは、長い爪を生やしたイタチに似た魔物だ。雑食で何でも食うので畑の作物がよく被害に遭《あ》うのだ。

「…………レッドベアー」

「ん？　どうかした？」

ポツリと呟いたフローラの声が、よく聞こえなかったので聞き返す。

「いえ、何でもないです！　凄いですね。私なんて魔物を見たら怖くて逃げ出してしまいますよ」

フローラはヒラヒラと手を振ると何でもないとばかりに、黙々と雑草を刈り続けた。

フローラの様子が少し気になったが、あまり深く聞くのも悪いので俺も黙々と雑草を刈り続けることにした。

縦横十メートルくらいの広さから草を刈ることができ、今では残った茎の根元と茶色い土が顔を出していた。抜き取った雑草は家畜の飼料などに使えるとのことで、一か所に纏めて後で運び出すことにする。

邪魔な雑草もなくなったので次は鍬の出番だ。

「東西に向かって畝《うね》を作った方が日が長く当たるので、横に耕していきますね」

太陽の動く向きに沿った方が長く日が当たるからな。

鎌から鍬に持ち替えてフローラの言う通りの場所に立つ。

鍬の重さを活かして穂先を土に抉《くじ》らせると、ザクッとした土の感触が返ってきて少し楽しい。鍬の振り方はさすがに知らなかったので、あまり振り上げないように気を付けて掘り起こすようにしていく。

土の中にある大きな石や雑草の根はきちんと取り除いて少しずつ進んでいく。

鍬を振り上げて、振り下ろす。ザックザックと俺とフローラが土を掘り起こす音が聞こえる。単純な作業だが、何回も繰り返していると中々に重労働であることがわかる。

夏に近付いて暑くなってきたせいか、だんだんと汗をかいてきた。

これは結構筋肉を使うものだ。無駄な力があればすぐバテてしまう。夏場は気温もあって特にしんどいだろうな。

体力があまりないフローラは大丈夫なのだろうかと心配したが、彼女はリズムよく俺の前を進んでいた。

体全体の力を上手く使っているので無駄に体力を消耗しないのであろう。

細い体ではあるがフローラが鍬を振る姿は、堂に入《い》っていて力強く見えた。

俺も負けていられないと思ったが、経験者を相手に早さを競っても仕方がないので、丁寧に耕すことを意識する。まずはできることをやろう。

そう思い直して地面に刺していた鍬を引き抜く。鍬にこびりついていた土がパラパラと落ちていく。そして、一歩前進して鍬を振り下ろす。

石や雑草の根を取り除きながら、振り下ろしていくと力の入れ方がわかってきた。おのれの直感に従ってさらに振り下ろし、土を起こしていく。

そうやっているといつの間にか畑の端にたどり着いたらしく、俺の担当する列は土が見事に掘り起こされていた。

何もない芝や草で溢れていた場所が畑の姿を見せ始めたのだ。

その変化に自分でも驚き、感動しながら眺める。

「アルドさん、お疲れ様です」

それからしばらく眺めていると喉の渇きを思い出した。その瞬間、こちらの考えを読んだかのようにフローラが水筒を差し出してくれた。

タイミングの良さに驚くが、先に終わったフローラが用意してくれたのだろう。ありがたい。

喉が渇き、汗を大量にかいていたために、冷たい水がとても美味しい。

「ありがとう」

「いえいえ」

喉を鳴らした後にお礼を言うと、フローラが嬉しそうに微笑む。

フローラも汗をかいたのか、絹のような金髪が肌に張り付いていた。

「最後の方は大分振り方がよくなっていましたね。あれなら無駄に力が入らないので疲れにくいはずです」

「先生の教えがいいお陰です」

「いえいえ」

何て風に会話をして俺達は笑い合う。

最初に来た時はフローラとこのような軽口を言うことなどできなかったな。それだけ彼女が心を許してくれているのだろう。そう思うと、何だか嬉しい。

こんな風に笑い合って、支え合える素敵な女性が傍にいればもっと幸せな生活が送れるのかもしれないな……。

◆　◆　◆

それから俺は狩猟人として生活しながら、畑仕事をするという日々を送っていた
土を耕して、肥料を撒き、種を撒《ま》いて水をやる。最初に忙しくやったのはそんな感じのことだ。

「あっ、芽が出てる！」

朝早くから家を出て畑を確かめると、畑には小さな緑色の点が見えた。

慌てて駆け寄ると、そこには土からひょこりと姿を現した小さな芽の姿が。

土がつくのも構わずに、膝をついて至近距離で眺めて芽を突《つつ》く。ほんの数センチの小さな芽だが、確かに存在する命だ。

これが自分の作った畑から芽吹いた命だと思うと感慨深い気持ちになる。本当に育っているんだなあと。

何もない土から生えたただのラディッシュの芽だが、不思議と愛らしく思えた。

二十日過ぎで採れるというのを訝しんでいた俺だが、二日で発芽するペースならその通りなのだろう。この調子で成長すればきっとすぐに大きくなる。

特にすることはないのだが、その日は何度も家から出てラディッシュの芽を眺めにいった。

それから三日後。ラディッシュの芽がさらに大きくなった頃。

「間引《まび》きましょう」

フローラの口からラディッシュの芽を間引くと言われて酷く落ち込んだ。

そうしないと上手く育たないらしい。

理屈はわかるのだが、初めて自分が芽吹かせた命。早速摘み取るのは心苦しい。

フローラもそれは通った道なので気持ちがわかるらしく、背中をポンポンと叩いてくれたが、三分後くらいに「では、抜きましょう」と笑顔で言われた。

フローラの笑顔が一瞬鬼に見えたが、長年畑仕事をやっているのでもう割り切っているのだろう。抜かなければ他の芽もダメになってしまうので仕方がないのだ。そう自分に言い聞かせてラディッシュの芽を抜き取っていく。

愛《め》でに愛でた芽を引き抜いていくのはかなり堪えた。ただの植物を引き抜くだけで心が削られたのは初めてだ。

ある程度の間隔を空ける頃には、ラディッシュの芽が結構抜き取られていた。

俺がそれを悲しんでいるとフローラが芽も食べられると言うので、その日は肉を焼いて付け合わせのサラダとして芽を食べた。

ラディッシュの芽は、茎の部分が少しシャリっとしており瑞々しかった。

最初に収穫して食べるのはラディッシュの球根の部分だと思っていたが、まさか最初に芽を食べることになるとは思わなかった。

種撒きをして一週間も過ぎると、他の野菜の芽がドンドンと出てきた。

山に行く前に畑の世話をして、山から帰って畑の世話をする。今まではラディッシュ一つだけ見ていれば良かったのだが、それが四倍になったせいか忙しくなってきた。

勿論、種類や成長スピード、注意点も違うのでそれぞれに気を遣ってやらなければならないのだ。大変だ。

そう思うと、一種類とはいえ広大なブドウ畑をしっかり管理して育てているアイシャとイーナは凄いと思う。アイシャが面倒くさがる理由もわからなくもない。

何せあれほど多くあるブドウを一つずつ気にかけていくのだから、苦労は並大抵のものではないだろうな。

芽吹いた野菜の世話や雑草取り、害虫駆除をしているとぐんぐんとラディッシュが成長していく。

その間にもフローラは時間を作っては何度も来てくれた。ラディッシュに関しては慣れてきたが、他の野菜であるニンジン、さやいんげん、シェイルなどの世話はわからないので非常に嬉しい。

勿論、フローラ自身もやることがあって忙しいのだが、それでも彼女はほぼ毎日のように顔を出してくれる。

毎日のように顔を出しては「野菜は成長していますか?」と言ってくるのは、一緒に育てた彼女も野菜達に愛着があるからであろう。

フローラは野菜のことになるといつもよりも口が滑らかになるし、表情も豊かだからな。

真っ先に育つラディッシュは、フローラと一緒に収穫して一番に二人で食べようと思う。

収穫できる時期が楽しみだ。

◆　◆　◆

「こんにちは、アルドさん」

狩猟のない休息日。野菜の世話をしているとフローラが後ろからやってきた。

「こんにちは、フローラ」

いつものように立ち上がって挨拶を返すと、そこには嬉しそうな顔をしているフローラが立っていた。

白いブラウスに紺色のスカート、服装自体はいつもと変わらないが手にはバスケットを持っており、日差しが強くなってきたせいか頭には麦わら帽子を被っている。

こうやって挨拶をするのは俺達の間では当たり前のようになっていた。

恐らく、俺がエルギスさんの家を訪れた時に毎回このように声をかけていたからフローラも真似をしたのだろう。

前にフローラが近くにやってきたのを察知して、先に声をかけたら随分と拗ねられたことがあった。どうやら畑仕事をする側の人間は相手に気付いていても、先に挨拶をしてはいけないらしい。

俺はかなり離れた距離からでも足音で察知することができるので、近付いてくるまで待つのはむず痒《がゆ》いが、そうするとフローラが嬉しそうにするので悪い気はしない。

よくわからないやり取りだが、俺も今では好きだ。

にっこりと笑みを交わすと、フローラはいつものようにこちらに近付いてくる。

「野菜の調子はどうですか？」

「順調だよ。ラディッシュも根が大きくなったから、もうすぐ収穫時《どき》じゃないかな？」

俺が屈んで足元にある葉が大きくなったラディッシュを指さすと、フローラも隣に屈んで観察する。

途端に、彼女から甘い柔らかな香りが漂ってきて少しドギマギしてしまう。

俺もエルギスさんの家と同じ石鹼を使って、頻繁に風呂に入っているがこんな香りはしない。これは女性特有の香りというやつだろうか。

「あっ、本当ですね！　これならあと、二、三日で収穫できますよ」

俺がそんなことを考えていると、フローラが無邪気な笑みを浮かべて言ってくる。

「よかったー」

あと二、三日で収穫ができると言われて俺の頰も緩む。

ラディッシュにも問題はないようだし、後はもう放っておくだけでも収穫ができるほどだ。

「本当に二十日過ぎで収穫できるんだね」

種を植えてから二十二日。収穫を三日後にしても、収穫まで二十五日だ。これほどの短期間に収穫できるのは驚きである。

フローラのアドバイスに従って一週間間隔で違う種を植えているので、来週になればそちらも収穫できるだろう。これがしばらく続くと当分はラディッシュが取り放題だな。

「季節や天候などに左右されますが、世話の仕方が悪ければもっと時間がかかる時もありますよ。これほど短期間で元気なラディッシュが育ったのはアルドさんの世話が良かったからですよ」

なるほど、確かに雨が続いたり害虫に食われたり、土寄せをするのが遅かったりすれば元気に育たないからな。

「フローラが慣れない俺を気にかけて細かくアドバイスしてくれたお陰だよ。ありがとう」

フローラが何度も顔を出してチェックしてくれたり、起こりうることを簡潔に纏めて教えてくれなければここまで無事には育たなかっただろうからな。

「い、いいえ。とんでもないです」

俺がにっこり笑いながら礼を言うと、フローラが白い頬を赤くしてワタワタとする。

俺への人見知りはもうなくなったようではあるが、依然として恥ずかしがり屋なのは変わらないようだ。

「あっ、それより今日はお弁当を持ってきたんで……お昼、一緒にどうですか？」

恥ずかしがるフローラを微笑ましく見ていると、フローラがバスケットを前に突き出して上目遣いに見てきた。

確かに太陽はもう中天にかかっているのでお昼時《どき》だ。野菜の様子を見るついでに作ってきてくれたのだろう。俺もちょうどお腹が空いてきたところだ。

「うん、お願いするよ。どうする？　せっかくのお弁当だし外で食べる？」

せっかくの天気なのだ。このまま俺の家で食べるのもいつものようで面白くないし、勿体ない。

俺が尋ねると、フローラがにっこりと笑う。

「お花畑に行きましょう！」

◆　◆　◆

俺の家から西方面に歩いて十五分ほど。俺とフローラは花畑へとやって来ていた。

「綺麗ですね」

「うん、いつ見ても綺麗だね」

並木道を抜けた俺とフローラは、思わず立ち止まって咲き乱れる花の風景を眺める。

一面に広がるのは鮮やかな色をした花のカーペット、それらが視界を埋め尽くすように広がっている。

そよ風が吹けば花々が歓迎するように花弁や茎、花を揺らしてサーっと音を立てる。それと共に花の甘い香りや、爽やかな香りが、土や草の香りと混じって俺達の鼻孔をくすぐる。

フローラが麦わら帽子を吹き飛ばされないように、片手で押さえながら気持ちよさそうに目を細めていた。彼女の金色の長髪が宙で軌跡を描く。

花畑の香りを楽しむように大きく息を吸いながら、辺りを眺めていると花畑に変化が起きていることに俺は気付いた。

「赤色が少なくなっていて、緑や青の花が増えてきたね」

本当に少しの変化だが、全体を見てみると赤色が減って緑や青色の花が出てきているのに気付く。

狩猟の帰りに寄ったり、暇を見ては行ってみたが前回来た時にはなかった色だ。

恐らく、最近変化した色なのだろう。最近は畑を見ていたせいでロクに行けていなかったから気付かなかったな。

「はい、もう季節が春から夏に移り変わる頃ですからね。それに合わせて花の色も移り変わっていますね。春には赤、オレンジ、黄色といった暖色が咲き、冬には青や、水色、紺色、紫といった寒色の花が咲くんです。今は夏前ですから暖色の中で赤が減り、寒色の青が少し見え始める頃ですね」

隣にいるフローラが、得意げな表情をしながら花畑について説明してくれる。

「季節によって色が変わるってことは聞いていたけど、そこまでのことは知らなかったよ。まるで虹のように変化するんだね」

雨上がりの日にたまに見える虹の色がそんな感じだったはずだ。外側の方が赤やオレンジといった暖色で中にいくほど青や紫といった寒色になっていたはずだ。

「ふふふ、そうですね。人によっては虹畑と呼ぶ人もいますね」

「でも、虹のように規則正しく並んでいるわけでもないし、虹でも言い表せないほどの色があるからそう呼ぶのもちょっと違うかもね」

色の移り変わりは虹のようだが、花畑全体を虹で例えるとしたら足りない。ここの花畑は虹のように規則正しい色をして並んでいるわけでもないのだ。オレンジの隣に青があったり、赤からオレンジ色に移り変わる途中の色があったりと思い思いに咲き乱れているのだ。

虹、だけでは言い表せないな。

しばらく立ち止まって眺めていた俺達は、花畑を眺めながら奥へと歩く。

お弁当を食べる場所は、奥にある木の下が一番いいだろう。あそこならゆっくりと座れるし、陰もあって涼しいからな。

春とは違う色合いをした花畑を楽しみながら進む。

視線の先には、ついこの間まで赤色だったチューリップがオレンジ色になっていた。傍にあるバラなども緑色をしていたり、黄色になっているものもある。

オレンジ色の花が新しく生え替わるのではなく、花はそのままで色が塗り替わるらしい。

知っている花の色が違う色となっているのは不思議な光景だ。

感心しながら進んでいると、隣を歩いていたフローラが屈んで花を摘みだした。

「どうしたんだい？」

よっぽど綺麗な花があったのだろうか？

「あっ、知っていますか？　花って食べられるものや、薬になるものがあったりするんですよ」

「……そうなの？」

山菜とか木の実だって同じ植物だ。花だけは無理だということもないだろうが、試したこともないし、身近な場所で食べている人もいなかったから全然知らない。

「はい、勿論食べちゃいけないものもありますが、食べられるものも多いんですよ。このムニニカという花は、食べられますし肌にいいんです」

にっこりと笑いながら俺の目の前に一輪の花を向けるフローラ。

ピンク色をした小ぶりの小さな花だ。ムニニカというのか。

「ちなみに花言葉は『潔白』『純粋』『無垢』ですね」

「へー、そうなんだ。じゃあ、これは？」

「コンロン。花言葉は『思い出』『温情』『絆』ですね」

俺が名も分からぬオレンジ色の花を指さすと、フローラがすらすらと答える。

「こっちの花弁が異様に長いのは？」

「それはシンジョウ。花言葉は『慕情』『親睦』『友情』『優雅』です」

凄いな。一つの花にそれだけの意味があるのか。よく覚えられるものだ。

意味を間違えたりしたらとんでもない誤解を招きそうだ。

その後も進みながらわからない花を指さすと、フローラは得意げに答えていく。その表情が「私が絶対間違うわけありません」と言っているようで、少し子供っぽくて可愛らしかった。

「……九年前もこうして教えてもらったような気がするな……」

微かに思い出す光景。

――ここにある花は季節が変わるごとに色が変わるんだよ！

あの時もこうして花畑を歩きながら教えてもらった気がする。

相手はフローラのような落ち着いた女性ではなく、もっと幼かったような気がする。

遠い日の記憶を微かに思い出しながら歩いていると、後ろで何かが落ちる音がする。

「ん？」

「あっ、ごめんなさい！」

振り返ると、フローラがバスケットを落としてしまったらしく慌てて落ちたバスケットを拾い上げようとしていた。幸いにも蓋《ふた》はしっかりしていたようで中のものが零《こぼ》れている様子はなかった。

そのことに少しホッとして胸を撫で下ろすが、フローラは一向にバスケットを拾い上げる気配がない。ずっと下を向いている。

「……どうかした？」

「……い、いえ、少し目に土が入ってしまって」

立ち上がる様子がないフローラを心配して尋ねると、彼女は目元を拭いながら問題ないとばかりに立ち上がった。

フローラの目元には、微かに土がついていた。今日は結構風も強いし、ムニニカとかを摘む時に土にも触ったからな。風で土が飛んできたのだろう。

「ちょっとごめんね」

「はうっ」

目元を拭うフローラの手を取って、ポケットから出したハンカチで土を取ってあげる。

フローラは驚いたのか短い悲鳴を上げて、目をつぶり、顔を真っ赤にした。

少し恥ずかしいと思うが、自分の手で擦るよりもいいと思うので我慢してもらう。

「…………」

しばらくは無言で丁寧にフローラの目元についた土をとる。すると、フローラの端整な顔立ちが至近距離で見えてしまうわけで、俺も何だか気恥ずかしくなってきた。

至近距離でお互いに緊張の面持ちでいる様は、まるで初心《うぶ》な恋人同士がするキスのようだ。

余計なことはできるだけ考えないようにして、ハンカチで土を取る。

「もう、大丈夫だよ」

「あっ、はい。ありがとうございます」

俺が離れると、フローラが耳まで赤くしながら頭をペコリと下げる。

多分、俺の顔も少し赤くなっているに違いない。

「…………」

互いに無言になって気まずい空気が流れる。

「……あ、あの、私――」

「……くう」

フローラが何かを言いかけた途端に、俺のお腹が空腹を訴えて鳴いた。それによりフローラの言葉が止まってしまう。

「あはは、ごめん。お腹が鳴っちゃった」

思わず苦笑いしながら言うと、フローラはこちらをジッと見て、それから噴き出すように笑う。

「……ふふふ、そうですね。木も見えてきたことですし、お昼にしましょう」

髪を翻《ひるがえ》して木の下へと走っていくフローラ。俺もそれに続いて木の下目がけて走り出す。

気まずい空気を霧散《むさん》させて会話のきっかけを作ってくれた俺のお腹だが、フローラも何か言いかけていたので、あんな風に主張しなくても良かった気がする。

第10話　結びの花

「で、結局今日も言えなかったと？」

「……は、はい」

テーブルの上に肘をつきながら半目で睨むと、フローラが肩を小さくして答える。

ブドウ畑の世話を終えた夕方、親友のフローラが相談をしにブドウ畑までやってきたのだ。

相談の内容は勿論、フローラの意中の相手――アルドのことである。

好きなら好きって言ってさっさとくっついてしまえばいいのだが、それができないのがこの親友だ。人見知りで恥ずかしがり。いざという時にオドオドとして逃げてしまうこともある。

そんなどうしようもないフローラだが、そんなのをものともしない長所がたくさんある。

相手のことを思いやれて優しく、健気で面倒見がよくて純粋、それにお人形さんのような可愛い容姿をしている。恥ずかしがりながらクリッとした瞳でする上目遣いは男の庇護欲をそそるだろう。

着やせしているが実はスタイルも凄くよく、その気になればどんな男だって落とせるはずだ。

そんな彼女ではあるが、恥ずかしがりやなせいで好きな相手にまったく想いを告げられずにいた。

何をやっているんだか。

「……九年前から好きだったんでしょ？」

あたしがそう呟くと、椅子に座ったフローラがビクリと肩を震わせ、顔を赤くしてこくりと頷く。

九年前の出来事をあたしは細かく知らないが、どうやら九年前にフローラとアルドは出会っているらしい。その時にフローラがアルドに惚れたようだが、その時フローラは九歳の少女。十八歳のアルドはなびくこともなく去っていったのだとか。

そんな意中の相手が三か月ほど前にやってきて再会するとは、まるで運命の糸で結ばれているかのようだ。

「そもそもアルドはフローラのことを覚えているのかしら？」

そこが大きな疑問だ。相手が覚えていないのに「九年前から好きだったんです！」と、フローラが言ってもアルドは受け止めるのに時間がかかりそうだ。

引かれたらどうしようなどというネガティブな思いも相まって、彼女は中々言い出せないのだろう。

まあ、冒険者をして各地を旅しているわけだし、こんな田舎の村にいる少女のことを覚えているとは思えないけれどねえ。

そんなことを考えながらため息を吐いていると、フローラがモジモジと体を揺すり、どこか嬉しそうな表情をしている。

これはフローラが何か言いたいけど少し恥ずかしいから躊躇している時のサインだ。

「どうしたの？」

「……その、アルドさんは、曖昧ながらも覚えているみたいです。九年前のこと……」

「本当に⁉」

フローラの言葉を聞いてあたしは身を乗り出して尋ねる。すると、フローラははにかむように笑いながらゆっくりと頷いた。

「はい。今日アルドさんが、花畑で九年前のことを呟いていたんです」

「良かったじゃない。で、どういう状況だったの？」

あたしがその時の状況、流れ、会話を尋ねるとフローラが嬉しそうに今日のデート内容を語っていく。

そんな会話とまったく関係ないアルドとの畑仕事の会話。アルドの優しさや可愛いところまで聞かされたが、黙って聞いてあげた。

「それで、アルドが九年前にこうして教えてもらったことがあるって呟いてからフローラはどうしたの⁉」

長々と続く今日の出来事がようやくクライマックスとなり、あたしも思わず熱くなる。

「……えっと、アルドさんが九年前のことを少しでも覚えていたことが嬉しすぎて泣いてしまいました」

う、うん。まあ、九年前からの想いだもの。相手が覚えていてくれたことが嬉しくて泣いてしまうのは仕方がないかもしれない。

フローラが泣いたらアルドは絶対気にするはずだ。

フローラの泣き顔を武器にして、そのまま流れで過去のことも含めて告白してしまえば……。

「で、そこで言ったの？」

生唾を飲みながらあたしはフローラに尋ねる。するとフローラは視線を逸らしながら、

「……えっと、嬉しい気持ちが溢れてそれ以上のことは考えられなくなり、思わず誤魔化しちゃいました……。目元に土をつけて、風で土が目に入ったと……」

「もう、この子は……」

思わず呻《うめ》きながら倒れ込むように椅子の背もたれに体を預ける。

そういえば最初に想いを告げられなかったと言っていた。あたしは何を期待していたのだろうか。

「ご、ごめんなさい！　頭が真っ白になっちゃって！」

何度も頭を下げて謝るフローラ。

頭が真っ白になっているのに、涙を流した理由を誤魔化すのが上手いとはどういうことだろうか。

普通の男性なら訝しがるだろうが、鈍感なアルドのことだ。真《ま》に受けたに違いない。

「あ、でも、お陰でアルドさんが、ハンカチで私の目についた土を払ってくれたんです！　もう、顔が近くてドキドキしました！」

上手くいかなかったのに、だらしない表情でそんなことを言うフローラ。

それを咎めるように半目の視線を送ると、フローラも自覚があるのか途端に体を小さくした。

「もう、向こうが九年前の話をしてきてチャンスだったのに、何逃げてるのよ？」

「うう、私もそれじゃダメだと思ってその後に言おうとしたんですよ!?　でも、アルドさんのお腹が鳴って一気に雰囲気が流れてしまったんです……」

呆れた声であたしが言うと、フローラが涙目になりながら弁明する。

「……うっ、確かにそれじゃあ言えないわね」

あたしだって女心を少しは持つ女性だ。そんな空気の中で想いを告げたいとは思えない。

「だけど、一回目の時に誤魔化すからそうなるのよ」

「……はい」

そして再び会話がここに戻り、フローラがしゅんと俯く。

「フローラが告白しなくても向こうから言ってくれれば解決なのにね。ちゃんとアピールはしてるの？」

「うー、私もそれなりにアピールしているつもりなんですけど……」

あたしの言葉に眉を寄せて答えるフローラ。この子のアピールというのがどのようなものなのか非常に気になる。

「例えば？」

「一緒に仕事をしたり、お弁当を持って行って食べたり、花畑を散歩したり！」

「……他には？」

あたしがさらに質問を重ねると、フローラが恥ずかしそうにモジモジとしながら、

「えっ？　あ、えっと……仕事中とかさりげなく手に触れてみたり……」

「あんたは子供か！」

「えっ！　これじゃあダメですか⁉」

思わずテーブルをバンッと叩くと、フローラが驚きの声を上げる。

そんなの村の子供並みの好意の表し方じゃないの。お弁当をわざわざ作ってあげてるのはいいことだと思うけれど、アルドはフローラの家と頻繁に食材を交換したりしているはずだ。食材交換の一環として受け取っているかもしれない。

「いや、奥手なのはフローラのいいところではあるんだけれど、それじゃああの鈍い彼には伝わらないわよ？」

「ええ!?　でも、他にはどんなことをするんですか？」

ええ？　あたしに言われても……。そんなことはしたことないし、他の女友達が好きな男を誘っている様子を教えるしかないわね。

「……こう、近付いた時に胸を当てたり、相手の体に触ったり、言葉で直接気があるようなことを言うのよ」

確か、村にいる友達は皆そんなことをしていたはずだ。

「ええ!?　そんな恥ずかしいことできません！」

あたしがフローラのたわわな胸を突《つつ》くと、フローラが顔を赤くして胸を抱える。

内気な見た目にそぐわない膨らみを持っているわね。もう、アルドに思いっきりそれを押し当ててしまえばいいのに。

「相手をその気にさせるにはそれくらいしないと伝わらないと思うわよ？」

相手が鈍感ならば特に……。

「そ、そんな……」

どこか煮え切らないフローラを見て、あたしは少し発破《はっぱ》をかけてやることにする。

「早くしないとアルドが他の女性にとられちゃうわよ？」

「えっ？」

あたしのそんな一言にフローラが間抜けな声を漏らす。

どうやらそんなこと考えてもいなかったようだ。

「元冒険者だからいざという時も頼りになるし、狩りの腕もすごくいい。顔も性格も悪くないし、他の村人とは雰囲気が違うせいか狙っている女性も多いわよ？」

「嘘!?」

フローラが焦ったような声を上げて身を乗り出してきた。

それを見て、あたしはため息を吐きながら、

「本当よ。この間コリンさんがアルドを家のご飯に誘ってるところを見たわよ」

「そ、そんな!? ダメです！」

「それなら早く告白しちゃいなさいな」

あたしがそうキッパリと答えると、フローラが途端に視線を彷徨わせた。

「……それは、その、恥ずかしいですし……。どう言い出したらいいかわからなくて……。それに、もしダメだったら今の関係もなくなると思うと……」

恥ずかしくて言えないとか言わないだけマシか。あたしの言葉を聞いて確かに焦っているようだし、行動しようとはしているようだ。

何かフローラが自然に想いを打ち明けられるようなきっかけがあればいいのだけれど……。

大切な親友の力になりたいがために、あたしはしばらくの間考え込む。

告白のきっかけ……。恥ずかしがりやなフローラでも言い出しやすいような状況や物……。

二人の共通点などを考えるうちに思いついたのは、ある一つのものであった。

「うーん、きっかけが掴みにくいなら花でも持っていけばいいんじゃない？ ほら、フローラのお父さんがフィオナさんに渡した好きな人と結ばれる謂《いわ》れのある花」

「ああっ！ 結びの花ですね！」

あたしがそう言うと、フローラはハッとした表情で手を叩く。

そう、それ。村人の間で異性にその花を渡せば必ず結ばれるとかいう謂れのある花だ。フローラの父さんも、それを木の下でフィオナさんに渡して結ばれたのだから、フローラにとっても思い入れのある花だろう。

まあ、必ず結ばれるわけはないけど、今はそんなことは言わない。

「アルドも花が好きだし、花言葉の意味を教えながらだと自然に告白できるんじゃないの？」

結びの花にある花言葉は、フローラの気持ちを表すのにとてもピッタリだ。縁起もいいし、目的も果たせていいではないか。

「……そ、そうですよね」

フローラがゆっくりと頷くが、まだ肝心な台詞を言ってはいない。

「このままだと誰かに取られちゃうよ？」

あたしがフローラに追い打ちをかけるように言うと、フローラがびくりと背筋を伸ばして、表情を様々なものに変える。

そして、小さな唇を噛みしめてこちらを真っ直ぐに見ながら、

「……わ、わかりました！　明日、結びの花を取りに行ってきます！」

「その後に？」

「渡して……こ、告白します……」

顔を赤くして尻すぼみに答えるフローラを見て、あたしは不安になるのだった。

第11話　再び剣を取る時

いつもよりも静かな森の中を俺とカリナは歩き続ける。

今日もいつものように狩りをしているのだが、今日の森は何だか静かだ。普段はそこらから聞こえる虫の声や、鳥の鳴き声などがちっとも聞こえないのだ。

空気にはどこか緊張感が漂っており、ピリピリとした雰囲気が伝わってくる。

やっぱり今日の森は変だな……。

そんなことを思いながら森を歩いていると、土を叩く微かな音が耳に入る。

「……また獲物がやってきたな」

森の中を何かが移動する気配を察知した俺は、弓を構える。

「また西側ですね」

俺が西側に弓を構えたことで、遅れながらも隣にいるカリナも相手の気配に気付いたようだ。流れるような動きで弓を構えて、矢を番《つが》える。

「俺が右側をやるからカリナは左側を頼む」

「了解です」

言葉少なにカリナが返事した後、視界の奥で茂みが揺れて二匹のシカが真っ直ぐに飛び出してきた。

こちらに人間がいたことに驚いたのかシカが一瞬戸惑いの様子を見せるが、俺達はそこを逃さずに弦を放す。

空気を切り裂く鋭い音が鳴り、俺達の矢はこちらへ走って来る二匹のシカの眉間を綺麗に貫いた。

ドスリと矢が突き刺さり、体を地面に沈める獲物達。

他に生き物がいないことを確認した俺達は、弓をゆっくりと背負い直した。それから獲物の血抜き処理へと取り掛かる。

「それにしても今日は獲物が多いな」

「まだ山に入ってそれほど時間も経っていないのにシカだけで四匹目ですね。また村に下りないとダメですね」

村まで下りる労力を思ってか、カリナがため息を吐く。

「獲物が大量なのは嬉しいことだけれど、こうも西側から逃げるようにやってくるとねえ……」

今日のお昼だけで仕留めた獲物はシカが四匹、ウサギが三匹、イノシシが二匹、鳥が二羽だ。山に入って数時間しか経っていないというのにこの数は少し多い。

それらの動物のどれもが西の方角から怯《おび》えるように逃げてきたとなれば、考え付くのはただ一つ。

向こうに凶暴な魔物が現れたということだ。

凶暴な肉食動物や魔物が餌を求めて移動し、それによって草食動物や弱い魔物が逃げるように移動するというのはよくあることだ。冒険者時代に何度も経験したことがある。

こういう時は迂闊に移動せずに切り上げるか、斥候《せっこう》を出して情報を集めるといった行動をした方がいい。

先程まではローレンさんが一緒にいたのだが、西側から逃げてくる獲物を訝しんで斥候に出たのだ。その間、俺達は西側には近付かずに待っているという感じだ。

それでも勝手に獲物はやってくるのだが、これ以上狩っても持ち返ることができないために放置だな。

シカの血抜きをしながら周囲を警戒していると、西側から足音が聞こえてきた。

それから視界の左側から大きな影がずいっと出てくる。

「ひゃっ！　もう、師匠ですか。驚かさないで下さいよ。クマでも出てきたのかと思いました」

「バカ野郎。こんなに男前なクマがいるかよ」

そんないつも通りの仲の良さそうな軽口を言いながら、ローレンさんがこちらへやってくる。

確かに、急に木陰から出てきたらクマかと思ってしまいそうだ。

ニヒルな笑みを浮かべていたローレンさんだが、俺達に視線をやるなり真面目な表情になる。

「まあ、でもカリナが言ったことは間違いじゃねえな」

「それって……」

思わず零れた俺の言葉。

ローレンさんの言葉から察したのか、カリナもハッとした表情でローレンさんを見上げる。

それに対してローレンさんは大きく頷き、

「ああ、西の方にある木にレッドベアーらしき爪痕と赤い毛を見つけた。食料を探してか知らんが北の方から下りてきたんだろうな」

そして、一本の赤い毛をこちらに見せる。

間違いない。あの赤くて長い毛はレッドベアーのものだろう。過去に何度も見たことがあるので間違いない。

道理で獲物達が怯えてやってくるわけだ。

「……わ、私達や他の狩猟人を集めて討伐しますか？」

カリナがいつもよりも硬い表情をしながら問いかける。額には冷や汗をかいており、その声は震えていた。

いくら狩猟人の見習いでもカリナはまだ十二歳の子供。山で狩りをしているとはいえ、狩ったことのある魔物は精々ゴブリンといった危険度が低い奴等くらいだ。

レッドベアーのような大きな魔物が怖いのは当たり前だろう。

レッドベアーは、村人でも対処できるゴブリンや一角ウサギといった低級の魔物ではないのだ。

大人数の狩猟人でかかっても死人が出るのが当たり前であり、冒険者に依頼して討伐してもらうか、領主の兵士達にお願いして倒してもらうのが一般的だ。

ただ、ノルトエンデは冒険者ギルドも領主の屋敷もかなり遠いので時間がかかるだろう。

だからこそ、俺はここを選んだのであるが……。

「もしもの時はそうなるが、今は村人達を避難させる方が優先だな。そこまで下りてくるとは限らんが最悪花畑近くまで来るかもしれないからな」

ローレンさんのいつもより重々しい言葉を聞いて、カリナがホッとした表情になる。

そんな子供らしい一面を見たローレンさんと俺は、しょうがないなとばかりに頬を緩めた。

もしもの場合になったとしても率先して前に出るのは大人の役目だ。

ここから花畑まではそう遠い距離ではない。最悪、下りてきてしまえば何も知らずに花畑へ来た村人がレッドベアーに襲われてしまうかもしれないのだ。そんなことは起きてほしくはない。

あそこはフローラだって頻繁に出入りするし、俺の大好きな場所なのだ。魔物に荒らされたくはない。

レッドベアーが餌に満足して北に戻るなりしてくれればいいが、もしもの際は俺が剣を取って討伐することも視野に入れなければいけないな……。

「そういうわけで、今日の狩りは切り上げて村に戻るぞ。皆にこのことを伝えるんだ」

「「はい！」」

ローレンさんの声に頷いて、俺達は急いで獲物の処理を終わらせる。本当は水で冷やしたりと細かい処理をしたいところであるが、今回は時間がないので血抜き処理だけにして山を下りることにした。

「俺は村の中心に行って村長に報告してくる。カリナは南方面に行ってくれ。一番足の速いアルドは西方面に急いで行ってくれ。花畑に入ろうとする奴がいるかもしれんからな」

「わかりました！」

山を下りるなり、ローレンさんとカリナとは別れて別々に情報を伝えることにする。

もっとも危険な西側には一番足の速い俺が行くのが適任だ。そのため、獲物であるシカは力持ちであるローレンさんに運んでもらう。どうせ親しい人を見つけて一旦預けるだろうし問題ない。

東側の村人は反対側だけあって西側に来ることは少ないし、中央から情報が広まれば対処できるだろうという判断だ。

人と人が密接な村だけあって、大事な情報伝達のスピードは速い。今はそれぞれが情報を広げることが大事だ。

「アルドさんお帰り！　あれ？　獲物は？」

「ごめんよ。今日はちょっと時間がないんだ」

山を下りて西側に走り出すと、いつものように数人の子供がこちらにやってくるが、今日は時間がないために相手はできない。

「えー？　つまんないの」

俺が相手できないとわかると子供達は不服そうな顔をしながら、畑に戻っていく。

そんな中、俺は子供ではない大人を見つけて呼びかける。

「あっ、ちょっとドイルさん！」

「どうしたんだアルド？」

鍬を置いて不思議そうな表情でこちらへやってくるドイルさん。

「ちょっと北の山にいる魔物が西にやってきたんです。もしかしたら花畑の方に魔物が現れるかもしれないですから、しばらくは花畑の方に行かないように皆に伝えてほしいんです」

「……本当か!?　どんな魔物なんだ？」

俺の言葉に、ドイルさんも思わず声を荒らげる。

「爪痕や赤い毛からしてレッドベアーだと思います」

「……わ、わわ、わかった。俺はここら辺で畑仕事している連中に伝えてくる！」

レッドベアーと聞いて、ドイルさんが慌てて走り出した。

以前から北の奥地にいるとローレンさんが言っていたのだ。そのことを村人もきちんと把握しているらしい。こういうことは事前に言っておかないとすぐには受け止めてもらえないものだ。日頃から魔物の脅威をローレンさんは村の皆にきちんと言い聞かせておいたのだろう。さすがだ。

「おーい！　皆、ちょっと集まってくれ！」

視線の先では、ドイルさんが大声を上げてここら一帯にいる村人を集めていた。

「魔物？」

「私達を襲う怖い生き物だよ……」

これならここは大丈夫そうだ。そう思った俺は一番危険がある花畑へ向かって走り出した。

◆　◆　◆

「そういうわけなので、花畑には近づかないようにしてください」

「わかりました。私達も他の人に伝えますね」

「他にも花畑で誰か人を見かけましたか？」

「いいえ、私達の他には誰もいませんでした」

「そうですか。ありがとうございます」

「こちらこそ」

一番危険だと思われる花畑に着いた俺は、花畑で遊んでいた親子に事情を説明して帰ってもらう。

この村にやってきて三か月。狩猟人として働いているお陰か、俺のことを知っているらしく皆が疑うことなく俺の言葉を信じて、協力してくれる。

信用がなければこうもスムーズにはいかないので日々の交流がいかに大事か教えてくれる好例だ。

一番危険な花畑には今の親子以外にはいないと聞いていたが、念のために木の下まで走って確認する。

小さな子供だと花畑に埋もれて見えないという場合もあるからな。

「誰かいるかー？　いたら返事をしてくれ！」

声を張り上げながら走り回るが、返ってくる声はない。

花畑は今日も色とりどりな花が咲き乱れており、緩やかな風が吹くのみだ。

立ち止まって音や匂い、空気の流れを感じてみるが、俺の感覚をもってしても周囲には人らしい生物の反応はなかった。

……もう、誰もいないか。

そう判断した俺は、花畑にある大きな樹木に背を向けて花畑を後にする。

後は西側の人に念を押すように情報を知らせながら、村長であるエルギスさんの家に向かおう。

今は情報伝達でバタついているかもしれないが、今後の指針が決まるのはそこだろうからな。

花畑から近い家を念のために回りながら、俺は村の中心地へと戻っていく。

花畑に比較的近い場所に住む俺の家の周りの人達も、魔物の情報は知っているようで皆特に慌てた様子はなかった。

レッドベアーの目撃情報もなく、誰も被害に遭っていないことに俺は安心する。

やがて、トアックの家付近まで戻って来たので、俺はトアックの家へ寄ることにした。

さすがに知らないということはないと思うが、ご近所さんで大切な友達だからな。

木々が生い茂ったトアックの家へたどり着くと、トアックが弓を持って庭にいた。

無事なトアックの姿に安心しながら、俺は気楽な口調で声をかける。

「おーい、トアックー。西の方にレッドベアーが下りてきたのは知ってるかー？」

「チッ……ここにやってきたのはお前で四人目だ。さすがにもう知ってる」

「そうか。なら、良かったよ」

俺の他にも三人もの村人が来ているとは、トアックも随分と愛されているものだ。

「ところで、トアックは弓なんて使えるのか？」

トアックの手にある弓を指さして俺は尋ねる。

レッドベアーが近くに出現したのだ。トアックが万が一に備えて引っ張り出してきたのだろう。

自分の命は自分でも守れるようにしているとは、中々の心構えだ。

「簡単な弓くらいなら自分でも作れるからな。打つ方はあまり得意じゃねえけど」

そう言って弓を構えて矢を番えるトアック。その鋭い視線の先には木製の丸い看板があった。

引き絞られた弦がキリキリと鳴り、トアックが慎重に狙いを定める。

構えも悪くはないし、結構良いのではないだろうか。得意ではないという割には随分と様になっている。

心の中で感心しながら眺めていると、トアックが目をカッと見開いて矢を一気に解き放った。

しかし、矢は一直線に飛ぶことはなく、三メートルほど右にある樹木に突き刺さった。

どうやら作る方は得意であっても、打つ方は不得意らしい。

「……おっ、さっきより真ん中に近付いたな」

……あれでなのか？

「お前はもしもの際でも弓を使うなよ？」

「お前は俺に死ねと言うのか？」

こんな奴が後ろで弓を打つなど恐怖しか感じられない。下手したらレッドベアーよりも危ないのではないだろうか。

仏頂面で弦の調子を確かめるトアックを見て、俺はそう思う。

トアックが無事なのを確認した俺は、自分の家を通り過ぎて村の中心部へ向かう。

「アルドさーん！」

すると、村の中心部に至る一本道からエルギスさんが走ってきた。

どうしたのだろうか？　レッドベアーのことならローレンさんを通じて十分な情報がいっているはずだが？　一番花畑に近い俺を心配して様子でも見に来てくれたのだろうか？

「どうしましたエルギスさん？　今のところレッドベアーは目撃されていませんけど？」

「ち、違うんです」

自宅から走ってきたのか、息を荒くしているエルギスさん。

俺はエルギスさんの言葉を訝しみながら、呼吸が整うのを待つ。

それから数十秒もすると息が落ち着いてきたのか、エルギスさんが顔を上げて、俺の肩を掴んでくる。

「お昼頃からフローラの姿が見えないのですが、花畑で見かけませんでした!?」

必死の表情で言うエルギスさんの言葉に俺は驚く。

「えっ？　フローラがいないんですか？」

こんな危ない状況で？　てっきりエルギスさんの家にいるものかと思っていたが……。

「はい、お昼過ぎまでは一緒にいたのですが、その後はフィオナにも行先を告げずにどこかに行ったようなのです！　フローラが行くとすればアルドさんの所か、花畑だと思って……」

「先程、花畑を回りましたが一組の親子以外は誰も人がいなかったですよ。きっと、アイシャを心配してブドウ畑に会いに行ったんじゃないでしょうか？」

「そ、そうだといいんですが」

諭すようにエルギスさんにそう言う俺だが、内心は穏やかなものではない。

フローラがレッドベアーのことを知らず、行方が知れないと思うと、胸が締め付けられるように痛くなる。本当なら今すぐにがむしゃらに走り回って捜したいところだが、こういう時こそ冷静にならなければいけないのだ。

冒険者時代に人の生き死にが懸かった状況を何度も乗り越えてきた経験があるからこそ、かろうじて冷静さを保っているだけだ。

落ち着くんだ俺。焦りは人の視界を狭くしてしまう。

「……九年前のようにならなければいいのですが……」

心配そうに呟くエルギスさんの言葉に、俺は小首を傾げる。

九年前？

「アルドー！　エルギスさん！」

そんな疑問も、第三者の叫び声によって吹き飛ばされてしまう。

あまりの声量に驚いて振り返ると、そこには大声を上げながら涙目でこちらに走ってくるアイシャの姿があった。

アイシャのその泣きそうな表情、聞いたこともない焦りに満ちた声から只事《ただごと》ではないことは明らかだ。

そして、何よりアイシャの傍にフローラがいない。

そのことに焦りを感じながら、飛び込むかのように走って来るアイシャを俺は抱きとめる。

「どうしたんだ？　アイシャ⁉」

「フローラは一緒じゃないのですか？」

俺達が問いかけると、腕の中のアイシャが肩を震わせる。

「……うう、フローラが、フローラが……」

「どうしたんだ？」

嫌な予感がする中、アイシャが大粒の涙を瞳から溢しながら口を開く。

「フローラが結びの花を採りに花畑の奥に行っちゃったの！　レッドベアーがいるかもしれない所に！」

それを聞いた瞬間、体が一気に駆け出しそうになるが既《すん》のところでそれを堪える。俺は結びの花を取りにいったフローラの居場所を正確には知らない。

「そ、そんな⁉　そこはちょうどレッドベアーがいると推測される北西の場所ですよ⁉」

娘であるフローラが、レッドベアーがいるかもしれない場所に行ったと聞いて驚愕を露わにするエルギスさん。

「どうしてそれを採りに……」

「ごめんなさいエルギスさん。あたしが余計なことを言ったから……」

呆然とエルギスさんが呟くと、涙を流しながらアイシャが答える。

それからエルギスさんも俺に視線をやって、何かを悟ったのか力ないため息を吐く。

「……やはり、そうですか」

そうですかって一体どういうことなのかわからないが、花を採りにいった理由は今は関係ない。

フローラのいるであろう場所は北西の花畑の奥。それさえわかれば十分だ。

もう、我慢して留まる理由もない。

「……ちょっと、フローラを連れ戻してきます」

そう判断した俺は、エルギスさんにアイシャを預けて自分の家に戻る。

「ちょ、ちょっと⁉　アルド⁉」

「アルドさん⁉」

後ろの方から叫び声が聞こえるが今は無視だ。

施錠された扉を開けるのさえもどかしい。

乱暴に扉を開け放った俺は、靴も脱がずに土足で上がり込む。

歩きながら狩り用の服を脱ぎ、装備を外す。そして奥の部屋にある物置のタンスの引き出しを開け、布に巻かれたミスリル製の剣を無造作に摑んだ。丁寧に巻かれた布を引き剝がし、刀身を確認すると銀色の輝く刃が顔を出す。

……もう使うことはないと思っていたんだがな。レッドベアーほどの魔物が相手となると、ただの弓では心細い。大事な人を助けるために使わせてもらおう。

魔力を帯びたそれを鞘に戻すと、俺は扉も閉めずに家を飛び出した。

勿論、向かう先は北西の花畑の奥だ。

◆　◆　◆

愛剣を右手に引っ提げた俺は、家を飛び出して花畑へ至る一本道を疾走する。

土を力強く蹴って前へ、前へ。流れる景色や驚く村人を置き去りにしてフローラの下《もと》へ。

この村に来てから全力疾走するのは初めてなせいか、体に違和感を覚える。冒険者の時はもっと速く走れたはずだというのに。今では足に鉛《なまり》を付けているような重さを感じる。

狩りをするために山を駆け回ってはいたが、冒険者時代の特訓に比べればやはり生温《なまぬる》かったのだろう。体が酷く鈍《なま》っている。

時間が惜しい今では、体の鈍りが酷くもどかしく感じる。

思い通りに動かない自分の足に苛立《いらだ》ちながらも走り続けると、一本道はやがて並木道となり、周りの景色は鬱蒼とした森のような雰囲気となってきた。

その頃には体もほぐれてきて、少し足の回りが軽くなってきた。昔の感覚を取り戻すように踏みしめながら、俺は並木道を一気に突き抜ける。

そして色鮮やかな花々が咲く広大な花畑にたどり着いた。

いつもならばその美しい光景に目と心を奪われて立ち尽くすところであるが、今回は見向きもせずに走り続けた。

大好きな花々を踏みつけないように走る暇もなく、無造作に足を進めていく。一歩一歩風を切って突き進むごとに甘い香りが、鮮やかな色合いの花弁と共に舞い上がる。

無造作に足を突っ込んでいるからか、途中で葉やツタが足に絡まってくるが、力ずくで足を進めて引きちぎる。

ブチリッという感触がいくつも聞こえて思わず顔をしかめる。

花を労わらずに傷つけることに罪悪感が湧いてきたが、フローラの命には代えられない。

が、せめてもの花への労わりとして、無心で走るのではなく視界の端でひらめく色彩を脳裏に刻むことにした。

俺の周りを踊り、舞うように動く花弁の姿はとても綺麗だ。

できれば魔物とは戦いたくはない。魔物との血生臭い殺し合いから離れたくて、ここに来たのだが、どこに住んでいても魔物は存在し脅威はあるわけで戦いから逃げられるわけではない。

以前の俺は生きたい、美味しい物を食べたい、昔のような惨《みじ》めな思いをしないために強さが欲しいというような人間としての本能や欲に従って戦ってきた。

そして、実力と名声を得た俺は、そのどれをも満たして戦う理由をなくした。

原動力、意志の虚弱さは俺から力を奪い、もはや強い魔物と戦うことなど不可能だと確信させた。

そのために戦いから離れて、ノルトエンデで暮らしている俺だが、再び剣を手に取っている。それも以前と同じく確固たる意志を宿して。

それは以前のようにお金が欲しいから？　美味しい物が食べたいから？　強さが欲しいから？

――違う。この温かい気持ちは以前のような気持ちとは全く違う。

かけがえのない場所や友人――いや、俺の好きな人、フローラを守りたいからだ。

そう心の中で思うと、モヤモヤしていた胸の部分のつかえが取れたように胸の中が晴れ渡った。

彼女とこの木の下で出会った時、俺は心を奪われた。

あの優しい笑顔に、言葉に、心に、料理に。彼女と出会った時から、空虚になっていた俺の心は鮮やかに彩られた。

想いは通じなくてもいい。俺を温かな笑顔で包み込んでくれたあの笑顔を守りたい。

そう思うだけで魔物と戦う原動力には十分であった。

体が鈍り、頼れる仲間さえいない状況であるが、今なら竜が相手でも一人で倒せる気がする。

そう、彼女が傍にいると思うだけで……。

やがて、フローラと出会った木の下を通りすぎて北へ走る。

木の下を通り過ぎると花畑は途切れ、先は深い緑が生い茂る森となっていた。

入ったことのない森に一瞬躊躇するが、危険な魔物が出れば斬り伏せればいいだけだ。

俺は迷いなく森の中へと足を踏み入れる。それからフローラの進んだ方向を把握するように視界を巡らせる。微かな木々の変化、踏みしめられた草、土の削れた痕跡。それらを逃《のが》すまいとして。

しかし、俺とフローラが入った道は違うらしく、それらしき痕跡はまったく見当たらない。

そのことに苛立ちかけるが、心の中で自分を叱咤《しった》して冷静になる。

視界の情報でダメならばいつもの狩りのように、空気の流れと音で捜すまでだ。

進めていた足を止めて俺は耳を澄ます。

周囲に聞こえる音や微妙な空気の流れ、振動すらも逃さずに聞き取るために神経を集中させる。

頭の中が途端に静かになり、自分の心臓の鼓動さえも遠くに感じられる。

ゆるやかな風で葉音を立てる木々、遠くで聞こえる鳥の声……。

そして、遠い西の方から強い空気の振動を感じた。

直感に従い即座に西の方角へ走り出し、乱雑に生える木々の間を縫うように駆け抜ける。

「ゴアアアアアアアァァァァッ！」

すると、腹に響き、空気を震動させるような咆哮《ほうこう》が響き渡った。

それをレッドベアーだと確信すると同時に、一つの悲鳴が微かに聞こえてくる。

「きゃああああああああっ⁉」

「フローラっ⁉」

今の叫び声はフローラだ！　俺は叫びながらフローラがいるであろう方向に向かう。

視界を遮る枝や茂みを飛び越えると、そこには一輪のピンク色に光る花を胸に抱いたフローラが走っていた。

その後ろには、燃えるような赤い毛皮を纏ったレッドベアーが四足歩行で走ってきている。

「ひゃっ⁉」

俺が、声をかけるのも惜しいとばかりに走り出すと、花を胸に抱いていたフローラが足を引っかけて転んだ。

相手が隙を見せたことに喜んだレッドベアーは、上体を大きく持ち上げて轟《とどろ》くような雄叫《おたけ》びを上げる。

「ひゃああああっ⁉」

腰をぺたんと地面に突きながら恐慌の悲鳴を上げるフローラに、レッドベアーはジリジリと近付き、丸太のような腕から鋭い爪を出す。

そして、その太い腕を大きく振り上げフローラめがけて振り下ろす瞬間に、俺はフローラとレッドベアーの間に体を滑り込ませた。

「グルオオオオッ⁉」

振り下ろされた爪をミスリルの刃で弾くと、レッドベアーが驚愕の声を上げて後退《あとずさ》る。

「フローラ、大丈夫か？」

「えっ……？　アルドさん？」

蹲《うずくま》るフローラにチラリと視線をやりながら声をかけると、フローラが恐る恐る目を開いて呆然と呟いた。

良かった。ところどころに切り傷はあるようだが、大した怪我はしていないようだ。

こちらを見上げてくるフローラを観察して、異常がないことを確認した俺は心の底から安心する。

うるんだ瞳でこちらを見上げるフローラを見て、九年前の微かな記憶が蘇る。

それはフローラと同じく金髪に翡翠色の瞳をした少女で、今と同じくレッドベアーに襲われていたのを助けた時であった。

――助けてくれてありがとう！

その少女は花が大好きで、俺を花畑へ連れ出して得意げに語っていた。

――ここにある花は季節が変わるごとに色が変わるんだよ！　凄いでしょ⁉

九年前に出会った少女と、フローラの姿が重なる。

……まさか、九年前に出会った少女が……フローラ？

「危ないです！」

フローラの鋭い声により、我に返った俺は振り向きざまに剣を振るう。

レッドベアーの黒い爪と俺の剣が火花を散らす。

「フローラは下がってくれ！」

「で、でも！」

「俺がレッドベアーなんかに負けないってことは、九年前から知っているだろ？」

躊躇するフローラにそう言い放つと、フローラが瞳から涙を溢しながら遠くに離れていく。

フローラが離れたことを確認した俺は、先程からグイグイと力を入れてくるレッドベアーの爪をいなす。

それから鼻息を鳴らして迫る、レッドベアーの牙から逃れるようにバックステップした。

これでようやく剣が振れる。

「グルオオオォォ」

絶好の獲物を前に闖入《ちんにゅう》者が入ってきたせいか、レッドベアーが苛立ちのような唸《うな》り声を上げる。

九年前といい、今といい。俺とフローラはつくづくレッドベアーに縁があるものだ。

魔物と人との奇妙な出会いに笑いながら、俺は挑発するように剣を振ってやる。

すると、レッドベアーは怒りの声を上げて、突進してきた。

縄張り意識が強くて獰猛《どうもう》なレッドベアーは、挑発してやるとすぐに突撃してくるので楽である。

押しつぶさんとするタックルを横に避けると、すかさず相手が振り返って剛腕を振ってくる。迫りくる左右の攻撃を剣でいなし、または最小限の動きで避ける。

レッドベアーの攻撃をいなし、躱《かわ》し、牽制の一撃を振る度に戦闘の感覚が戻ってくる。

腕と足の動きは滑らかになり、相手の動きが手に取るようにわかる。

以前の俺ならば戦闘の感覚に酔いしれるように、戦闘を長引かせただろうが今は違う。今は冒険者ではないし、後方ではフローラが心配しながら見ている。

これ以上、彼女を心配させるのは心苦しかった。

「……そろそろ終わりにしよう」

握りしめる剣の柄《つか》に魔力を流していく。すると、白銀の刀身が淡い水色の光に包まれて発光しだす。

突然の光と魔力に驚いたレッドベアーだが、気にしないことにしたのか大きく腕を振りかぶってくる。圧倒的アドバンテージである力で押せば、倒せると思ったのだろう。

俺はレッドベアーの力が籠った凶爪《きょうそう》に対して、光り輝く刀身を斬り上げるようにぶつける。

輝く刀身と爪は火花を散らしてぶつかり合う――ことはなく、あっけなくレッドベアーの爪を斬り落とした。

「グルオオオッ!?」

先程までぶつかり合っていた爪がすっぱりと斬り落とされたことにより、戸惑いの声を上げるレッドベアー。

戸惑い、隙を晒《さら》しているところを俺が見逃すはずがなく、がら空きの胴体に横薙ぎの一撃をくれてやる。それは大木のような太さと硬い筋肉を容易《たやす》く切断し、レッドベアーの体が二つに分かれて倒れ込んだ。

動かぬ骸となったレッドベアーを見た俺は、魔力を流すのを止《や》める。

すると、光り輝く刀身から徐々に光が消え去っていった。

これがあの竜の硬い鱗を切り裂いた剣の正体だ。

純度の高いミスリルで作られたこの剣は、魔力を流してやると切れ味が大きく跳ね上がる効果があるのだ。魔力が並み程度しかない俺でも、この剣を使えばかなりの切れ味を出すことができる。

魔力を浸透させて薄く伸ばすようにしてやれば、刀身を伸ばすことが可能であり、その気になれば半径十五メートル範囲を薙ぎ払うこともできるのだ。

いかなる技や駆け引きがあったとしても、どのような刃も通らぬ相手には勝つことができない。そんな相手を倒すためにこれは作られたのだ。

勿論、そんな剣は高価なわけで、国の予算がかなり飛んでいく値段らしい。正直、剣だけは国に返そうかと思ったが、国に害をなす竜を殺したのだし報酬として貰っておくことにしたのだ。

その代わりにあり余る金は、キールを通じて国に寄付しているので許して欲しい。

「アルドさん！　無事ですか!?」

刀身についた血糊《ちのり》を払って、剣を鞘に戻すとフローラが抱き着いてきた。

「俺は大丈夫だよ。フローラこそ、傷は大丈夫かい？」

「はい、少し切り傷があるだけで大丈夫です。……また、アルドさんが助けてくれましたから」

俺が抱きとめて言葉を返すと、フローラが顔を上げてはにかむように笑う。

フローラのぬくもりと、笑顔が近くにあることにドキドキしながら俺は口を開いた。

「……戻ろうか」

「……はい」

◆　◆　◆

レッドベアーを倒した俺は、フローラを連れて山を下りる。

レッドベアーの他にも魔物がいる可能性もあるので、周囲を入念に警戒しながらだ。

フローラの歩幅に合わせてゆっくりと歩き、フローラは結びの花を大事そうに抱えながら付いてくる。

「「…………」」

そんな俺達だが、さっきから会話は一向にない。

何故ならば俺が九年前の出来事を思い出し、何を話したらいいかわからないからだ。

九年前にノルトエンデにやってきた時に、魔物から助けた少女。それがフローラだ。

今までのフローラの様子を思い出すと、彼女が俺を覚えていたのは明らかだった。

冒険の途中で何度も人を助けたことはあるが、まさか九年前のことを今でも覚えている人がいるとは思わなかった。

竜殺しや村を脅《おびや》かす強大な魔物討伐といったものならともかく、ただ一人の少女を助けただけ。

それも九歳である本人が覚えていたのである。

その助けた本人と、こうして再び出会って……。

九年前に助けた少女だと知って……。何て言ったらいいのだろうか。

今までは大切な友達として接していたのに、好きな人だと自覚して。頭がこんがらがってきた。

これからのフローラへの接し方に悩みながら歩いていると、森を抜けて花畑へ戻ってきた。

俺達の目の前にあるのは花畑の中でポツリと佇む樹木。

青々と生い茂る枝葉が風に揺られて、サーっと葉音を鳴らす。

俺が三か月前にここにやってきた際に、フローラと出会ったのはここであった。

まるで花畑の妖精のように花畑からひょっこりと顔を出して。

あの時、ここで出会った時もフローラは俺のことを覚えていたのだろうか。

「最初に出会った時はビックリしました。九年前、私を助けてくれた人が突然目の前にいて……」

思わず立ち止まって木を眺めていると、フローラが静かな声で語り出した。

フローラが会話を切り出してきたことに驚きながら、俺は振り返る。

「……その、ごめん。俺ってば、ついさっきまで思い出せなくて」

「いえ、いいんです。あの時のアルドさんは、世界を旅する冒険者。田舎の村に住む、ただの九歳の少女を覚えていられるはずがありませんから。気にしないで下さい」

俺が謝ると、フローラは苦笑いをしながら慌てて手を振る。

しかし、その笑顔は酷く寂しそうで。

フローラにそんな思いをさせてしまった俺は、自分を情けなく思い落ち込む。

昔の俺は、本当に何も見ていなかった。自分のことしか考えていなかった。

「勿論、覚えていなくて悲しい気持ちにもなりました。もし、アルドさんがこのまま私を思い出さなかったらどうしよう。アルドさんの中から私という存在が消えていたらどうしようと」

「……フローラ」

フローラの吐き出すような胸の内を聞いて、俺は掠れた声を出すことしかできない。

「でも、アルドさんの記憶の中に、私が残っていて本当に嬉しかったです。これで、ようやく言いたかった言葉を言えます」

それからフローラは瞳を閉じて、息を大きく吸って呼吸を整える。

よく見ると、フローラの手と足は震えており彼女がかなり緊張しているのだとわかった。

それからフローラの閉じていた翡翠色の瞳が開き、穏やかな笑みを浮かべて胸に抱いた花をこちらに差し出してきた。

「九年前、それに今日も私の命を助けてくれてありがとうございます。そして、九年前からずっと貴方が好きでした」

フローラの口からその言葉を聞いた瞬間、世界から音が消えたような気がした。

舞い上がる木の葉が、花弁が塗り替わり、一層鮮やかな色に思える。

ええ？　フローラが俺のことを……好き？　それも九年前からずっと？

てっきり、魔物から救ってくれた礼を言いたいのだとばかり思っていたが、そこまでの想いを抱えているとは思わなかった。

「……ほ、本当に？」

嬉しすぎて震える声で尋ねると、フローラが顔を赤くしながらもこくりと頷く。

「はい、九年前からずっと好きでした」

そう笑顔で言われた言葉が、俺の胸に熱く染み込んできて涙が出そうになる。

嬉しさに涙が溢れそうになるのを何とか堪えて、俺はどうにか笑みを浮かべて、

「俺もフローラのことが好きだ。フローラの包み込むような優しい笑顔が。その優しさが。傍にいるだけで温かな気持ちになれる」

「……ほ、本当ですか？　嬉しいです」

そして、フローラから差し出された花を受け取る。これが愛を伝える際に渡す花だとは、おおよその見当がついていた。

「これは結びの花。この村では異性にその花を渡せば必ず結ばれるという謂れのある花です。花言葉は『秘めた恋』」

「……結びの花か……」

俺はそう呟きながら、嬉しそうに涙を浮かべる彼女の細い肩を両腕で抱きしめる。

フローラの柔らかい体が、暖かい体温が、柔らかい匂いが直接伝わって来る。

体中が猛烈な多幸感に覆われる。

それから俺達は長い抱擁を終えると見つめ合い、それからどちらからともなく唇を重ねた。

◆　◆　◆

「おっ！　あれ、フローラとアルドじゃねえか!?」

「おお、二人共無事だな！」

「フローラ！」

花畑を出て、村の中心地へ至る一本道を歩いていると道の先に、ローレンさんを始めとする村人や、エルギスさんの姿があった。

エルギスさんが真っ先に駆け寄ってくるが、それを上回るスピードで女性が走ってきた。

「フローラ！」

「わっ、アイシャ。きゃっ⁉」

アイシャがフローラに駆け寄ってきて抱き着いた。

その余りの勢いをフローラは受け止めきることができず、アイシャと共に倒れ込むフローラ。

「フローラ！　怪我はない⁉」

フローラに抱き着いたままガバッと顔を上げるアイシャ。

「アイシャのせいで、今怪我をしそうですよ」

まったくもってフローラの言う通りだ。

フローラが苦笑しながら言うと、アイシャが急いで立ち上がり、フローラの手を引いて立ち上がらせる。

いつもは飄々《ひょうひょう》としていて滅多なことでは動じないだけに、慌てているアイシャの姿は非常に珍しい。今は余裕があるのでついニヤニヤしてしまう。

そんなことをしている間に、エルギスさんや村人達が俺とフローラの下《もと》にやってくる。

その中から、エルギスさんが出てきてフローラの前に立った。

「フローラ！　どこも怪我はないのですね」

「う、うん」

「良かった。……本当に」

フローラがそう頷くと、エルギスさんがフローラを抱きしめて喜びを噛みしめるように呟いた。

抱きしめられたフローラも、父であるエルギスさんの背中に手を回して目を細める。

親子の再会に、周りにいる人達も頬を緩めて喜び合う。

父であるエルギスさんが抱擁を解くと、今度は母であるフィオナさんが出てきてゆっくりと抱擁を交わした。

こういう硬い絆で結ばれている親子って何だかいいな……。

「アルド、フローラのためにレッドベアーがいる危険地帯に行くとはやるじゃねえか」

感動の再会で静かな空気を跳ね飛ばすように、ローレンさんが俺に声をかける。

「そうだな。そんなことは中々できることじゃねえぞ」

「立派な男だね」

村人達に体を叩かれながらも、俺は賛辞の声を受け入れる。

何だか冒険者ギルドみたいなノリだな。

「まあ、お前も無事でなりよりだ」

「ありがとう。トアック」

トアックも俺とフローラを心配していたようで、弓を持ちながら俺の肩を叩いてきた。

お前が弓を持つと怖いから、さっさとそれは家に置いてきてほしい。

「ごめんね。フローラ！　あたしが余計なことを言ったから……っ！　あたし、フローラがレッドベアーに襲われたかと思って……」

「あ、いえ、襲われましたよ」

「「えっ？」」

涙目になりながら謝るアイシャに、フローラがきっぱりと答える。それによって、俺とフローラを除く村人全員が間の抜けた声を上げた。

どうやら、ここにいる皆は俺とフローラがレッドベアーに襲われることなく、帰ってきたのだと思っていたらしい。

「……襲われたって、どういうことです？」

皆の疑問を代弁するように、エルギスさんが恐る恐る尋ねる。

フローラも皆の勘違いに気付いたのか苦笑いをしながら、

「えっと、レッドベアーに襲われていたところをアルドさんに助けてもらったんです」

「ええ!?　じゃあ、レッドベアーに襲われて逃げてきたの!?」

アイシャが思わず大声を上げて、フローラに詰め寄る。

「おいおい、それじゃあ、追いかけてここにやってくるんじゃ……」

「いえ、アルドさんが倒してくれたので大丈夫です」

心配するローレンさんの言葉を遮るように、フローラが言う。

それによって、さっきとは違う驚きの表情で皆が俺を見る。

「レッドベアーは俺が倒したよ。これでも元冒険者だったから」

に渡す。


「お前、本当かよ？」

唖然《あぜん》とした空気が漂う中、一番言いづらいことを友人であるトアックが言ってくる。

俺は討伐した証拠を見せるために、麻袋に入れたレッドベアーの爪や牙、毛の束をローレンさんに渡す。

レッドベアーそのものや、遺骸を見たことのあるローレンさんの言葉なら皆も安心できるだろう。

「……レッドベアーの牙に爪、毛束。どれも本物だ」

ローレンさんが重々しく答えると、村人達が驚いた声を上げる。

「アルドが元冒険者だってことは知ってるけど、レッドベアーって魔物の中でも、強い部類じゃなかったっけ？　パーティーで挑んで倒す魔物って聞いたわよ」

「普段ボーっとしているアルドがそんな魔物を倒すとは……」

俺の常日頃の行動を知っている、アイシャやトアックが一際強く驚いている。

まあ、新居生活で色々と頼りない場面を見せているので当たり前か……。

「アルドさんは、レッドベアーを倒してくれましたよ！　こう、ズバッと！」

胡乱な視線を向けるトアックとアイシャに対して、フローラが一所懸命に剣の動きを再現してくれる。

「お、おう。意外だな」

フローラの真似する動きは可愛らしくて笑いそうになるが、その本気度合いは伝わったようでトアックとアイシャも納得したように頷く。

「普段の狩りの様子を知っている私からすれば、レッドベアーくらいなら簡単に倒せるんじゃないかって思いますけどね！　というか、アルドさん！　剣も弓も使えるだなんておかしいですよ！」

「ああ、そうだな。アルドがいてくれたら今日のようなことが起きても安心だな！」

カリナとローレンさんがそのようなことを言って、村人達を安心させてくれる。

「よーし、俺達狩猟人はレッドベアーの回収に行くぞ」

その言葉に反応して、俺も一緒に向かおうとするがローレンさんに止められる。

「もう、お前が倒してくれたんだろ？　なら、お前はもう休め。後の仕事は俺達でやるからよ。今日はフローラの傍にいてやれよ」

そう言ってローレンさんが、顔を向ける先にはどこか寂しそうにしているフローラがいた。

フローラはつい先程、レッドベアーに襲われたのだ。本当はその恐怖心がまだ残っているのかもしれない。

「わかりました。花畑の木の奥にある森の入り口から、マーキングをしてあります」

「おう！　そりゃ助かる。行くぞカリナ」

「はーい！」

遠慮なく休ませてもらうと、ローレンさんが狩猟人達を引き連れて花畑へと歩き出していく。それに伴い、他の村人達も俺達やエルギスさんに声をかけてから帰路についていく。

エルギスさんは何人もの人にフローラの捜索を頼んでいたようで、家族揃って頭を下げていた。

それに合わせて俺も頭を下げてお礼を告げていく。俺が何の迷いもなく花畑へ向かうことができたのは、村人達の情報があってこそだからな。

残ったのはフローラ、エルギスさん、フィオナさん、トアック、アイシャといったいつもの面々だ。

「それじゃあ、俺達も帰るか」

「そうね。今日は色々あったし」

「お前が情けない表情で泣く姿は久し振りだったな」

「……うっさいわね」

トアックのからかう言葉に何も返せないアイシャは悔しそうに顔を歪めた。

あれだけ涙目になっていたらなー。当分は、トアックにからかわれるだろう。

悔しそうに顔をしかめたアイシャは、別れの挨拶をするためにこちらにやってくる。

「今日は本当にごめんね。フローラ」

「いえ、本当に気にしていませんから。怪我もほとんどありませんし」

「……うん」

悪気はなかったとはいえ、親友を危ない目に遭わせてしまったのだ。

アイシャ自身は自分をそう簡単に許せないだろう。

曇ったような表情で返事をするアイシャを見たフローラは、照れたような笑みを浮かべながら、

「アイシャが言ってくれなかったら、私ずっと踏み出せないままでしたし」

「ということは、アレは成功したのね？」

フローラのその言葉を聞いて、アイシャがにんまりと笑って俺を見る。

照れくささと恥ずかしさが入り混じり、顔が赤くなるのを感じる。

フローラもそれは同じように顔を赤くしていた。

「今度、詳しい話を聞かせてよね」

「そうだな。酒の肴《さかな》にでもさせてもらおう」

そう言いながら笑うと、アイシャは俺とフローラを小突いてトアックと共に帰っていった。

……恥ずかしいのでそれ以上は詮索しないでください。

「それじゃあ、私達は帰りましょうか」

「そうですね。フィオナ」

フィオナさんとエルギスさんの言葉によって、俺とフローラにお別れの時間がやってくる。

同じ村にいるのだし、いつでも会えるのだが、気持ちが通じ合った日は一緒にいたいと感じてしまうものだ。

フローラがどこか寂しそうにこちらを見るが、今日はレッドベアーと襲われたのだ。安心できる家で家族といた方がいいだろう。

「では、アルドさん。娘をお願いしますね」

「「え？」」

フローラと別れの挨拶をしようとしたところで、フィオナさんから思いもよらない言葉が飛び出る。

「告白は成功して二人は恋人になったのでしょう？」

「そ、そうだけれど」

改めて母親から言われるのは恥ずかしいらしく、フローラがモジモジとしながらも答える。

するとフィオナさんは満足そうに頷き、

「なら、今日はアルドさんの家に泊まってらっしゃい」

「えええええっ!?　ちょっと、お母さん!?」

フローラが驚きの声を上げる中、俺はエルギスさんの方へ顔を向けて問いかける。

「エルギスさん、これはどういう……」

すると、エルギスさんはゆっくりと空を仰ぎ、

「なんだか複雑な思いですね……。小さかった娘が、いつの間にか大人になって嫁にいく……」

感慨深そうな表情で呟いていた。

もはや、俺とフローラの仲は両親公認らしい。

二人は心の準備はできているようだが、当事者である俺達の心の準備ができていないのだが……。

「お義父《とう》さんと呼んでくれてもいいのですよ？」

「あら、それじゃあ私はお義母《かあ》さんね」

「ちょっと、お父さん！　お母さん!?」

フローラが耳まで赤くして抗議するが、二人は聞く耳を持たずに楽しそうに笑う。

フローラの両親の恐ろしさを俺は今感じている。

というか本当にフローラを俺の家に泊まらせるつもりなのだろうか？

俺の家にはベッドは一つしかないし……。それってつまり、そういうことなのだろうか。

フローラと視線がピッタリと合ってしまい、お互いに目を逸らす。

多分、二人共同じことを考えていたと思う。恥ずかしくて顔が見られない。

「では、フローラをよろしくお願いしますね」

「あうっ」

恥ずかしさによって俯き、大人しくなっているフローラの背中をフィオナさんがポンと押す。バランスを崩したフローラは見事に俺の腕に収まった。

フローラが困ったような嬉しいような表情で俺を見上げてくる。

俺だって同じ気持ちだ。もう、どうしていいのかわからない。

フィオナさんとエルギスさんは、そんな俺達を見ると満足そうに頷いて帰っていった。

残された俺達は、一本道の真ん中でただただ抱き合う。

「……とりあえず、帰ろうか」

「……はい」

第12話　愛する人がここにいる

「お、お邪魔します」

「ど、どうぞ」

緊張した面持ちで家に入るフローラを俺は促す。

俺がスリッパを差し出すと、フローラが恐縮したように足を入れてリビングを二歩、三歩と歩く。

俺も同じようにスリッパを履くが、緊張のあまり自分の足で蹴飛ばしてしまった。何度も入って生活している家だというのに恥ずかしい。が、それも仕方がないこと。

今日はエルギスさんとフィオナさんの計らいにより、フローラがうちに泊まることになったのだ。

恋人同士で泊まるということは、その夜には当然ベッドを共にするわけで……。

今までそのようなことをした経験がなかったので、いざするとなると緊張してしまう。

こういうことなら、キールに誘われた色街に行っておくんだった。この歳で童貞とか恥ずかしい。

フローラも動揺しているのか、視線を忙しなく彷徨わせている。適当な椅子やソファーにでも掛ければいいのだが、それすらもせずに立ってオロオロしている。

俺は男だし、ここは俺の家だからな。フローラを引っ張ってやるくらいじゃないと。

「これからはここもフローラの家になるんだから、好きに寛《くつろ》いでいいよ」

俺がそう声をかけると、フローラがハッとした表情でこちらを振り返り、

「そ、そうですね。この家が私とアルドさんが暮らしていく家に……」

嬉しそうな顔をしてリビングを自由に歩き始めた。

並べられた椅子やテーブル、ソファー、壁などに愛おしむように触れていくフローラ。

自分で言っておいて何だが、この場所がフローラと一緒に生活をする場所になると思うと、部屋にある家具や壁、床にいたる全てが輝いて見えた。

これからは家に帰るとフローラが出迎えてくれる。ご飯を食べる時も、お茶を飲む時も彼女が傍にいる。俺の帰るべき場所となる。

そう思うと無性に嬉しくなり、顔がどうしようもなくニヤニヤとしてしまうな。

台所を嬉しそうに歩くフローラを見つめていると、フローラが尋ねてきた。

「あっ、紅茶を淹れていいですか？」

「……お願いするよ」

「はい！」

フローラは満面の笑みを浮かべて紅茶の用意をしだした。

シカ肉の食事会をする時や、何気ない集まり、畑仕事の合間の休憩という風に何度もうちの家に出入りしているフローラは、もはや自分の家のようにテキパキと動く。

どこにティーカップがあるか、どこに紅茶用のスプーンがあるかなども全て把握しているために動きに淀みはない。

鼻歌を歌いながら用意するフローラを眺めながら、俺は一足先にテーブルにつく。

楽しそうに紅茶を淹れるフローラを見ているだけで、心が温かくなっていくようだ。

自分を眺める俺の視線に気付いたのか、フローラが一瞬キョトンとした表情をし、それから俺ににっこりと微笑みかけた。

……もう、俺ってば今日にでも死ぬのではないだろうか。幸せすぎてそう思う。

「アップルミントティーができましたよ」

フローラがそう言って、トレーに載せたティーカップを持ってくる。

「ありがとう」

一言礼を言ってからカップを口元に運ぶ。すると、青リンゴの甘い香りが鼻孔を突き抜けた。

心が落ち着くような香りを堪能し、それからゆっくりと口に含んだ。

アップルミントの爽やかな甘みが口内にジーンと広がる。それから後にスッキリとしたミントの味がした。

「はあー……」

心地よい味に思わず息を吐く。

紅茶の香りや成分によるものなのか、先程まで緊張していた心が落ち着いてきた気がする。

それはフローラも同じようで、フローラの表情も大分柔らかくなっているようだ。

今日は色々なことがあったな……。狩りをしていたら、フローラが危機だと知って、自分の恋心に気付いて、魔物と戦闘をして、フローラに告白されて、恋人になって……。

たった一日のことだというのに目まぐるしく動き回り、関係が変わったものだ。

感慨深く思い返しているとカップの中身が空ということに気付いた。

「お代わりいりますか？」

そんな俺の様子を見て、フローラがティーポットを手に持つ。

「お願いするよ」

「はい」

お願いすると、フローラが嬉しそうにカップへ紅茶を注いでいく。

たったこれだけの会話だというのに、温かい気持ちになれる。

これはきっと好きな人が傍にいてくれるからこそ得られる感情なのだろう。結婚しろと言っていた人達の気持ちが今ならばわかる。そして、それを勧めたくなる気持ちも。

今度キールに会ったら結婚でも勧めてみるか。俺がそんなことを言ったら、あいつは驚くだろう。

「どうしたんですか？」

紅茶を淹れ終わったフローラが、今度は俺の隣に座って尋ねてくる。

上目遣いにこちらを見やるフローラの肩を自分に寄せて、

「今の俺って幸せだなって……」

「……私もです」

◆　◆　◆

それから俺達は二人で一緒に夕食を作り、和やかに食事をした。

その頃にはすでに日は暮れており、夜になっているわけで、とうとうその時間が近付いてきた。

先程まで和やかに会話をしていた俺達も、夜が深まるに連れて会話が減ってきた。

これからすることをお互いが意識しているせいである。

静かになったリビングで向かい合って座る中、俺は意を決して立ち上がる。

「……フローラ」

「ひゃいっ！」

突然立ち上がって声をかけたせいか、フローラが顔を赤くして奇妙な声を上げる。

「一緒にお風呂に入ろう」

「わ、わかりました！　寝室に——あれっ？　お風呂ですか？」

俯いて返事をしたフローラが、キョトンとした表情になり小首を傾げる。

「……お風呂だよ」

一瞬、やっぱり寝室と言い直そうという気持ちが出たが、何とか堪えた。

「その、俺ってば今日走り回って汗かいたし、やっぱり、その、するなら体を綺麗にしてからしたいなって……」

今日は朝から森で狩りをして汗をかいたし、昼間は散々走り回って戦闘もした。お世辞にも清潔な状態とは言えないだろう。

そういうことをする以前にも、体を洗いたくて仕方がない。

「そ、そうでしたね！　それなら私も後で入りたいです！」

お風呂に入るということをすっかり失念していたのか、フローラが焦ったように椅子から立ち上がる。

「いや、一緒に入ろうよ」

俺がきっぱりとそう言い放つと、フローラが頬を赤く染めて、

「ふええっ!? それは、その……恥ずかしいです」

その後にもっと恥ずかしいことをするのだが……。それは当たり前か。

「二人分けて入ったら時間もかかるし。……フローラは嫌かな？」

「……嫌じゃないです」

フローラの羞恥心を減らすために、少し卑怯な言い回しで言うと、フローラは消え入りそうな声で頷いた。

フローラが了承してくれれば何も問題はない。

俺は赤面しているフローラの手を取って、浴場へと歩き出す。

向こうから告白をされた分、こっちでは少しはリードすることができたのではないだろうか。柄にもなくそんなことを俺は思う。

◆　◆　◆

「凄いですね、さっきの腕輪。水と炎が出てきて、すぐにお湯ができちゃいましたね」

「そうだね。あれのお陰で一人でもすぐにお湯に入ることができるから楽だね」

「魔道具とかいう高価な物でしたよね？　そんなに使っても大丈夫なんですか？」

「大丈夫大丈夫。お風呂を入れるくらいなら何十年も持つから」

「そうなんですね。それなら毎日気軽にお風呂に入れるので楽しみです」

「「………………」」

「……あの、フローラ？　お湯も沸いたんだし、もっと近くに来ない？」

「や、やっぱり恥ずかしいです！」

お風呂を洗い、魔道具の力ですぐにお湯を用意したのだが、フローラが恥ずかしがって近くにこない。

浴室の中は窓から差し込む月明かりだけなので、湯船から遠い端っこにいれば肌が見えないという魂胆であろう。

一番窓から遠い暗い端には、全身をタオルで巻いて隠したフローラがいる。

浴室に入ってきているあたり、本当に嫌というわけではなく、ただ肌を見せるのが恥ずかしいだけだろう。

逆にそれさえ乗り越えれば、後は問題ないはずだ。

「ずっとそこにいたら風邪を引くからこっちにおいで」

「……ああっ！」

呆れながらフローラの腕を取ると、軽い体重のフローラはあっさりと月明かりの下へやってくる。

そして、腕を取られて動いたせいか、体に巻いていたタオルがバサッと床に落ちた。

すけるほどに白い肌、控えめなフローラの性格とは真反対に主張した大きな丸い膨らみ。その先にはピンク色をした小さな蕾《つぼみ》がある。

ほっそりとしたウエストから丸みを帯びた腰へのラインは、見事なまでの曲線を描いており意外と肉付きがいい。

どうやらアイシャが着やせすると言っていた言葉は本当だったらしい。

女性を体現するような美しい体に思わず俺は見惚れてしまう。

「……フローラ、凄く綺麗な体だよ」

「……アルドさんこそ、凄く男らしい体です。意外と筋肉があったんですね」

一度見られてしまって踏ん切りがついたのか、フローラは白い頬を赤く染めながら、俺の腹筋を指でなぞる。

これまでずっと体が資本の冒険者稼業をやっていたせいか、体の筋肉については自信がある。最近は少しサボっていたので筋肉量が落ちているが、それでも贅肉《ぜいにく》は限りなく少ないはずだ。

「わあ……。アルドさんの硬いです」

フローラのしなやかな白い指に触れられると、少しこそばゆい。

あと、少し言葉がエロい気がする。

少し股間がむくむくと大きくなってきたが、まだ大丈夫だ。

「こそばゆいよフローラ」

「ごめんなさい、でも、もう少しだけ」

ペタペタと胸板や二の腕を触ってくるフローラ。それでフローラの緊張と羞恥心が少しでも溶けるならと思い、俺はそのままにさせておく。

「それじゃあ、お風呂に入る前に体を洗おうか」

「はい。私が先にアルドさんの背中を洗ってあげますね」

そう言うと、フローラが少し元気な声で言う。多分、俺の体にある筋肉をこのまま触りたいからなのだろうな。

「それじゃあ、流しますね」

フローラが、湯船からタライでお湯をすくって、風呂椅子に腰かけた俺にかけ湯してくれる。

「はあっ……」

暖かいお湯がかかる爽快感に思わず声が出る。

俺の気持ちよさげな渋い声に、フローラは微笑みながら全身にお湯をかけてくれる。

今日一日かいた汗や土、汚れが全て落ちていくようだ。

かけ湯が終わったら、フローラは湯船の近くにある石鹼でタオルを泡立てていく。

「それじゃあ、背中を洗いますね」

「ああ、お願いするよ」

フローラに優しくタオルで洗ってもらうことを想像していた俺だが、次の瞬間予想外の柔らかい感触がした。

「——っ!?」

それは、フローラのたわわな胸だ。

俺の背中を洗おうと前屈みになったせいか、フローラの大きな胸が自然と背中に当たっているのだ。

しかし、本人は俺の背中をゴシゴシとタオルで洗っているために気付いていない。フローラが力を入れて擦る度に、フローラの胸がプルプルと揺れて押し付けられる。

それは俺の背中で形を変えて、柔らかな感触を与えていく。

それにより、俺の股間にどんどんと血が集まっていくのを感じる。

「気持ちいいですか？」

「うん、気持ちいいよ」

……胸がとは言わない。

そう答えると、フローラが嬉しそうに笑ってゴシゴシと背中を擦り続ける。

その間、俺は無言でフローラの胸の柔らかな感触やタオルで背中を洗われる感触を楽しみ続ける。

胸の衝撃が強すぎてほとんどタオルで洗ってもらう感触は楽しめていない気がするが。

「――ひゃっ⁉」

そんなことを思っていると、フローラが突然短い悲鳴を上げて動きを止めた。

「フローラ？」

「ひゃい⁉　何も見てませんよ？」

ちらりと視線をやると、フローラがあからさまに顔を逸らした。

それから、露骨にフローラの視線が俺の股の方へと向く。それからまた視線を逸らし、また恐る恐る視線がそこに向く。

それを追って理解した。そこには腰に巻いたタオルがテントを張るように盛り上がっていたのである。

「ご、ごめん。フローラの柔らかい体とかが当たったから……」

「……い、いえ。男の人はそうなるものだとお母さんに聞いていましたから」

フローラがか細い声で言いながら、背中についた泡をお湯で流していく。

「……あの、アルドさん。それ、触ってもいいですか？」

「えっ？」

フローラの思いもよらない台詞に、俺は間抜けな声を出す。

「擦って出してあげると楽になるって……。出してあげないと辛いって聞いていたんで……」

自分でも言っていて恥ずかしくなったのか、尻すぼみになるフローラ。

その恥じらう様子がとても可愛らしくて、そして、その行為を想像して肉棒がより硬く大きくなる。

「……じゃあ、お願いしていいかな」

「……は、はい」

◆　◆　◆

フローラが俺の腰に巻き付いたタオルをゆっくりと解く。

すると、そこには完全に勃起した状態の肉棒が現れた。

「わわっ！」

大きくなった俺の肉棒の姿を見て、フローラが慌てた声を上げる。

話に聞いてはいたが実際に見るのは初めてなのだろう。瞳を寄り目にしてマジマジとそそり立ったものを見つめている。

そんなに見つめられるとムズムズとしてしまう。何だかフローラに見せてはいけないものを見せてしまっているようだ。

軽い興奮に俺の肉棒がピクリと動くと、フローラがまた驚いた様子でそれを眺めた。

「……奇妙な形をしているんですね。それに……大きいです」

「そ、そうかな？」

近くでフローラが喋るものだから、吐息が敏感なところにかかる。それすらも軽い刺激になって俺の肉棒はピクピクと反応する。

「血管が浮き出ていてピクピクと動いていますけど大丈夫なんですか？」

「うん、別に痛くはないよ」

俺がそう答えると、フローラはおずおずといった様子で肉棒にそっと触れる。

そのおずおずとした柔らかいタッチが、ゾクリと俺に快感を与えてくる。

「……硬いのに柔らかい。それに温かいです」

感触を確かめるようにフローラがふにふにと指で触る。フローラのしっとりとした指が先っぽに移動し、亀頭全体を撫でたり、竿の裏を這ったりする。

「……くっ！」

その度に俺の肉棒は敏感に反応して、思わず身を震わせた。自分の手の感触とはまったく違う。

「えっ？　痛かったですか？」

フローラが窺うような視線でこちらを見上げる。

「いや、違う。フローラの指が気持ちよくて……」

「そ、そうですか」

「もっと、強く握って上下に擦ってみて」

「は、はい」

俺がそう言うとフローラが、肉棒を握って上下に擦り出す。拙い動きではあるが、経験がまったくない俺にはとんでもない快楽がくるわけで、盛り上がった肉棒の先端からは透明な汁が漏れてきた。

浴場の中にクチュクチュとした水気を孕《はら》んだ音が響き出す。

「先からヌルヌルした液体が漏れてきました」

フローラが指の動きを止めて、先端から漏れ出した液体を人差し指で拭う。それから人差し指と親指で擦り合わせて糸を引かせた。純粋な好奇心でやっているだけだと思うが、何ともエロい光景である。

「先走り液だね。気持ちよくなったら出るんだ」

「そうなんですね。良かったです」

先走り液に驚いたようだが、俺がそう言うとフローラは嬉しそうに肉棒を擦り出した。

肉棒の先端から先走り液が漏れ出し、しっとりとしたフローラの指と絡み合う。そして、それが肉棒を擦る潤滑剤の役割を果たし、自然に擦るスピードが速くなった。

ヤバい。これ気持ちいい。自分では与えられない刺激に思わず腰が浮いてしまう。

血管の浮いた竿を指先で擦り上げ、手の平で亀頭の側面を撫で上げる。それが再び下りて繰り返される……。フローラのいやらしくなった手の動きに、俺の奥にある射精欲がドンドンと高まっていく。

目の前で肉棒を必死にしごいているフローラの姿を見て、俺は思う。

——咥《くわ》えてほしいなと。

フローラの口の中でイキたい。

「フローラ、咥えてもらってもいい？」

「こ、こうですか？」

嫌がられないかなと不安に思いながら言うと、フローラは一瞬躊躇《ためら》ったものの、あっさりと先端部分を咥えてくれた。

「う、うん。そうそう。そのまま舌で舐めて」

フローラの口内の温かな肉の感触が伝わり、思わずうめき声が出る。

フローラのぬるぬるとした温かい舌が先端部分を舐め回す。柔らかい舌の感触の中に、少しザラついた感触があるのがまたいい。手とは全く違う感触だ。

「それから顔を前後に振ったり、吸ってくれると嬉しいかな」

「ふぁ、ふぁい」

俺がそう言うと、フローラがゆっくりと顔を前後に振り始める。

「んっ……くちゅっ……ちゅぱっ……んっ、ん……ふぅ」

フローラの少しザラついた舌先が、口内の肉を掻き分けていく。微かに当たる歯の硬い感触すら刺激となって俺に伝わってくる。

フローラが俺の反応を窺うように上目遣いになるのがまたいい。美少女が俺の股間に顔を埋《うず》めているという視覚的な興奮が、奥にある熱いものを煮えたぎらせる。

ざらざらとした舌と唾液まみれの粘膜が余すところなく亀頭や竿に擦り付けられる。

「……フローラ、気持ちいいよ」

「んっ……ん、ちゅるる……ちゅるるっ」

安心させるように髪を撫でながら言うと、フローラが嬉しそうに笑い、俺の肉棒を一気に吸い始めた。

口内が途端に狭くなり、柔らかな舌と肉で圧迫される。そのままフローラはじゅるじゅるとした音をたてながら顔を前後に振る。

肉棒から精液を吸い出すかのような締め付ける動きに射精欲が一気に高まる。

「やばいって、フローラ。そんなことされたら、もう……っ！」

「んむうぅっ⁉」

どぴゅどぴゅと精液がフローラの口に吐き出されていく。フローラは驚いたように目を開く。肉棒が脈動してどんどんと精液を送り続けるが、それでもフローラは咥え続けて精液を受け止めてくれた。

「……ああ、すごく気持ちいい」

くらっとくるほどの気持ちよさに思わず息を吐く。今まで我慢していたものを一気に吐き出す快感はとてつもなく気持ちが良かった。そして、それをあのフローラが口で受け止めてくれるという事実がより、俺を幸福感に包んだ。

「んんっ！……んっ！」

味わったことのない快楽に酔いしれていた俺だが、苦しそうに肉棒を咥えているフローラに気付いて現実に戻ってきた。

「ああ、ごめん！　もう、咥えなくて大丈夫だから！」

俺がそう言うと、フローラはゆっくりと肉棒から口を放し、そして精液をごくりと飲み込んだ。

「けほっ、けほっ。ちょっと苦くて喉に引っ掛かりますね」

「ええっ!?　飲まなくてもいいのに」

呟き込みながら言うフローラに俺は驚く。

すると、フローラは口の端についた精液を指で拭いながら、

「えっと、飲むと男性が喜んでくれるって聞いていたので……」

ええっ、まあ、その……飲んでくれると嬉しいのは確かです。はい。

精液を受け止めて飲み込んでくれたことにより、フローラに全てを受け入れられた気がした。

「……フローラ、ありがとう」

照れながらお礼を言うと、フローラは嬉しそうに微笑み、

「気持ちよかったですか？」

「う、うん」

その素敵なフローラの笑顔に、俺は顔を赤くしながら子供みたいに頷く。

「じゃあ、次は私の背中を洗って下さいね」

どこか色っぽい笑みを浮かべて風呂椅子に座るフローラにドキドキしながら、俺は背中を洗っていくのであった。

◆　◆　◆

お互いに髪や体を十分に洗った俺達は、湯船に浸かるのもほどほどに寝室へ戻った。

本当は時間をかけてお互いの身体を隅々まで洗い合いたいところであるが、それをすると本当に我慢ができなさそうなので、泣く泣く切り上げたのだ。

後、「綺麗に洗ってからにして下さい」ということで、フローラが身体を触らせてくれなかったのである。

しかし、身体を綺麗に洗った今なら関係ない。

窓から差し込む月の光と、寝室に灯した蠟燭《ろうそく》の僅かな光がある中、俺とフローラは抱き合ってキスをする。

花畑でしたような唇を触れ合わせるようなキス。それから顔を離して見つめ合い、俺達はまた唇を重ねる。俺が舌先をフローラの口の中に押し込むと、フローラがびくりと肩を震わせながらも応えるように舌を絡ませてくる。

「んっ……んっ……」

深いキスにお互いに陶然とする。

口の中を掻き回すフローラの温かい舌に気持ちよさを感じる。このままずっとこうしていたいと思う。

「んっ……ちゅっ……ちゅぱっ……」

それからお互いの舌や唇を吸うようにキスをし、フローラの息が限界を迎えたところで唇を離す。

お互いの口から涎がたらっと糸を引いて、何とも淫靡《いんび》な光景となる。

フローラの顔を見ると、白い頬は上気し赤色に染まっていた。

どこかまだ物足りなさそうなフローラの表情を察して、俺達はもう一度キスをする。

舌を差し入れ、絡め合う。ザラリとした舌の感触、口内の温かさ、ピンク色の唇、甘い唾液の全てを味わう。

俺の舌や唇を必死に求めてくるフローラの可愛らしさが堪らない。

段々と慣れて激しいキスに移行する中、俺はフローラの豊かな胸をそっと揉みしだく。フローラの乳房はふんわりと柔らかく、それでいて張りがある。

少し指先に力を入れるだけで、むにゅむにゅと形が変わる。

凄い、これが女性のおっぱいか。柔らかい。

「んっ……はぁっ……はぁ……んんっ！」

キスをしながらの胸への愛撫にフローラの喘ぎ声がより艶やかになる。そんなフローラの声が俺の興奮をさらに掻き立てて、肉棒はあっという間に大きくなっていく。

「あっ、……アルドさんの……また大きくなってきました」

ぐにゅぐにゅと乳房を捏《こ》ねまわしていると、フローラが唇を離して大きくなった肉棒を撫でながら呟く。さわさわと亀頭が撫でられてぞわりとした快感が走る。

このままフローラに触られ続けると、また射精してしまう自信があったので今度はこちらから攻めることにする。

俺はフローラの背中にするりと身体を回して、後ろからフローラの乳房を揉み続ける。

そして、その中心点のコリコリとした少し硬い感触に気が付き、そこを人差し指と親指でキュッと挟む。

「ひゃん！」

肩を震わせて響く短い嬌声《きょうせい》。

「……フローラの乳首が立ってる」

「あ、アルドさんの手つきがいやらしいからです！」

俺がそう呟くとフローラが耳まで真っ赤にし、拗ねるように答えた。

その子供のような仕草に俺は笑って、フローラの白い首にキスをした。

フローラは俺のものだと示すように。

「……はぁっ……はぁっ……アルドさん、唇にも……」

首筋にキスを降らせていると、フローラが顔をこちらに振り向かせて蕩《とろ》けた表情を見せる。

勿論、俺もフローラとのキスは大好きなので唇を合わせて、舌を絡ませる。

それから外に出た恥ずかしがりやな乳首を俺は優しく捏ねていく。

「んっ、んんっ！　……ふぅっ……ふぅっ……」

その度にフローラの身体がビクリと反応して、くぐもった声が目の前から聞こえてくる。

唇を離し、左手で乳房と乳首をいじりながら右手を下腹部へと這わせる。フローラのすべすべとした肌の感触を楽しみながら、お尻、太ももを撫で上げて、そしてフローラの秘所へと指を入れる。

「ひゃあんっ!?」

膣に入る指の感触が強かったのか、快楽が蓄積していたのかフローラが腰を抜かした。

「大丈夫？」

「す、すいません。ちょっと腰が抜けちゃって……」

慌てて身体を支えると、フローラが「えへへ」と笑いながらこちらに身を任せる。

どうやら腰が抜けてすぐには立てないらしいので、俺は両手でフローラを抱き上げた。

「あっ、お姫様抱っこ……。九年前みたい」

俺の腕の中で幸せそうに微笑むフローラ。

「そういえば九年前も、こうしてフローラを抱き上げながら花畑を歩いたなー」

そう、九年前にフローラを助けた時もこうやって抱き上げながら歩いたのだ。

「えへへ、覚えていてくれて嬉しいです」

「まさか、あの時の少女がこんなに綺麗になるとはね」

そして、その少女と再会して恋人になる。人生とはどうなるかわからないものだ。

感慨深く思いながら、抱き上げたフローラをゆっくりとベッドに寝かせる。

ここなら腰が抜けようとも問題ないな。俺は先程の続きとばかりに、フローラに正面から近寄って太ももを撫で上げる。

「ひゃあっ、くすぐったいです」

身をよじって逃げようとするフローラの脚を捕まえて、俺はそのまま手を這わせる。

それからフローラの気が緩んだ瞬間を狙って、脚をM字に開かせた。

すると金色の薄毛が並び立つ恥丘が現れた。

フローラの大陰唇はぷっくりとしている。その上にはフードを被った肉豆に、二枚の花弁が載っており、スリットからはたらりと蜜が漏れていた。

簡単に言うと、フローラのあそこはぐっしょりと濡れているのである。

「ひゃわっ⁉　は、恥ずかしいです！」

「大丈夫だよ。とても綺麗だから」

恥ずかしさから脚を閉じようとするが、俺の手が摑んでいるために閉じることはできなかった。

確か、女性は膣をしっかり濡らさないと痛いと聞いたことがある。ここは入念に愛撫してやって奥の方まで濡らしてあげた方がいいだろう。

「痛かったら言ってくれ」

俺はフローラにそう声をかけてから、フローラの秘所に触れていく。

太ももの付け根である鼠径《そけい》部からゆっくりと秘所に。指に力はあまり込めずになぞるように指を動かしていく。

「あんっ！　ん、んんっ！　ひゃあんっ⁉」

その度に恥ずかしそうに目を潤ませるフローラから嬌声が上がる。気持ちよさそうにするフローラに安心しつつ、もっと攻めたいという気持ちが膨れ上がっていく。

それから徐々に指を動かして、大陰唇をくにくにと指で挟み、軽く押し上げたりと刺激を強くする。そして、ぷっくらと膨れ上がった肉豆を優しく撫でて、一気に膣に指を押し込んだ。

「あっ……はぁんっ⁉　それはダメですぅ」

突然の強い快感にフローラが大きく悲鳴を上げて、身をよじらせた。フローラの柔らかい太ももが俺の身体を挟みとても心地よい。

とてもダメそうには思えない声だったので、俺は遠慮なく肉豆を揉み解《ほぐ》し、スリットの中を擦る。

フローラの膣内はすでにぐちゅぐちゅに濡れているので、水気を孕んだいやらしい音が寝室に響いた。

「んあぁぁっ……あぁっ……気持ちいいです！」

指を根元までずちゅずちゅと突き進め、その中で指を折り曲げ膣壁の上側を引っかくように擦ったり、フローラの反応を見ながら攻めていく。

どうやらフローラは膣壁の上側を擦られるのに弱いらしい。そこを重点的に擦ってあげるととても気持ちよさそうに声を上げるのでわかった。

上側を重点的に擦ると愛液が奥から流れてくる。

それから俺はフローラのスリットから手を抜き、今度はそこに舌を這わせる。

「だ、ダメです！　そんなところ舐めたら汚いです！」

「そんなことないよ。さっき舐めてくれたお返しだよ」

そう言って、舌でやわやわと陰唇を刺激し、吸い付く。溢れる愛液を舌でぺちゃぺちゃと舐め取り親指で膣口をくにゅっと押し広げた。

「あぁっ！　ダメ！　恥ずかしい！」

フローラが俺の頭を両手で押さえて拒むようにするが、腕にはまったく力が入っていなかった。まるでもっと舐めてと催促しているようだ。

恥じらいながらも悶《もだ》え、求めてくるフローラが可愛い。普段は清楚な彼女が淫靡に乱れて催促してくる様が、俺の肉棒に精神的な興奮を与えてくる。

スリットの中を舌先でぐにぐにと突《つつ》いたり、肉豆を突いたりしているとフローラの腰が軽く浮いた。

「あっ、ひゃっ……らめえっ！　……アルドさん、私イっちゃいます！」

フローラの嬌声が大きなものになり、膣壁の中に入れていた指がキュッと締められる。

濡らすだけのつもりだったが、フローラが気持ちよくなってくれたのなら嬉しいことだ。

俺はフローラを昇らせるために、必死になって舌を動かす。その度にフローラは長い髪を振り乱して、あえぎ声を上げる。

「イっていいよ。フローラ」

「あああぁっ！　もうダメですぅぅううっ！」

そして、フローラがお尻を跳ねさせて絶頂した。ビクビクと身体を痙攣《けいれん》させながらクタッとする。

フローラは鼻息を荒くしながらゆっくりと呼吸をしている。

「はぁっ……はぁっ……アルドさん……」

フローラが俺を求めるように腕を伸ばすので、覆いかぶさってキスをしてやる。

「気持ちよかった？」

「は、はい」

俺がそう尋ねると、フローラが顔を赤くしてこくりと頷いた。

それが浴場で出した時の俺の姿と重なっておかしく感じてしまう。

「もう、笑わないでください！　さっきはアルドさんも照れていましたからね！」

「ごめんごめん」

子供のように怒るフローラをあやすように、俺はフローラを抱きしめる。すると、フローラは満足したのか嬉しそうに表情を緩めた。

「……ねえ、フローラ。入れていい？」

抱きしめながら耳元でそう囁くと、フローラは顔を赤くしてこくりと頷いた。

◆　◆　◆

「じゃあ、入れるね」

「は、はい」

俺がフローラの瞳を真っ直ぐ見据えながら言うと、フローラが緊張を滲ませた表情で頷いた。

これから初めて肉棒を膣に入れるのだ、無理もない。処女膜を貫かれるのは痛いと聞いているし。

これればかりはどうしようもないので、せめてフローラをリラックスさせるようにキスをしてやる。

「……大丈夫です」

少し長めの穏やかなキスをすると、フローラの強張っていた表情が柔らかいものになった。

M字に足を開くフローラの股の間に深く身体を入れた俺は、肉棒を片手で持ってフローラの膣の入り口に当てる。肉棒の先端がわずかに飲み込まれる。

温かく吸い付くような感触に驚きながら、俺はゆっくりと体重をかけていった。

「んんっ……ふうっ……あぁ」

フローラの膣内はとても狭く、肉棒を拒むかのように締め付けてくる。俺の肉棒を千切らんばかりの圧力だ。

「ううっ！　フローラの膣内、キツい」

膣壁の温かさと柔らかな肉の感触にうめき声を上げながら、ゆっくりと肉棒を進めていくと、こつりと硬い膜のようなものに当たった。

あっ、これが処女膜だ。そう思って腰の動きを止める。

それからゆっくりとフローラに視線を向けると、彼女の潤んだ翡翠色の瞳と視線が重なる。

「いくよ」

「……は、はい」

フローラが頷くと、俺は彼女の腰をぐいっと引き寄せて勢いよく中に突き込んだ。

すると、フローラの膣にある膜がぷちっと千切れ、亀頭がぬるぬると膣奥に沈み込む。

「――――っ!?　い、痛いっ！」

シーツをギュッと握りながら、苦悶の声を上げるフローラ。どうやら破瓜《はか》したようだ。

肉棒を包み込む肉ひだの気持ちよさに、思わずガシガシと腰を振りそうになるが、痛そうな彼女の表情を見て冷静になれた。

思い切り動きたいという欲望を堪えて、フローラが落ち着くのを待つ。

「……はぁっ……はぁっ……アルドさん」

荒い息を吐きながらフローラが求めるように腕を差し出してくる。

俺はフローラの求めに応じて、彼女の身体を抱きしめながらゆっくりとキスをする。

目をつぶって俺のキスを受け入れるフローラ。唇を動かして穏やかなキスをする。破瓜の痛みを忘れられるように丹念にだ。

ついばむようにキスをするとフローラのプリプリとした唇の感触が味わえて気持ちいい。

するとフローラも気に入ったのか、同じようにこちらの唇をついばんできた。彼女に求められて唇を吸われるのは悪くない。

しばらくはフローラのしたいようにキスをさせて、甘い唾液のやり取りをする。

フローラのキスに応えるように舌先を入れて絡ませる。フローラの両腕が俺の首に回された。

「んっ……ちゅっ、ちゅるる、れろ、ちゅっ」

表情を蕩けさせながら唇をむさぼってくるフローラ。俺は抱きしめていた腕を徐々に移動させて、優しく彼女の胸を揉みほぐす。柔らかな胸の感触を楽しみながらキスをして、ピンク色の可愛い乳首をいじってやる。

「んっ！　ふうんっ！　ん、んんっ！」

唇を動かしながらもビクビクと震えるフローラ。それに伴い、膣内がキュッと締まって刺激を与えてくる。

「ううっ！」

肉棒を包み込む肉ひだの圧力に思わずうめき声を上げてしまう。

そんな俺の様子に気付いたのか、フローラが唇を離し、耳元で囁いた。

「……アルドさん、動いて」

フローラの色っぽい声に興奮しながら、俺はゆっくりと肉棒を抜き差しする。

フローラの膣内はまだキツいものの、温かな肉の壁が押し寄せてにゅるにゅると肉棒に纏わりついていく。

女性の膣内はこんなにも温かくて、にゅるにゅると包み込み、きゅうきゅうと締まってくるものなのか。そんなことを思いながら腰を動かす。

亀頭を入り口付近まで引くと、破瓜出血による赤い液体が見えて鉄臭い匂いがした。

痛々しい光景ではあるが、自分の肉棒を女性の膣内に入れていると自覚させられて興奮した。

さらに硬くなった肉棒を押し込んでは引き抜くという行為を繰り返す。

フローラのぷちぷちとした膣ヒダは押し込むと抵抗してくるのに、引き抜こうとするときゅるきゅると締まって抜かせまいとする。

その度に俺は、肉棒から魂が抜かれるのではないかという快楽を味わわされる。

やばい、腰が抜けてしまいそうだ。

「ああっ……んんっ……んっ……ん」

腰を振って打ち付けると、フローラの大きな胸がプルンプルンと形を変えて揺れる。

その柔らかそうな胸を鷲摑《わしづか》みにして揉みしだく。

フローラの肌にはじっとりした汗が滲んでおり、それがより彼女の甘い匂いを強く漂わせた。

「はぁ……はぁ……んんっ……ん。アルドさんのが入っています。あっ、ああっ」

ゆっくりと腰を振って膣内を搔きまわしていると、フローラの喘ぎ声が柔らかいものになっているのに気付いた。肉棒で膣内をほぐすことによって、少し破瓜の痛みが和らいできたのだろう。

これなら少し速く動いても大丈夫そうだ。

そう思った俺は先程よりも激しい勢いで腰を振る。

「あっ、ひゃっ、ああんっ！」

ベッドがギシギシと鳴り、汗の雫が飛び散る。

フローラの色っぽい声と、強い膣内の刺激に興奮が募っていく。

腰を振りながら、フローラの勃起した乳首をくにくにと摘まんだり、引っ張ったりする。

「やあん！　乳首摘まんじゃダメですぅ！」

乳首をいじる動きに合わせて、フローラの膣がきゅっと締まる。

吸い出されるような肉ヒダの動きにより、肉棒が大きくなり硬度を増す。射精をしたいという欲望がドンドンと高まってきた。尿道が熱くなっていくのがわかる。

この抵抗するような肉の壁を掻き分けるのも、引き抜く時に絡みついてくる感触も心地いい。この温かくて柔らかい狭い穴をもっと感じていたい。

「ああっ！　アルドさんのが大きくなって、硬くなっているのがわかります」

膣に入れられていることで肉棒の変化がわかったのか、フローラがそのような声を上げる。そんな言葉でさえ、今では股間に響いてしまう。

「……ううっ、もうすぐイきそう」

「いいですよ。アルドさん！　出してくださいっ！」

呻きながらも腰を振り続ける俺に、フローラが膣をキュッと締めて叫んだ。

お尻に力を入れて耐えていたのだが、フローラのその言葉と締め付けによって俺の肉棒が限界を迎える。

「ううっ！　フローラ！　出るっ！」

俺はせめてもの抵抗とばかりに、亀頭を膣奥深くに押し込んだ。

ビュルッ！　ビュルルルッ！　ビュルルルッ！　ビュルッ！

肉棒から精液が勢いよく噴出し、フローラの子宮の中で跳ねるのを感じた。

「ああっ⁉　あったかいっ！」

それによりフローラの身体がピクリと跳ねあがる。精液が発射された衝撃で軽くイったのだろう。目の前が真っ白になり、肉棒からくる快楽の波に頭が支配される。

腰が抜けそうなほどの快楽。膣が収縮し、精液を搾り取ろうとするのがわかる。それにより吸い出されるようにビュルッと精液が出た。肉棒は短い脈動を繰り返す。

フローラは精液が吐き出される度に、身体をピクリと震わせる。

肉棒が精液を送り終わるのを確認すると、俺は敏感になった肉棒に絡みつく肉ヒダの感触に悶えながら、膣から肉棒を引き抜いた。

「ふーっ……」

膣から肉棒を引き抜くと、フローラのスリットから破瓜出血と精液の入り混じったピンク色の粘液がドロリと出てくる。決して上品な光景ではないが、俺にはそれが酷く淫靡に見えた。

フローラはぐったりとして目を閉じている。白い肌には汗が滲んでおり、ほのかに上気しピンク色になっていた。

「はぁ……はぁ……はぁ」

荒い息で呼吸するフローラの頭を撫でる。すると、フローラは気持ちよさそうに表情を緩めて、ゆっくりと目を開けた。それからどちらからともなく微笑み合い、俺が覆いかぶさるように彼女にキスをする。唇を重ねるだけの優しいキス。

どちらからともなく唇を離すと、フローラがにっこりと微笑んでくれる。

この笑顔に俺は包み込まれ癒される。彼女が傍にいるだけで心地よく、胸がポカポカし、日常が色鮮やかに彩られる。

こんな彼女に九年間もずっと想われていただなんて、俺は何て幸せなんだろうか。

「……フローラ」

「……はい」

そんなことを思いながら、俺はフローラの名前をゆっくりと呼ぶ。もう二度と忘れないように自分の胸に刻みつけるように。

「愛してる」

「……私もです。アルドさん。愛しています」

俺がそう言うと、フローラがこれまでにないほどに幸せそうな笑顔を見せる。

俺を愛してくれる人がここにいる。その笑顔を見ると、心からそう思えた。胸の中に温かなものがじんわりと広がって満たされるような感覚。

俺の胸にぽっかりと空いたものは、すでにフローラで埋め尽くされていたのだった。

エピローグ　これから始まる二人の生活

いつもと同じ朝の時間。暖かな日差しが窓から差し込むことによって俺の意識は覚醒した。

目をゆっくりと開けてボーっと天井を眺めていると、右腕に少しの重さと柔らかさがあるのに気付いた。

ゆっくりと呼吸をすると、ふんわりとした甘い香りが鼻孔をくすぐる。

「……すー……すー……」

ゆっくりと首だけを右方向に向けると、そこには規則正しい寝息を立てる妖精の如く可憐な女性が横たわっていた。

纏っている衣服はシーツのみで、ほぼ生まれたままな姿だ。

絹のようなさらりとした癖のない金髪は日の光に当たって、キラキラと輝いていた。

端整な顔立ちをしており、どこかあどけない表情を残した女性。伏せられた切れ長のまつ毛の奥には、エメラルドのような美しい翡翠色の瞳があるのを俺は知っている。

そう、彼女はつい昨日俺の恋人になったフローラだ。そう思うと、酷く驚いた自分の心が少し落ち着いてきた。

肩までかけたはずのシーツは寝相のためか、胸元までずり下がっており柔らかそうな胸が露出している。それが呼吸によって規則正しく動くせいか、生理現象で元気な息子が余計に元気になるのを感じた。

心が落ち着いたというのに、下の方は落ち着きがないな。

朝から肉棒をいきりたてながら挨拶をするのはカッコが悪いので、俺はフローラの胸を極力見ないようにしてシーツを肩まで被せてやる。

季節は夏に近付いてきたとはいえ、まだまだ早朝は肌寒いからな。

しばらく視線を窓の外にやって、猛る気持ちを静めるようにボーっとする。

それから下の方が落ち着くのを感じてから、穏やかな寝息をたてて眠るフローラに視線をやる。

自分よりも九歳も年下の彼女だが、こうして寝ている姿を見ると年齢はもう少し下なのではないかと思える。ぐっすりと寝ているフローラを眺めているとそんなことを思う。

それくらいフローラの寝顔は可愛らしくて無防備で……。自分の傍でそのような表情を見せているのだと思うと誇らしく思えた。

空いている方の左腕を動かして、フローラの頭を撫でる。

相変わらずフローラの髪の毛は綺麗だ。

こうやって手で梳《す》いても髪の毛がひっかかるようなことはない。すっと流れるように指の間を流れていくのだ。サラサラとした髪は非常に手触りがよく、ずっと触っていたいとさえ思える。

「……すー……んっ……すー……」

思わず夢中になってフローラの髪を撫でていると、彼女の規則正しい寝息が一瞬だけズレた。

呼吸のペースが偶然乱れただけかと思ったが、フローラの眉が一瞬驚いたように跳ね上がったことに気付いた。

それにフローラの頭が載っている右腕に僅かな体重の移動を感じられた。

「…………」

……フローラってば起きたな。

「……すー……ふうー……」

しばらく、無言になりながら髪の毛を撫でてみるがフローラが起きる気配はない。

俺の推測は一瞬勘違いなのだろうかと思ったが、髪や頭を撫でてやるとどことなく表情が緩んでいた。それに先程まで白かった頬が、ほんのりとピンク色に染まっている。

これは間違いなく起きているな。

このまま気が済むまで撫で続けるのもいいかもしれないが、寝たフリをしているフローラを見ていると悪戯心が芽生えてきた。

頭頂部や側頭部を撫でていた左腕をずらして、フローラの柔らかな頬へ持っていく。

「……すー……んっ！　……すー……」

すると、フローラは一瞬だけビクリと身を震わせた。

敏感な肌を持つフローラのわかりやすい反応に、思わず顔がにやける。

そして、未《いま》だに眠ったフリを装おうとしている彼女に愛らしさを感じた。

フローラの頬の肌は、もっちりとしておりすべすべだ。

すーっと優しく撫でてやると、指や手の平に吸い付いてくる。

指先でぷにぷにと突《つつ》いてやると、弾き返すような反応があった。

ぷにぷにと突くのが楽しいのだが、あまりやり過ぎると怒りそうなのでほどほどにしておく。

それから俺は指を頬から首筋へと這わせる。

こうするとやはりくすぐったいのか、ピクピクと堪えるように身動ぎしだす。

それから俺は最後にフローラの顔へと近付き……。

「ひゃうんっ！」

フローラの耳たぶを甘噛みしてやった。

これにはフローラもたまらずに甘い声を上げた。

「あはは、やっぱり起きてた」

「もう！　酷いです！」

俺が声を上げて笑うと、フローラが閉じていた目を開けて抗議するような視線を向けてくる。

その子供のような拗ねた表情が、とてもおかしく思えて俺はさらに大きな声を上げる。

すると、フローラは益々不機嫌そうな表情になっていった。

いかにも私不満なんです！　怒っているんですよ！　と顔に文字で書いてあるかのようだ。

「アルドさん！」

「はいはい、わかってるよ」

フローラが怒った理由を理解している俺は、素直に返事して彼女に唇を合わせる。

すると、彼女は不満げな表情を柔らかいものにして、そうだとばかりに「んっ」と声を漏らした。

しっとりとして柔らかいフローラの唇の感触が、ダイレクトに伝わってくる。

昨日あれほど唇を重ねて数時間ぶりのキスだというのに、俺の心は焦がれていたものをやっと手に入れたような感覚だった。

朝の穏やかな鳥の鳴き声が聞こえる中、俺とフローラは唇を重ね続ける。

それからゆっくりと顔を離して、どちらからともなく目を開けた。

フローラの頬が照れにより赤くなっていくのがよくわかる。

それと同時に俺の顔にも熱いものを感じた。多分、俺も同じように赤くなっているのだろうな。

鏡を見なくてもわかる。

「えへへ、おはようございます。アルドさん」

フローラがはにかむように笑って、朝の挨拶をしてくれる。

「おはよう、フローラ」

俺もそれに笑顔で応えた。自分でも驚くほど柔らかい声音だと思った。

こうして朝起きると、愛している女性が挨拶をしてくれる。

それだけで、俺の心は朝から空のように澄み渡っていくのを感じた。

これからは家で起きても一人ではなく、フローラが笑顔と共に挨拶をしてくれる。それだけで眠気が吹き飛び、朝から幸せな気持ちになれる。

冒険者を辞めて、この村に来たのだが、まさかこのような可愛らしい女性と恋仲になって一緒に暮らせるとは夢にも思っていなかったな。

「……大好きな人が朝の挨拶をしてくれるって幸せだね」

俺がフローラを見つめながら呟くと、彼女は驚いた表情を浮かべた後にクスリと笑い、

「これからは挨拶だけでなく、料理も、掃除も、見送りも、出迎えも、お休みも……。いつも一緒ですよ」

「そうだね。これからはいつも一緒だね」

大好きな人と生活を共にできる。そう考えるだけで毎日の何気ない行動が二倍も三倍も、いや、十倍、百倍と楽しみに感じられた。

朝はフローラの美味しい料理を食べて、家事を一緒にしたり、一緒にお菓子を食べたり、何気ないことを話したり、狩りから帰るとフローラが笑顔で出迎えてくれたり……。

フローラとの生活を想像するだけで頬が緩んだ。

「じゃあ、早速朝ごはんを用意しようか。今日はラディッシュの収穫日だし、ラディッシュを使おう」

「そうでしたね！　アルドさんが初めて育てたラディッシュを収穫してお料理しましょうか！」

俺が身体を起こしながらそう言うと、フローラもがばりと身を起こして元気よく言う。

それにより、俺にかかっていたシーツと、フローラの肩にかけられていたシーツが同時にストンと太ももの上に落ちた。

俺の上半身や、フローラの美しい胸の膨らみと腰のラインが露わになる。

「……あっ」

「きゃっ！」

ベッドで一夜を共にしたとはいえ、裸を見られるのは恥ずかしいのかフローラが勢いよくシーツを身体に纏わせた。

恥ずかしさから、顔や耳まで赤くして背を向けるフローラがとても可愛らしい。

俺の恋人が恥ずかしがりやなのは変わらないようだ。

エピローグ2　黒衣の男

「……竜殺しのアルドレッドがこの国から消えたそうだぞ」

闇に男の声が響く。

魔道具による光が溢れたその一室。夜であるというのに昼間と同じ、それ以上の灯りを確保できるのは持ち主が財力に富んでいることの証《あかし》でもある。

豪奢な椅子に腰をかけるのは一人の金髪碧眼の青年だ。

自尊心の高そうな切れ長の瞳を、青年は前方に立っている黒衣の男に向けている。

「そんなことはとっくに知っている。一体何の用だ？」

青年の気安く語りかけた言葉に対して、黒衣の男の反応は冷たい。

室内であるというのに羽織っている黒衣を脱ぐことをせずに、頭まですっぽりとフードを被り込んでいる。肌の露出は全くなく、手には黒い手袋をつけている。まるで影がそのまま具現化したかのようだ。

「まったく、ゾアックはつれないなぁ。もう少し会話を膨らませてくれてもいいのに」

「俺はお前と会話を楽しむためにここに来たんじゃない」

ため息を吐きながら言う青年の言葉に、ゾアックと呼ばれた黒衣の男はすげなく答えた。

「はは、相変わらずゾアックは厳しいね。あれかな？　ご執心であるアルドレッド君が勝手にいなくなったから拗ねているのかな？」

「……帰る」

青年のからかいの言葉を受けた黒衣の男は、くるりと背中を向けて出口の扉に手をかける。

「アルドレッドの居場所の手がかり……」

そして黒衣の男が扉を少し開いて、足を踏み出さんとしたところで青年の声がポツリと響いた。

「………」

黒衣の男が振り返ると、そこには椅子の上でにっこりと笑みを浮かべる青年。

黒衣の男は口元を僅かに顰《しか》めた後、扉から手を離して元の位置に戻った。

室内に用意されているソファーに座って、話を聞く体勢に入らないのは彼のせめてもの抵抗だろう。

「僕の情報網を使ってわかったことだけれど、彼はどうやら王国から出て西方面へと行ったらしい」

「……西？　となるとヴェスパニア皇国か？」

黒衣の男の表情はフードに覆われているために窺うことはできないが、その声音からしてアルドレッドに対しての並々ならぬ興味があるのがわかる。

「そこまではわからない。その奥にあるシルフィード王国なのかもしれないし、西へ向かった黒髪の旅人が本当にアルドレッドなのかさえもわからない」

「………」

肩をすくめて言う青年に対して、黒衣の男は黙り込む。

「だけど、彼が姿を消したであろう日付からして、その黒髪の旅人が目撃された日にちは辻褄《つじつま》が合うからアルドレッドである確率は高いと思う。目撃した人達が、彼にお世話になったことのある農民というのも情報の信頼性が高いね」

戦闘技術において様々な能力を持つアルドレッドであるが、さすがに誰の目にも留まらずに国を跨《また》ぐのは無理があった。

勿論、衛兵や商人、重要な役職にあるもの、横の繋がりが厚いものに見つかるようなヘマはしなかったが農民の目までは躱せなかった。

冒険者時代にアルドレッドがこなした魔物の討伐クエスト。それに対して感謝している農民はかなりの数がいる。

王国兵がアルドレッドの捜索に宿屋や酒場、冒険者ギルドの支部といった主要個所を探っている間に、この青年は真っ先に農民に聞き取りをして不確かではあるが情報を掴んだのだ。

「……あいつは昔からあちこちを動き回っていてお節介を焼いていたからな。それが裏目に出たな」

黒衣の男がそう言って笑う。

それはアルドレッドを嘲笑《あざわら》っているかのようであり、その行動を懐かしむようでもあった。

「今はここまでしかわかっていないけど、僕の頼みたいことはわかっているかな？」

「ああ、アルドレッドの奴をここに連れ戻せばいいんだろ？」

「そうだよ。それが僕の今後にとって重要だから」

青い瞳を細めて笑う青年ではあるが、その瞳の奥には野望の炎が蠢《うごめ》いていた。

これ以上何かを話す様子がないとわかったゾアックは、再び出口へと歩き出す。

「もう少し待てば、詳細な情報が出てくるかもしれないけど？」

「いや、方角さえわかれば後は自分で捜せる。奴のことだ、クエストで立ち寄った際に気に入った村にでも逃げ込んでいるのだろう」

「さすがは同じ冒険者。その様子だと彼が見つかるのは時間の問題かな？」

ゾアックの言葉を聞いた青年は、ご機嫌そうに窓から暗闇に包まれた王都を眺める。

窓には雨粒がしきりに叩きつけられており、外では雨が激しく降り注いでいるのがわかる。

それから青年は思いついたように、扉から出ようとするゾアックに声をかけた。

「連れ戻す際に決闘をしても構わないけど絶対に殺さないでね？」

「……ああ」

そう短く答えると、もう用はないとばかりにゾアックは室内を後にした。

室内を出たゾアックは、魔道具の光がまばらに輝く廊下を突き進む。

途中で屋敷の使用人が案内を進み出るも、ゾアックは無用とばかりに全てを断った。

無駄に広くて明るい屋敷を出たゾアックは、激しく降る雨の中を躊躇なく進んでいく。

「……アルドレッド。俺は勝ち逃げなど許さないからな」

翻る黒衣が、闇の奥に溶けるように消えていった。

書き下ろし短編　九年前の出会い

「あんまり奥に行っちゃダメよ？　フローラ」

「はーい！　わかってる！」

お母さんに見送られながら私は家を飛び出す。

この春で私の年齢は九歳になった。まだまだ成人扱いされる歳じゃないけど、この年齢になると任される仕事が多くなる。

家の掃除、料理のお手伝い、近所の人との物々交換、畑の手入れなどなど。

家でできる仕事も嫌いじゃない、むしろお手伝いをするのは好きだけど、たまには私だって遠くに行ってみたい。

友達であるアイシャは既に一人で花畑にも行ったことがあると言っていたのだ。

何だかズルいと思う。私だって一人で花畑に行けるのに。

だから私も一人で行ってみたい。同い年であるアイシャも行ったんだから私も行けないはずはない。

お父さんとお母さんに、そんな風に言った結果、私は一つのお仕事を貰うことができた。

それは一人で花畑に行って、お母さんに頼まれたお花を摘んでくること。

お父さんとお母さんは凄く心配そうにしていたけど、一人でお花畑に行ける私は心が弾んでいた。

お花を入れるバスケットをめいっぱい振りながら道を歩く。

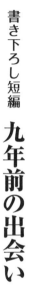

バスケットの中には水筒が入っているので少し重かったけど、今は嬉しさで溢れているお陰か、そんなことはまったく気にならなかった。

今ならどんな重い物でも持てる気がする。

毎日歩いている家の前でさえも、これから一人で花畑に向かう道の一つだと思うと妙に嬉しくなった。今日は一人で花畑に向かうんだって。

毎日見ているはずの道も民家も木々やお花も、今日はより新鮮で鮮やかに見えた。

上機嫌で歩いていた私は、ふと民家に飾ってある綺麗な花に気が付いた。

その花の美しさに見惚れて、私はテクテクと民家に近付く。

赤とピンクの花弁が折り重なっている花で凄く綺麗だ。匂いを嗅いでみると甘い匂いがする。一体何て名前の花なんだろう？

「おっ！　フローラちゃん、今日はお出かけかい？」

小首を傾げながら花を突《つつ》いていると、民家からおじさんが出てきた。

「ふえっ⁉　いやっ、はいっ！　行ってきます！」

顔は見たことのある人だけど会話をしたことは全くない。私は人見知りな性格なので、慣れていない人が相手になるとどうしても頭が真っ白になる。

ちょっと怖い顔をした男の人だし変なことを言って怒られたらマズいので、私は一目散にその場を離れた。

「おっ？　おお、いってらっしゃい」

「フローラちゃんは人見知りする子なんだから、怖い顔したあんたが近寄ると逃げるでしょうが」

「……わかってるけど、傷付くぞ」

おじさんの家から走り出した私は、気が付けば村の広場にまでやってきていた。

手足が怠《だる》くなって、息が辛くなったところで思わず振り返る。

良かった、おじさんが怒って追いかけてきたりはしていないみたい。

胸を撫で下ろした私はホッと息を吐く。

しばらくして息が整うと、喉の渇きを感じたのでバスケットから水筒を取り出した。

蓋をキュッと開け傾けると、冷たい水が口の中に流れ込んできた。

「はあー……美味しい」

喉が潤ったことと、緊張感がなくなったことで安心した声が漏れる。

喉が渇くからとお母さんが持たせてくれた水筒を早速使ってしまった。

いきなり全力で走るとは思わなかったな。

水がこぼれないようにきちんと蓋を閉めると、バスケットに水筒を入れ直す。

一息ついたところで、私は広場から伸びる道を確認する。

「えーっと、広場から西だから右だね」

お母さんとお父さんと一緒に行った時の道順や会話を思い出しながら、私は道を歩いていく。花畑への道のりは広場から伸びる道を西に真っ直ぐ進むだけ。

ここで間違えていなければ、後は真っ直ぐ進むだけで花畑につく。

広場から離れるにつれて民家が遠くなっていき、草原や畑が多くなっていく。

人見知りをする私からすれば、人の多い広場近くは少し苦手なのでホッとする。

周囲にある木々や草花、遠くの畑で作業をする人達を眺めながら私は足を進める。

柔らかな風が吹く度に、サーっと草の音がなって心地よい。聞いているだけで涼やかな気分になれる。

肌を撫でる風の気持ち良さに目を細めながら、私はお母さんがいつも歌っている鼻歌を歌う。

有名な曲や、意味があるものではないらしいけど、いつもお母さんが綺麗な声で歌っているので自然とリズムは覚えた。

私もお母さんのような綺麗な鼻歌を歌えるようになりたいので、花畑の道のりまで鼻歌を歌い続けた。

◆　◆　◆

鼻歌を歌いながら並木道を通り抜けると、広大な花畑が広がっていた。

「うわあっ！　今日も綺麗！」

その余りの美しさに私は喜びの声を上げる。

もう何度も見た景色だけど、一向に飽きることがない。

それほど視界を埋め尽くす花畑は美しい。ただ、それとはまた違った意味で飽きない理由がある。

そう、この花畑は季節によって色を変えるのだ。

春になれば赤やピンク、オレンジといった暖かい色に。冬になれば青や紫や水色といった冷たい色に変わる。夏や秋はその中間の色で、色々な色が混ざった色になるのだ。

つまり、一日一日に花の色が変化していくってこと。

毎日違った色の花を見ることができるの。

できることなら毎日花を眺めて観察したいと思う。

一年中花が咲き続けているし、本当に不思議だ。

たまにやってくる旅人は、知っている花がまったく違う色をしているので凄く驚くのだ。一体どっちが正しい色なのだろう。考えるだけでも面白い。

花畑の入り口で花を眺め続けた私は大きく深呼吸をする。

すると、爽やかで少し甘い花独特のいい匂いが漂ってきた。

「この匂い……好きだなー」

ほのかに香る土の匂いや、草の匂いすらも好きだ。

けれど、お母さんの匂いが一番好きかな。お母さんはいい匂いがするだけじゃなくて、嗅いでいると凄く安心できるから。

お母さんの匂いを思い浮かべたことで、私は頼まれていたお仕事のことを思い出した。

「えっと、確か頼まれていたのか『コンロン』『ヴェロニカ』『ムニニカ』『シンジョウ』だったかな？」

お母さんから頼まれていたのは確かその四つだ。

コンロンとシンジョウは家に飾るために。そして、ヴェロニカとムニニカはサラダに混ぜて食べるためである。

あんまり美味しいとは思えないけど、食べると肌が綺麗になるってお母さんに言われているので食べるようにしている。

だって、私もお母さんみたいに美人さんになりたいから。

自分がお母さんのように綺麗に成長した時の姿を思い浮かべながら、私は花畑を歩き出す。

その時私はふと思った。自分がお母さんのように美人さんになった時、私の傍には誰がいてくれるのだろうと。

私の旦那様になる男の人……。

男の人とはまったく喋ったことがないのでよくわからない。

男の子って、ちょっと乱暴で我儘で苦手なイメージがある。

私の傍にいてくれる男の人は、お父さんのように優しい人がいいな。

そんなことを考えながら歩いていると、花畑の中に一人の男性が立っているのに気が付いた。

黒い髪に黒い瞳をした珍しい男の人だ。身長は私よりもすごく高くて、体つきもがっしりとしている。

髪や瞳だけでなく、服やマントも真っ黒だったので鮮やかな花畑の中ではとても浮いているように思えた。

あまり村の中を歩き回る私じゃないけど、どう見ても村人とは思えないし、あんな恰好をしている男の人は見たことがないし。

腰には剣があることから、旅人や冒険者という人かな。

——何だか、とても寂しそうな顔をした人だな。

私は彼の横顔を見てそう思った。

よくわからないけど、どこか憂《うれ》いを帯びた表情や佇まいはとても寂しそうだった。凄く大きな人でがっしりとしているのだけれど、不思議と強い風にでも吹かれてしまえば儚《はかな》く消えてしまう。そんな気がした。

こんなにも綺麗な花畑を見ているのに、どうしてそんなに寂しそうな顔をしているのか不思議だった。もっと笑えばいいのに。

綺麗な花を見ているのに悲しくて寂しそうな表情をしている彼に、私は思わずムッとした視線を送る。

すると、ボーっと花畑を眺めていた彼の視線がスッとこちらに向いてきた。

「――っ⁉」

鋭い瞳に射貫《いぬ》かれることにより、私は思わず肩を震わせる。

その真っ黒な瞳はどこか感情味がなく、私を吸い込んでしまいそうで怖かった。

私は涙目になりながらも不思議と逃げることはせずに立ち尽くす。

すると、彼は私から興味を失ったのか、スッと視線を花畑に戻した。

私は身体から強張った緊張感が抜けていくのを感じながら、彼を眺め続けた。

でも、彼はもうこちらに視線を向けることはない。

その横顔や瞳から彼の気持ちを知ることはできないけど、私に話しかけたり意地悪をするようでもなさそうだ。

私は立ち尽くす彼から離れて、頼まれた花々を摘むようにした。

◆　◆　◆

変な男の人から離れた私は、順調に頼まれていた花々を集めていた。

「ムニニカ、コンロン、シンジョウは大分集まってきたかな……」

バスケットの中には三つの草花がたくさん入っていた。

ムニニカのピンク、コンロンのオレンジ、シンジョウの黄色といった花々が折り重なり、バスケットの中は凄く綺麗だ。

「だけど、ヴェロニカがちょっと足りないな……」

コンロンなどの花々は十個あるのに対し、ヴェロニカだけは一つしかなかった。

花畑に入って結構な時間探し回ったのに対してこれだ。

ムニニカに比べて花自体が小さく、希少だけど一つだけしか採れなかったというのは少しダサい。

どうせなら、たくさん採ってお母さんやお父さんに褒めてもらいたい。

そう思った私は、もう一度ヴェロニカの花を探すことにした。

周辺にヴェロニカの花がないことを確認した私は、立ち上がって別の場所へと移動する。

ヴェロニカは花弁が五枚ある赤い小さな花だ。

花自体に特徴が少ないのが見つけにくい理由の一つだが、大きな理由としては他の花に比べると背丈が低いことである。

つまり、背の高い花に埋もれると中々見つからない。

他の花を押し退《の》けながら探さないとダメなのだ。

「……ないなー。どこなんだろう？」

歩いては花を掻き分けてみるも中々ヴェロニカの花は見つからない。

こうしていると、いつもすぐ見つけるお母さんの凄さが改めてわかる。

目的の花が見つからないことにモヤモヤとしながら歩く私。

「……あっ、まだいる」

変な男の人がさっきと同じ場所にいた。

それはもう先程とまったく変わらない体勢と表情で、ジーッと遠くを見つめていた。

それはまるで美しい花畑を脳裏に焼き付けるかのように。

彼は無言でそこに佇む。

ずーっと同じ体勢で疲れないんだろうか。ずっと同じ場所を見ていて楽しいのだろうか。

ここの景色を気に入っている私でも、こんなに長い時間同じ体勢で同じ場所を見続けるのは飽きてしまう。

でも、彼は飽きることがない。

それほど、ここの景色が気に入ったのかな？

花畑は私の物ではないけど、そう思うと少し嬉しくもあり誇らしくなった。

別にまだまだ時間はある。もう少し奥の方に行けばヴェロニカの花は見つかると思う。今はこの花の景色に見入っている彼の邪魔をしたくなかった。

◆　◆　◆

そんな私の考えは外れて、ヴェロニカの花はまったく見つからなかった。

何度も手で花を掻き分けたせいか、手は土に塗《まみ》れており青臭い。

それに葉っぱで指を切ってしまったのか所々には切り傷のようなものができていた。

ちょっと痛い。探している花は見つからないし、手は痛いし泣きそうになった。もう帰りたい。

でも、頼まれた花も摘むことができずに泣いて帰ったりしたら、やっぱり私一人では無理だと思われて、こういう仕事は頼まれなくなるに違いない。

それは嫌だったので、私は意地でもヴェロニカを見つけてやろうと思った。

でも、その前に手にある切り傷が痛む。

傷口が開いたせいか指からツーッと血が出てきた。

ヒリヒリと痛む指と血が流れる光景を見ると泣きそうになる。

そうだ。こういう時はキルク草を塗ればいいんだ。

キルク草は薬草だ。すり潰したものを傷口に塗り込むと、怪我の治りが早くなり痛み止めになる。

私は身体を動かすのが苦手なので昔から何度も怪我をする。だから、キルク草による怪我の応急処置も何度も経験済みだ。

この指にある切り傷だと、少しすり潰したものを塗り込めば十分に痛みがなくなる。

まずはキルク草を塗って、切り傷の痛みを止めてからヴェロニカを探そう。

そう思った私は花畑の奥へと進んでいった。

花畑にポツリとある樹木を越えて山道へと入ると、花々の姿はなくなり樹木が多くなってきた。私とは比べ物にならないくらい大きな木々が並び、そこから伸びる葉っぱが地面に陰をつくる。そのせいか、日中にもかかわらず森の中は少し薄暗かった。

視界が悪いのは少し怖いが、ここだってお母さんと何度も来たことがある。キルク草が生えている場所だって知っているし、へっちゃらだ。

そう自分に言い聞かせると、怖い気持ちが遠くにいった。

足場の悪い傾斜道やデコボコ道を進むと、木々が開けた場所にたどり着いた。

そこには太陽の光を遮る葉っぱがないのか、その場所だけは明るく輝いていた。

茂みを掻き分けながらそこに行くと、やっぱりキルク草が生えていた。

これでヒリヒリとした痛みとバイバイできる。

私はそんなことを考えながら笑顔でキルク草を摘んでいく。多めに摘んでおいてお母さんにもプレゼントしよう。きっと喜ぶはず。

キルク草を摘んだ私は、綺麗な石を適当に二つ見つけてキルク草を石ですり潰していく。

薬草独特の青臭い匂いがぷーんと漂ってきたけど、我慢してすり潰した。

指にある切り傷を水筒の水で洗い流した私は、すり潰したキルク草をゆっくりと塗っていく。

ちょっと痛くてジーンとする。それに薬草独特の匂いがして最悪だった。

キルク草の効果が出るまで、私は近くにある切り株に腰を掛けて休憩をする。

今日は一日歩き続けたので少し疲れた。

ホッと息を吐いた私は水筒を手に取り、蓋を開けてゴクゴクと水を飲む。

冷たい水で喉を潤した私は、何となく足をプラプラと振りながら空を仰いだ。

「……今日も空は青くて綺麗だな」

ぽっかりと空いた木々の隙間から空を眺めてそう思う。

空は当たり前のように存在しているけど、どうして青いんだろう？

お父さんやお母さんにも聞いたことはあるけど、二人にもわからない様子だった。空だけじゃない。どうして花畑の色が変わるのかも私達はわからない。

私達の身の回りはたくさんの不思議で溢れているなぁ。

そんなことを考えている内に時間が経過したのか、キルク草の効果が表れてきて切り傷の痛みがなくなってきた。

「よし、これでヴェロニカを探しに行ける！」

そう思って切り株から降りると、前方に赤い生き物がいるのが見えた。

森の中にそぐわない鮮やかな赤色はひどく目立つので、私は思わず凝視する。

すると、赤い生き物は木々の間からのっそりと顔を出し、こちらへと視線を向けた。

赤いクマだ。それも大人よりも大きなクマ。

ギラついた視線を受けた私は、本能から恐怖を感じて一目散に逃げだした。

「ゴアアアアアアアアアアアッ！」

すると背中の方から途轍《とてつ》もない叫び声が上がるのを感じた。

「きゃあああああああっ！」

鼓膜を震わせるような音の暴力を受けたことにより、私の身体が強張り足が回らなくなる。まるで走り方を忘れてしまったかのような錯覚に陥った私は、土の上をゴロゴロと転がった。

痛い、怖い。わけがわからない。

どうしてあんな怖い生き物がいるの？　あんな生き物知らない。

「ゴアアアッ！」

大きなクマが叫び声を上げながら、こちらに走ってくるのがわかる。

その凶暴な表情と鋭く尖った牙。土を捲り上げる大きな爪。そして私に向けて放たれる敵意のようなもの。

それらを認識することで、あの生き物は自分を傷つけようとしているのがハッキリとわかった。

もしかして、あれは人を襲うという魔物なの？　そうだとしたら私は襲われて死んでしまう。

そんな思考が脳内で巡り、身体が冷たくなっていくのを感じる。

「……嫌、嫌。来ないで」

嫌だ。死にたくない。痛い思いもしたくない。もっとお父さんとお母さんと一緒にいたい。

私は強張った身体を何とか動かそうとするが、動かないことに気付いて絶望する。

「え？　どうして動かないの？」

恐怖で身体が竦《すく》んだせいなのか、いつものように身体を動かそうとしたのにまったく手足は動いてくれなかった。

徐々に近付いてくる赤くて大きなクマ。大きな口を開けており鋭く尖った牙が見える。その鋭い牙で私を食べちゃうの？　それともその太い爪で私を切り裂くの？　様々な死の予想が脳裏に浮かぶ。

恐怖で歯がガチガチと鳴り、瞳からボロボロと涙があふれてくる。

怖い。怖くて堪らない。けれど視界が涙で滲んだお陰か、大きなクマが見えなくなった。

そうだ。このまま目を瞑ってしまおう。そうすれば、もう怖い思いはしなくて済む。

そう思った私は迫りくる大きなクマを前にして、涙を流しながらギュッと目を閉じた。

それから来たるべき痛みに耐えるように、ギュッと唇を噛みしめた。

しかし、次の瞬間私を襲ったのはクマの牙や爪による痛みではなく、クマの痛みを訴えるような悲鳴だった。

『ゴアアアアアアアアッ⁉』

目を開けるのは怖かったが、気になったので恐る恐る目を開けてみる。

すると、私の目の前に見えたのは黒い何かだった。

涙でぼやける視界ではそれしかわからないので、私は慌てて涙を手で拭う。

すると、私の目の前には花畑にいた黒い男の人がいた。

黒い髪の毛に黒いマント。私をクマから庇《かば》うように立っているので背中しか見えないけど、さっきの男の人だというのがわかる。

私が呆然と後ろ姿を眺めると、男の人はちらりと振り返り、

「……大丈夫か？」

初めて聞いた彼の低い声に、私はぼんやりしたまま頷いた。

……何だろう。凄く安心するような声だ。

優しげなお父さんの声とは違い、少し力強い。けれど、そこに圧迫感はなく私を優しく包み込む

ような柔らかさがあった。

「……そうか。ちょっと目を瞑っていろ。子供には少し刺激が強い」

剣を構えながら私に目を瞑れという彼。

彼の銀色の刀身にはべったりと赤い何かがへばりついていた。いつもの私なら絶対に目を背ける光景。でも、何故か私は彼から目を背けることができなかった。

私が目を瞑らないせいか彼は少し困惑の表情を浮かべる。

私を気遣っての言葉なのに私が従わないからだろう。普通なら申し訳なく思う所であり、すぐさま言葉の通りに目を瞑るのが正しい行動だと思う。

けれど、今の私はそんなことを微塵も考えていなかった。

――貴方ってそんな表情をするんだ。

彼の困惑した表情を見た私は、呑気にもそんなことを思っていた。

ずーっと無表情で花畑を眺めていた彼にも表情や感情はあったのだと。

同じ人間なのだから当たり前なのだけど、私は他の表情を見てみたいと思っていた。

「怖くなっても知らないぞ」

一向に目を瞑らない私に困惑していた彼だが、もう気にしないことにしたのか、剣を構えて大きなクマへと駆け出した。

彼の黒いマントがはためくのが視界に映る。

その奥には恐怖の象徴であるクマがいるのに、不思議と恐怖感はなかった。

私の前に彼がいてくれるからかな？

彼よりも大きなクマが叫び声を上げているけど、私の耳には大して響かない。恐怖で泣くこともない。その理由はわからないが、彼を見ているだけで不思議と心が温かくなった。

クマが大きな腕を振り上げるが、彼はそれを素早く躱して剣で斬りつける。

クマがどれだけ大きな腕を振り上げて、薙ぎ払おうと流れるように動く彼には当たることがない。その力強くも柔らかい動きを私はずっと目で追いかけ続けていた。

気が付けばクマには次々と切り傷が刻まれており、その動きはさらに鈍重《どんじゅう》なものとなっていた。

「ゴアアアアアアアッ！」

そして最後の力を振り絞った体当たりを、彼はひらりと躱してそのついでとばかりにばっさりと首を斬り落とした。

首を落とされたクマの身体がドスリと音を立てて崩れ落ちる。

辺りには真っ赤な血しぶきが飛び散っていた。

クマが完全に動かなくなったのを確かめると、彼は剣を鞘に収めてこちらを振り返る。

彼の黒い瞳で真っ直ぐ見つめられた私は、何故か体が熱くなる。

困ったような顔をしながらも近付いてくる彼。

たったそれだけの行動なのに、私の胸はドクドクと鼓動していた。

彼がこちらへと近付いてくる。ただそれだけなのに酷く恥ずかしく感じられた。

身体だけでなく、顔や耳がカーッと熱くなるのを感じる。

「……大丈夫か？　もう魔物は倒したから安全だぞ？」

腰を屈めて声をかけてくれる。

だけど、私ができたことは顔を伏せて、足をモジモジとさせることだけだった。

言わなくちゃ。助けてくれてありがとうって。

私は何とか顔を上げる。

けれど、彼と顔を合わせるだけで頬がどうしようもないくらいに赤くなり、何も言うことができなくなった。彼の顔を見るだけで頭の中が真っ白になる。

人見知りで内気な性格をしている私だけど、いつもとはちょっと違う気がする。

どうしてだろう。いつもならばその気になれば言葉を発せられるのに、今だけはまったく言葉が出ない。きちんとお礼を言えない自分があまりにも情けなくて、私は泣きそうになった。

うるうるとした瞳を隠すように下を向くと、彼は私を優しく抱きしめてくれた。

「……大丈夫だ。魔物はもういない。だから、もう怖くないんだ」

とても優しい声と力強い腕。それに包まれているだけで凄く安心することができた。

そして、その瞬間、私の中にある感情が一気に決壊して泣いた。

それも大声を上げて。

凄く怖かった。あのまま魔物に襲われて死んじゃって、お母さんとお父さんに会えなくなると思うと凄く寂しかった。

私が泣き出すと、彼は凄く困った顔をしていた。迷惑をかけてしまっているとわかっても、涙はとまらない。

私が思わず腕に力を入れて抱き着くと、彼は腕を伸ばして背中を撫でてくれる。

私が大声を出して泣いている間、彼はずっと私の頭を撫でてくれた。

◆　◆　◆

クマの魔物から助けてもらった私は、彼に抱えられて花畑を歩いていた。

彼と密着することがどうしようもなく恥ずかしいのに、先程転んだ時に足を捻ってしまったのですぐには歩けないのだ。

恥ずかしいけれど、ちょっと嬉しい。

この人はお父さんでもお母さんでもないのに、安心している私が不思議だ。

どうしてなのだろう？　だけど、今はずっとこうしていたい。それだけは確かな私の気持ちだ。って安心している場合じゃない。危ない所を助けてもらったのだからお礼を言わないと。まだ私は彼にお礼を言っていない。

「……あ、あの」

「ん？」

顔を上げてお礼を言おうとしたが、彼と視線が合うだけで何も言えなくなってしまった。

さっきはみっともなく泣いちゃったし恥ずかしい。だけどキチンと伝えたい。

「こ、ここにある花は季節が変わるごとに色が変わるんだよ！　凄いでしょ⁉」

口をパクパクと動かした末に出た言葉は、お礼とはまったく関係のない言葉だった。

そのことに思わず頭を抱えたくなる。

「……色が変わるのか？」

そんなどうしようもない私の言葉に、彼は興味を示したようで意外そうに呟く。

「うん、春にはね赤とか、ピンクとかオレンジとか暖かい色になってね、冬になると青とか紫とか水色とか冷たい色になるの！」

私の話に興味を示してくれたことが嬉しくて、私は花畑の色が変わることを説明する。

「へー、そうなのか。それはぜひ見てみたいな」

その度に彼は、形のいい眉を持ち上げて興味深そうに私の話を聞いてくれた。

「花が好きなの？」

「ああ、好きというよりかは好きになった……かな？」

「私、花には詳しいから何でも聞いて！」

「じゃあ、この花は何かわかるかい？」

私が自信満々に言うと、彼は懐から一つの花を取り出す。

それは私が民家で見かけた、赤とピンクの花弁が折り重なっている花だった。

どうしよう、それはわからない。こんなことになるんだったら、あのおじさんから花の名前を聞いておけば良かった。

自分の人見知りな性格に後悔する私。

ど、どうしよう。今更わからないとは言いづらい。

「……え、ええっと」

「あー、ごめん。わからなかったかな？」

私が言い淀んでいると、彼は申し訳なさそうな顔をして言う。

「ち、違うやつだったらわかるもん！」

図星を突かれた私は恥ずかしさを誤魔化すように頬を膨らませる。

すると、彼は何かが面白かったのか急に笑い声を上げた。

どうして笑うんだと言いたかったけれど、彼の無邪気な笑顔によって怒りは吹き飛んだ。

――そんな顔で笑うんだ。

この時ばかりは、寂しそうな彼の表情は綺麗さっぱりなくなっていた。

彼の笑う姿をもっと見たい。私はそう思った。彼が笑うだけで私も嬉しくなる。

今なら自然に言える気がする。

そう感じた私は、彼を見上げながらしっかりと言葉を口にした。

「あ、あの、助けてくれてありがとう！」

「どういたしまして」

ようやく伝えたかった言葉を言えた私はホッと息を吐いた。

それから帰り道の間、私は花についての知識があることを証明するために、ずっと彼に花のことを語り続けるのであった。

◆　◆　◆

夕方、今日起きたことをお父さんとお母さんに話すと凄く怒られた。

お父さんとお母さんの今までにない、真剣な表情によって私のした行動の危うさが今更になってわかった。

特に、山で赤い大きな魔物に襲われたと言った時は、二人の顔から血の気が引いていくのがハッキリとわかった。

お父さんが言うにはその生き物はレッドベアーという大変凶暴な魔物らしい。

すぐにでも村人に避難をさせようとしたが、それはもう倒してくれた人がいると言うと、今度はポカンとした表情をした。

お父さんとお母さんに、私を助けてくれた人を紹介しようとしたが家の前に彼の姿はなかった。

呆然としながら彼を捜して歩くも、見つかることはない。

彼の名前を大きな声で呼ぼうとしたが、私は今更ながらに彼の名前を知らないことに気付き、無性に泣きたくなった。

私はもっと彼と話したいことがたくさんある。

そう思って走り出そうとしたら、お母さんに強く止められた。

当然だ。凶暴な魔物に襲われたばかりなのに、一人で外に飛び出すなんて許されるわけがない。

それは余りにもお父さんとお母さんを心配させる行動だ。

頭の中でそうはわかっていても感情では理解できなかった。

もう一度会って名前を聞きたい。私の名前を彼に伝えたいと心から思った。

結局、その日は泣き叫ぶ私をお母さんが家まで引っ張り、お父さんが森の確認をしてから彼を捜してくれることになった。

泣きつかれた私は次の日、いつもよりも少し遅めに目を覚ました。

朝一番にお父さんに彼のことを尋ねてみると、わかったのは黒髪の旅人がすでに村を出て行ったということだ。

レッドベアーを討伐してくれたので、必死になって捜し回り、聞き込みをしたのにわかったのはこれだけだった。

その後、彼がどこに何をしにいったのか。どういう人なのかを知る人はいない。

私は朝からまた大声を上げて泣いた。

もっと話したかったのに。もっと一緒にいたかったのに。彼の表情の全てを見たかった。

もう彼と会うことができないと思うと、胸が酷く締め付けられた。

お母さんやお父さんといる時とは似ているようで少し違うこの気持ち。

お母さんに相談すると「恋をしたのね」と言われた。

……私が彼を好き？

その言葉を口に出してみると、すごく自然に胸に入ってきた。

そして、この切なくも温かい気持ちの正体がわかった。

そう、私は彼に恋をしたんだ。

彼をどうしようもなく好きになったんだ。

そう認識すると、今まで以上に私の胸がドキドキした。

もし、今彼が目の前にいたら心臓が破裂していたんじゃないかって思うほどだ。

しかし、それを理解した時に彼は目の前にはいない。

そう思うと堪らなく胸が痛くなって悲しくなったが、お母さんに「きっと、また会える」と言われて胸の痛みが少しだけ治まった。

次に会える日は、明日か一週間後か一か月後か、それとも数年後かまったくわからない。

名前を知らない相手を捜し回るのは難しいし、私は何の力もないただの村娘だ。

ここから離れて旅をする能力もないので、私は彼の『色の変わった花畑を見てみたい』という言葉を信じてここで待つことにした。

私と出会ったこの村の花畑が唯一の繋がりのような気がして、それを切り離してはいけないような気がした。

彼と出会うまでに私ができることは、美人さんになって料理、洗濯、掃除、内職といった諸々の仕事を完璧にこなせるようになることだとお母さんに言われた。

そうすれば、彼を支える力になるのだと。

彼を支えるという明確な目的を得た私は、その日からあらゆる仕事をできるように努力した。それはとても充実した日々であり、ふとした瞬間に彼を思い出して寂しくなるけど、その度に幼馴染のアイシャやお母さんが励ましてくれた。

今はまだどれも拙く小さな子供だけれど、いつか彼と出会うことがあったら花のことだけでなく、この気持ちを伝えたいと心から思った。

Aランク冒険者のスローライフ 1

2017年9月20日　第一版発行
2017年9月30日　第二版発行

【著者】
錬金王

【イラスト】
加藤 いつわ

【発行者】
辻政英

【編集】
沢口翔

【装丁デザイン】
株式会社TRAP(岡洋介)

【フォーマットデザイン】
ウエダデザイン室

【印刷所】
図書印刷株式会社

【発行所】
株式会社フロンティアワークス
〒170-0013 東京都豊島区東池袋3-22-17
東池袋セントラルプレイス5F
営業 TEL 03-5957-1030　FAX 03-5957-1533

ノクスノベルス公式サイト
http://nox-novels.jp/